作 者 简 介

　　刘醒龙,湖北省团风县人,茅盾文学奖、鲁迅文学奖获得者,现为中国作家协会小说委员会副主任。代表作有中篇小说《凤凰琴》《分享艰难》、长篇小说《圣天门口》《天行者》《蟠虺》、长篇散文随笔《刘醒龙文学回忆录》《如果来日方长》等。出版有长篇小说、长篇散文、长诗和各类文集百余种。作品翻译成英语、法语、日语、韩语、越南语、印地语、阿拉伯语、波兰语等。有作品改编为电影获中国电影金鸡奖、中国电影华表奖和大众电影百花奖。

制高点文库·散文

刘醒龙 著

刘醒龙自选集

两棵树上，一棵树下

百花洲文艺出版社
BAIHUAZHOU LITERATURE AND ART PRESS

图书在版编目（CIP）数据

刘醒龙自选集 / 刘醒龙著. — 南昌：百花洲文艺出版社, 2024.2
ISBN 978-7-5500-5258-1

Ⅰ. ①刘… Ⅱ. ①刘… Ⅲ. ①散文集–中国–当代 Ⅳ. ①I267

中国国家版本馆CIP数据核字（2023）第160716号

刘醒龙自选集
Liu Xinglong Zixuanji

刘醒龙 著

出 版 人	陈 波
责任编辑	郝玮刚 蔡央扬
书籍设计	方 方
制　　作	何 丹
出版发行	百花洲文艺出版社
社　　址	南昌市红谷滩区世贸路898号博能中心一期A座20楼
邮　　编	330038
经　　销	全国新华书店
印　　刷	湖北金港彩印有限公司
开　　本	720mm×1000mm 1/32　印张 10.25
版　　次	2024年2月第1版
印　　次	2024年2月第1次印刷
字　　数	230千字
书　　号	ISBN 978-7-5500-5258-1
定　　价	58.00元

赣版权登字 05-2023-299
版权所有，盗版必究
邮购联系 0791-86895108
网　　址 http://www.bhzwy.com
图书若有印装错误，影响阅读，可向承印厂联系调换。

前言

抓住当代中国散文的"纲"

王久辛

在中国当代文学中,散文似乎没有小说的地位显赫,写散文的作家似乎比写小说的作家分量要轻?而且写散文的作家若再从艺术上考量,似乎较之写诗歌的又显得弱了则个?我不以为然。

我们可以把散文放到中华五千年文明史,特别是有文字之后的三千年历史上来看,我以为孔子的儒家思想与老子的道家思想,这两个中华思想渊源上的学说,运用的阐释、表达与传扬的体式,恰恰都是散文。我们看看《论语》,再读读《道德经》吧?那哪一篇哪一章不是散文呢?散文这个体式,承载着传继中华文明的历史重责,包括先秦诸子百家与唐宋八大家,以及之后明清民国的康梁"直滤血性""炙热飞扬"直击人心的澎湃文章。严格考究一下,毫无疑问,一以贯之,都在文脉上,那结论自然肯定是非散文莫属的啊。

且那风骨、那风华、那坚韧饱满、那犀利厚实的文风,辞彩熠熠,贯通古今,令我至今思过往,不肯认今朝啊!

所以说,散文在传承文明、教化民风民俗上,一直都是扛大鼎的。虽然说"《诗》三百,一言以蔽之,曰:'思无邪'",确也在淳化民风世风与文风上,发挥过不小的作用,然而若与散文较起真来,就显得"阳春白雪"了。那么小说呢?鲁迅先生在《中国小说史略》中,的确是追溯到了小说的历史可以直达秦汉,然而事实上,小说却一直都是引车卖浆者流的街谈巷议,属于"上不得庭堂,入不了庙堂"的市井嬉戏。对人当然会有些影响,亦无大碍,几乎没有哪朝哪代把小说当作教化民风民俗的工具,它倒是常被当作伤风败俗的玩意儿加以防范,甚至遭遇查封禁止。而散文就大不相同了,不仅士大夫上奏文书要用,后来的科举考试,纵论策论之类治国安邦的道德文章,也都是要考的,而所用文体,也统统都是散文。可见经国之大事,须臾不曾离开,散文乃我国之重器也。

确是。如果往小往下说说呢?相对于小说,散文似一位平和严谨的雅士;相对于诗歌而言,散文则又显得和蔼诚挚,像一位厚道的兄长。虽然诗歌更古老,可以说是散文小说的老祖宗。但从对文字的苛求上看,诗歌还真是比小说散文要规矩得多,也严格得多。尽管诗歌骨子里的自我与自由放肆,也是顶级的。好在语言上,诗歌还是抠得紧,水分也拧得干净。不过呢?在作家的笔下,小说描写人物命运的跌宕起伏,性格冲突,情节铺陈,较之诗歌来,那又是碾压式的覆盖,几无可比性；倒是散文敢于负隅顽抗，因为与小说比较起来，我们看到的《边城》《城南旧事》等等散文化的小说，似乎就在嘟嘟囔囔：我有我的表现方式，而且我还可以更诗意更优雅地表达，既可以有小说惯常的叙述，又可以有诗意的深情挥洒，岂不更妙吗？是的是的，散文甚至还可以有哲学的玄思冥想、史学的深耕渊博。若再比较一下，小说岂敢在叙述中大段大段地讲述哲学原理、大肆兜售历史知识？即便偶尔冒个险，那也常常会招来各种非议，挡都挡不住。包括诗歌，那更不敢乱来了，两三行下来，出离了意境，读者立刻就会撂挑子翻篇儿不看了。这样说来，散文最是恰到好处，有人文历史、哲理思想、山水田园、现场纪实，还有五花八门的各样散文，自由得一塌糊涂啊。然而呢？也许正因为有这样的"一塌糊涂"，读者反而不知如何选择了。尤其改革开放45年来，出版界出现了空前的大繁荣，古今中外图书应有尽有，如果没有一个主心骨，进了书市还真是目不暇接、眼花缭乱，究竟该如何选择，果然是个大问题呢！因为他们不知道该读哪一种散文，且不知道哪一位作家的散文能开启他们的心智灵性，哪一位作家的散文又能够别有洞天地引领他们进入一个新天地，总之，他们明确地知道要读散文，然而却又失去了选择什么样的散文才算正确的标准。这可怎么办呢？

　　莫急莫急，这其实不难。只要我们把最优秀卓越的作家作品出出来，问题不就迎刃而解了吗？然而说得轻巧，优秀卓越的作家作品在哪儿呢？这才是问题的关键。莫急。古人早在《尚书·盘庚》中，就提供了一个好办法，即"若网在纲，有条而不紊"，说的是抓住了关键环节，一切都不在话下。这与"壹引其纲，万目皆张"和后来演化出的"纲举目张"，都是一个道理，就是说：在处置各种复杂问题时，只要紧紧抓住关键的、主要的矛盾——"纲"，之后的"目"，也就自然而然地张开了。我这样征引比方的意思，是想拿这次由我主编的百花洲文艺出版社的"制高点文库"来拆解这个难题。我们说，环顾当下东西南北中，优秀作家层出不穷，且林立如山，到处都是拔地而起的三山五岳，而他们的佳作又卷帙浩繁，哪位作家是优秀卓越的呢？总得有个标准吧？所以啊，还是要按"纲举目张"法，首先要抓住那些至少在我们国家获得了举世公认的文学大奖的作家，他们都是经过真正的专家反复遴选出来的，无论思想的成熟与新锐度，还是艺术的丰富与先锋性，都较之一般优秀的作家更卓越。是的，我指的是茅盾文学奖、鲁迅文学奖的得主。这两个全国最高的文学大奖——茅盾文学奖1981年设立，至今42年；鲁迅文学奖1997年设立，至今26年，若加上1986年创立的前身全国优秀中短篇小说奖、全国报告文学奖和全国优秀散文杂文奖，至今亦已37年啦。几十年一晃而过，虽然偶有异议，但口碑仍在。无论在作家中，还是在出版界与广大读者中，这两个奖项至今仍然具有崇高的信誉与荣誉。所以，与其去漫无边际地找，不如抓住这些大奖的得主之纲，以"纲举目张"的方法，实现以一当百，表率天下，坚持不懈，打出品牌，来满足广大读者阅读的渴望与需求。在我与百花洲文艺出版社看来，如果抓住这个关键，立刻下手，凭借这些获奖作家所具有的卓越品质与才华，推出一批崭新的经典佳作，应该没有什么问题。我们共同计划，以"制高点文库"来集结获奖的诸位大作家，试图将最优秀卓越的作家作品，奉献给广大的读者，奉献给我们这个伟大的时代。

作为这套书的主编，我内心欣喜无比。此刻，我已夜以继日伏案通读了各位大家的佳作，得到了高境悠远、闳言崇议、挚爱深情、才气纵横的强烈感受，一个个真不愧为文坛翘楚啊！老子曰："道生一，一生二，二生三，三生万物。"今得此之一，让我信心满满。咱这一库新著锦绣尚未央，隔年再看，依然是花团锦簇才子梦笔写华章。且慢，且慢。在这里，我先代表出版社谢谢大家，再代表诸位大家，谢谢出版社啦。一帆悬，都在风波里，努力前行，叹息在路上，收获也在路上，加油。

2023 年 8 月 5 日凌晨于北京

目录

重　来 / 1
天　香 / 5
天　姿 / 9
天　心 / 12
问　心 / 15
青铜大道与大盗 / 20
青铜是把老骨头 / 24
楚汉思想散 / 27
《武汉抗疫日记》序 / 40
伟大的陪伴 / 44
两棵树上，一棵树下 / 49
何事酒最醇 / 56
在记忆中生长的茶 / 63
一座山，一杯茶 / 68
不负江豚不负铜 / 82
真理三峡 / 88

人性的山水 / 91

九寨重重 / 94

画壁朝元 / 99

金口鼎正平 / 103

朗读故乡 / 110

滇池巴水闻先生 / 115

有一种伟大叫巴金 / 124

没有形容词的三里湾 / 130

人生的细节在哪里 / 142

去南海栽一棵树 / 170

文学血统与世界之心 / 180

小说的偶遇与沉潜 / 188

最是不胜回忆 / 194

三十功名尘与土 / 200

一些尘埃 / 204

小镇天门口 / 216

二十四种白云 / 232

地理属于情感 / 238

彼为土，何为乡 / 264

贤良方正 / 270

钢构的故乡 / 277
长角的都不是食肉动物 / 282
开花的成不了栋梁之材 / 288
为哈尔滨寻找北极熊 / 292
抱着父亲回故乡 / 304

重　　来

最苍茫那句：知音去我先，愁绝伯牙弦！那一年，夜宿这湖边，秋月初凉，清露微香，偶然得获此诗此意。并非月移花影的约定，前几天，重来旧时湖畔，天光似雪，水色如霜，心情被雁翼掉下不太久的寒风吹得瑟瑟时，忽然想起曾经的咏叹，沧桑之心免不了平添一种忧郁。

一段小小时光，配得上任何程度的纪念。

高山上，流水下，知己忘我，琴断情长。在此之前，记得与不记得、知道或不知道，都与别处物种人事相差不多。因为过来，因为看见，风情小俗，风流大雅，便镂刻在凝固后的分分秒秒之间。能去地狱拯救生命的，一定要知其何以成为天使。敢于嘲笑记忆衰减、相思偾张的，并不清楚往事如何羁押在尘封的典籍中泣不成声。弱枝古树，前十年红尘际会；旧石新流，后十年灵肉相对。整整二十载过去，草木秋枯，留下的唯有松柏傲骨。

一种离去的东西被长久怀念，定是有灵魂在流传。

临水小楼依旧以水清为邻，流星湖岸还在用星光烛照。

此时此刻，听得见当初水边浅窗内纸笔厮磨沙沙声慢。

斯情斯意，孤独倚涛人可曾心动于咫尺天涯切切弦疾？

兰亭竹掩，梅子霓裳。珊瑚红静，紫霞汪洋。泛舫荷野，邀醉雁霜。有曲琴断，无上嵩阳。廊桥情义，渔舟思想。细雨诗篇，大水文章。

那些用白发蘸着老血抒写的文字，注定是这个人的苦命相知。马鸣时马来回应，牛哞时牛来回应，如若幻想马鸣而牛应，抑或牛哞而马应，只能解释为丰草不秀瘠土，蛟龙不生小水。鲍鱼兰芷，不篋而藏。君子小人，怎能共处？譬如，黄昏灯暗，《挑担茶叶上北京》的字与字中，有心鸣冤，无处擂鼓，让相知变成面向良知的一种渴盼。譬如，黎明初上，《分享艰难》的行与行里，两謦相扶，不陷井阱，则成了相知的另一番凄美景象。天下心心相印也好，惺惺相惜也罢，莫不是如此。

凄美不是催化知音的妙方，而是莫非凄美无以验证。那些自扫门前雪的饮食男女，不管他人瓦上霜的市井贵胄，只求一己活得舒坦，还要知音典范做甚！如此想来子期伯牙定非伶官，那年头善琴者必是君子！世事重来何止琴瑟共鸣，那些天将与之、必先苦之之人，是将命运做了知音。世态百相中天将毁之，必先累之，任他不可一世，终不及草芥一枚，这才符合万般知音中的人伦天理。所谓国色何须粉饰，天音不必强弹，是将人世做了人格的知音。所谓播种有不收者，而稼穑不可废，是将品行做了世道的知音。

沉湖纵深处，芦荻飞天，为铭记鬼火能焚云梦。

江汉横流时，洪荒亘古，以警觉贼蚁可决长堤。

天知地知你知我知本质是阴险虚伪，知天知地知你知我倾诉的才是心声。

愿做情痴自然会相遇红颜知己，深陷情魔少不了聚合狐朋狗友。大包大揽大彻大悟无所不知无所不晓的相知者肯定从未有过，否则颂为知音始祖的伯牙怎么无法预测子期命之将绝？俞公摔琴，流芳百世，如心血之作遭人谬读便愤然焚书，肯定会成为现实笑料。钟君早去，遗恨无边，若身心受到诋毁就厌世变态，会错失自证自清的良机。沧海混沌，不必计较些许污垢，更不可以此否定其深广无涯。世人都在叹息钟俞二君，殊不知二位一直在为刚愎矫情的后来者扼腕。历史总在寻觅相知，却不在意相知或许正是能开花则花、不能开花便青翠得老老实实的那棵草。

一丝一弦，山为气节独立攀高。

一滚一拂，水因秉性自由流远。

依随千古绝唱旧迹，续上肝肠寸断心弦。知音之魂，在山知山，在水知水，在家须知白石似玉，在国当知奸佞似贤。

留恋才思泉涌的二十年前，尊崇老成练达的二十年后，用十个冷暖人间，加上十个炎凉世态做相隔，前离不得，后弃不得。如果忘掉夹在中间这个叫我的人，被二十个春夏秋冬隔断的此端与彼端，正如湖心冷月相遇霜天红枫，深的大水与薄的冰花，肯定无法阻挡两情相悦两心相知。人孤零零来到这个世界时，从未签约保证朋友多多，处处春暖，处处花开，也从未有过公开告示其孤苦伶仃似落叶秋风。天长地久的一座湖，也做不出才子佳人锦绣文章承诺。而我，在与这湖最亲密的时候，日后且看且回眸的念头也曾难得一见。

人之所在，唯有时光是随处可见又无所追逐的终极知音。只可惜指缝太宽，时光也好，知音也罢，全都瘦得厉害，到头来免不了漏成一段地老天荒。这时候，静是唯一的相知，偌大一座湖，偌大一面琴，鸳鸯来弹，织女来弹，柳絮鹅绒来弹，鸿鹄来听，婵娟来听，雨雪雷电来听，还有那些思念、那些重来！

（附记：1995年国庆节后在南湖边武汉职工疗养院小住半月，于10月9日完成中篇小说《分享艰难》写作，紧接着于10月16日完成《挑担茶叶上北京》写作，前者成为学界多年以来重要研究课题，后者则获第一届鲁迅文学奖。）

二〇一四年十二月十二日于东湖梨园

天　香

一座山从云缝里落下来，是否因为在天边浪荡太久，像那总是忘了家的男人，突然怀念藏在肋骨间的温柔？

一条河从山那边窜过来，抑或缘于野地风情太多，像那时常向往旷世姻缘的女子，终于明白一块石头的浪漫？

山与水的会合，没有不是天设地造的。

在怡情的二郎小城，山野雄壮，水纯长远，黑夜里天空星月对照，大白天地上花露互映。每一草，每一木，或落叶飘然，或嫩芽初上，来得自然，去得自然，欲走还留的前后顾盼同样自然。

小雨打湿青瓦人家，晨曦润透石径小街。都十二月了，北方冰雪的气息，早已悬在高高的后山上，只需心里轻轻一个哆嗦，就会崩塌而下。小街用一棵树来表达自身的散漫和不经意，毫不理睬南边的前山，挡住了在更南边裹足不前的温情。

一棵树的情怀，不必说春时夏日秋季，即便是瑟瑟隆冬，也能尽量长久地留下这身后岁月的清清扬扬，袅袅婷婷。细小的岩燕，贴着树梢飘然而过，也要惊心一动，被那翅膀下的玲珑风，摇摇晃晃好一阵。当一匹驮马或者一头耕牛重重地走近，树叶树枝和裸露在地表外的树根，全都怔住了！深感惊诧的反而是鼻息轰隆的壮牛，以及将尾巴上下左右摇摆不定的马儿。

山水有情处，天地对饮时。一棵树为什么要将那尊沧桑青石独拥怀中？若非美人暗自饮了半盏，趁那男人半立之际，碎步上前，将云水般的腰肢与胸脯，悄然粘贴身后，临街诉说心中苦情，有谁敢如此放肆？乾坤颠倒，阴阳转折，将万种柔情之躯暂且化为一段金刚木，做了亿万年才练就强硬之石的依靠！一如江湖汉子走失了雄心，望灯火而迷茫，将离家最近的青石街，当成天涯不归之路，饮尽了腰间酒囊，与数年沉重一起凝结街头，在渴求中得幸久违之柔情，再铸琴心剑胆。

树已微醺，石也微醺。

微醺的还有那泉，那水，那云，那雾……

所谓赤水，正是那种醉到骨头，还将一份红颜招摇过市。只是做了一条河，便一步三摇，撞上高入云端的绝壁，再三弯九绕，好不容易找到大岭雄峰的某个断裂之缝，抱头闭眼撞将进去，倾情一泻。有轰鸣，但无浑浊，很清静，却不寂寥。狂放过后是沉潜，激越之下有灵动。在天性的挥霍之下，桃花源一样的平淡无奇，忽然有了古盐道，以及古盐道上车马舟楫载来的醉生梦死，萧萧酢歌。

所谓郎泉，无外乎将人生陶醉，暂借给潜藏在亿万年的岩层中，那些无从打扰的比普通水还要普通之水。这样的泉水，看得见红茅草和白茅草的根须，年复一年，竭尽所能地向最深处,送去一颗颗针鼻大小的水滴。只是不知这些年,又有了多少草根的汗珠!相同道理,这泉水少不了清瘦黄花、冷艳梅花在爱恋与伤情中,反复落下的泪珠。任谁都会记得其中多少,只是无人愿意再忆伤情抑或残梦重温。在有诗性的白垩纪窖藏过,再苦的东西,也会香醇动人。

流眉懒画,吟眸半醒。

临水泛觞,与天同醉。

似轻薄低浅的云,竟然千万年不离不弃!

分明貌合神离的雾,却这般千万年有情有义!

云在最高的山顶苔藓上挂着,雾在最低的河谷沙粒上歇着。一缕轻烟,上拉着云,下牵着雾,一时间淡淡地掩蔽所有山水草木,仿佛是那把盏交杯之性情羞涩。还是一缕轻烟,上挥舞着云,下鞭挞着雾,顷刻间酽酽然翻滚全部悬崖深壑,宛若那鸿门舞剑之酒肉虎狼。淡淡的是淡淡的醇香,酽酽的是酽酽醇香。淡淡之时,一朵梅花张开两片花瓣,如同云的翅膀,酽酽之时,两朵梅花张开一片花瓣,仿佛雾的羽翼。偶尔,还能听到一块石头尖叫着,从梅的花蕾花瓣堆成山也高攀不上的地方跳出来,夸张了一通,然后半梦半醒地躺在野地里。让人实难相信,世上真有不胜酒力的石头?

是往日珊瑚石,还是今日珊瑚花?映着幽幽意,从山那边古典地穿越过来,又穿越到山那边的二郎小城。

是一只岩燕,还是一群岩燕?带着剪剪风,从云缝里丝绸般落下来,又落在云缝里的二郎小城中。

山水酿青郎,云雾藏红花。山和水的殊途同归,云与雾的天作之合，注定要成就一场人间美妙。舒展如云，神秘像雾，醇厚比山，绵长似水。谁能解得这使人心醉的万种风情，一样天香？

二〇一二年元旦于东湖梨园

天　姿

深情莫过深秋，红颜哪堪红叶。

沿着巴河水线边雪一样洁白的细沙，一程程逆流向上。将城市尘嚣丢在汽车的尾气里，再从纷乱如麻的通途中，选择一条用忧郁藏起残春的平常道路，远望大崎山，伫对大崎水，抢在偌大的北风到来之前，寻一寻温柔过往。直到那些像细沙一样多的传说，变成大崎山中坚冰般纯情的巨石。

那些名叫九资河的田畈，那些名叫百丈崖的山冲，那些名叫芙蓉苑的老屋，凡此种种细微的地理——春风拂拂时，大小如同一朵花苞；此刻，因为秋已深，因为霜已近，才变得如同一片向着天空瑟瑟的红叶。

清风缕缕掠过，丝丝情意分不清是微寒或者稍暖，悄然颤抖只在心中，谁让她变成参天大树的摇晃，留下落叶漫天飘散，更使落叶幻化群山。青山座座扑来，重重喟叹想必是为着前世与来生，环顾求索才上眉梢，恍然间流泉飞溅白云横渡，只见得薄雾浓霞搂去了丰腴山坳，高挑峰峦。

五角枫红了，刺毛栗红了，鸡爪槭红了，茅草葛藤灌木林，一丛丛一片片地红了，最红最红的却是山间道道田埂上，处处土岸边，用一棵棵孤独聚集而成的乌桕林海。奔着秋色而来，可是为了追究人生某个元素？是少年用竹篦将太多太多的乌桕落叶收拢来，铺在自家门前晒成过日子的薪火？是青春将太艳太艳的乌桕落叶铺陈开来，陶醉成对所有岁月的倾情浪漫？那样的红叶，是任何一棵树都会拥有的火热之心。那样的红叶，是任何一个人都能点燃的蜡烛青灯。那样的红叶是藏得太久的心在轮回，那样的红叶是迸发太多的情在凝眸。

是昨日晚霞的宿醉，还是今朝晨露的浓妆？或者是二者合谋将天堂迷倒，摔落银河里的许多星斗，暂且栖身乌桕树梢。风不来时，绵绵红叶可忘情。雨不落时，磅礴红叶胜雨声。片片只只，层层叠叠，团团簇簇。终于能够不必相信灿烂等于匆匆，匆匆过后还有足以撼动心魄的重逢。终于明白夏天偶尔可忆春花，冬日永远记得秋色。

无所谓欢乐，欢乐再多，红叶也不会为了某种心情而特殊热烈。也不必矜持，含蓄再美，红叶也不会为了某种性格而改变明艳。平平常常踏踏实实就行，用挤满水稻酽香的沃土铺路，款款地走向用红叶燃烧的山野。轻轻松松明明白白亦可，受丛生花草芳菲的季节拥戴，悠悠然迈向用红叶拥抱的胸怀。没有忍耐，也不需要急躁。没有伤感，也不需要快乐。唯独不能缺席的是记忆中的怀念，或者是怀念中的记忆。红叶是情怀中的一颗心，红叶是一颗心中的情怀。记住了红叶，就不会有对赤诚的遗忘。

不用盼望，明年，明年的明年，还会在这里，不用纪念，去年，去年的去年，总会在这里。红叶让春花的来世提前，又让其前缘重现。百年乌桕将一切愁苦尽数冬眠在斑驳的树干上,又将红叶高擎于天,就像人世间总是需要的信心与信念。

秋叶一树,正如那座天堂大山的掌心红痣!

二〇一三年十一月九日于东湖梨园

天　心

　　小时候，曾怀揣过一方别样的小石头。听大人说，这种石头还会生长。于是又将石头放回山上。多年后，在东海，见到像牡丹绽放玫瑰飘香一样的水晶，才发现那无根无叶无眼泪的僵硬之物之所以还会生长，是这些宛如千仞壁立的石头性情更比如水流年。

　　世事千千万，都有一样的说法，譬如好与不好。天地万万千，也有一样的标准，譬如美或不美。日常中的山，总是以五岳为宗，后来多出一种赞叹，称为黄山归来不看岳。再往后肯定还有逍遥游历兴致飞扬的由衷大话。沧桑里的水，免不了用黄河开篇，随之就派生两全其美，硬把西湖比西子，过些时少不了又会有怡然性格率真脾气的金口玉言。但凡需要彰显个人所好时，人人都会穷尽褒扬。也是因为张口就来的语言可以不计成本，一句顶一万句的不见得必须珠光宝气，一万句顶一句的也不会破帽遮颜。即便万水千山，山高水远，人间趣味仍是见山啸风，临水扬帆。难得有山水合璧，一抱就能抱成团，一眼就能望得穿，一想收藏就能安放紫檀座上，红木丛中！

　　似这样山与水的咫尺天涯，出于对一种名叫水晶的器物的等待。

　　在原野中互相追逐是乡村童年的天赐。在不记得的某次追逐中，某个孩子因故突然站住不动了。有时候是遇上一丛狼牙刺，有时候是碰到一只马蜂窝，有时候根本没有原因，只不过是累了不想玩了。有时候是发现一枚生锈的子弹壳、半个残缺的老铜钱和不知何故独自待在小树林中的女子，还有一块六角形状的半透明的小石头。读过的书在提醒我们，这石头应当是水晶。读过的书又提醒我们，水晶是何等的宝物，这小石头实在太简陋了！

　　在真的水晶出现后，多年以前的犹豫变成一个道理，哪怕当一辈子石头，也要过上几天水晶日子。

　　几乎每一次，当年的孩子多么希望这雨水冲刷出来的石头正是神话中的宝贝。只可惜见多识广的长辈，感兴趣的是老铜钱、子弹壳和小树林中的孤独女子。被我们小心翼翼捧在掌心的，他们从未看过两眼。事实上，当男孩刚刚想到这六角石头是否可以作为信物送给心爱的女孩时，我们就长大了，长得同身边的成年人一样，除非是不经意，也开始不用正眼看一看这种山野间偶尔得见的略有新意的石头。

　　若不是二〇一五年秋天偶然到了苏北的东海，这辈子极有可能错过与诗意等同的水晶，错过与水晶般通透的童年重逢。那天是休息日，特意开放的水晶博物馆，少了熙熙攘攘的人群，腾出承接光彩的足够空间，那些最不起眼的角落，都变得美不胜收。山重重，水重重，水晶一块到龙宫。进到如此龙宫了，才有机会叹服东海水晶如何美上巅峰，妙到毫纤。睹物思之，遥想十万里滔滔海洋深藏地下，十万代炎凉日月翻覆轮回，唯有天地如此合谋，凝聚一滴璀璨的冷清，挤压一方寒凛的温馨，才有可能接近人间的无限晶莹。

　　这世界的人为着这世界创造了太多溢美之词，在太多体现极致之美的语言中，水晶二字无疑是极致中的极致。古人曾用冻玉表达赞美，相比水晶原意，无非多一个雅号，还不能算是出色。我这里因应旧事新闻，想到那些清雅纯粹，那些淡意浓情，高山浅水合为一物，秀岭老潭并成一体。小小水晶，就包罗了山的大千气象，水的无边天色。一如人人，除了我心，有什么可以怀天下？！

　　山繁水复，不过是一方水晶的洞察。

　　人心可鉴，天心犹在！

　　东海水晶，正如天心吗？

　　至少这水晶已无限接近你我童心。

二〇一五年十一月十六日于东湖梨园

问　　心

喜欢虽九死犹未悔之人。无论是历尽坎坷或者是阅尽春色，都矢志不渝，不朝三暮四，不朝秦暮楚，不得陇望蜀，将一点理想初恋般怀抱在心不离不弃，这样的人当是极品。

喜欢虽九死犹未悔的人生。不管有多么沉重抑或是旷世艰险，仍探索前行，宁愿为玉碎，不肯坠青云，更无折腰时，将一片草叶珍珠般善待在日子里，哪怕饥寒交迫也不屑嗟来之食，如此人生可以颂为经典。

天下山水，端坐着看像人，站起来再看就成了人生。

天下草木，阳光下看像人，月亮升上来后再看就成了人生。

那些用山水草木千万年堆积起来的地方，各有各的雄奇，各有各的妩媚，唯独被峨眉山挡在身后，被青衣江揽在胸膛的那个去处，令人意外地拥有自己的叫法。

置于山巅的地方，哪怕与云彩相近总是很小。在水一方的偏安，虽然有柳暗花明可咏叹，到底难成气象。

偏偏这世上山与山不一样，水与水难得相同。比如八十一泉眼、七十二飞瀑、二十四溶洞而令陆游曾心怡成诗"山横瓦屋披云出，水自烊牁裂地来"的瓦屋山。比如让苏轼感怀"江南春尽水如天，肠断西湖春水船。想见青衣江畔路，白鱼紫笋不论钱"的青衣江。有此恩宠，此山此水也就叫了洪雅。

想一想，用山水砌成的小地方，逢水就有供旅行者与过路人往来的义渡，逢山便有接济采药人和狩猎者充饥御寒的义舍。这洪雅二字实是最好的梦想与写实。

刁窗、飞天、打神、戏仪、杀奢、扫松、拦马、夺棍、归舟、秋江、思凡、情探、访友、追鱼、画皮、药王。这些雅词是流传在洪雅山水田园之间民间戏曲名目。谁能料到，在被山水遮蔽得严严实实的一处小镇上，那户姓曾的人家，为着这些民间妙曲，居然在自家宅中建了三座戏楼，即便是富甲京城的大观园中也不曾有过这样的讲究。进大门第一座戏楼上的演出是给外人和用人看的，戏楼上有对联：别只唱风花雪月，最好演孝子忠臣。而内宅戏楼专供主人的那位名叫红樱桃的爱妻看戏，所以戏楼上的对联变为：没辜负花好月圆歌金缕，且闲将红牙檀板唱太平。虽然内外有别，而且诗联品相与《红楼梦》中最偏院落中的词话相比都有差距，终归属于山野中别样风雅。

做了洪雅之地，最苦之药黄连也有了别致的称谓。《本草纲目》记载：黄连今吴蜀皆有，唯雅州、眉州为最良，以黄肥坚者更佳。而后来新编的《新编药物学》更是记述：黄连产四川、陕西、云南、广西、湖北等地，以四川洪雅所产为最著名，特称川连或雅连。

万物之苦，莫过黄连。到了洪雅却要另说，万药之雅，莫过黄连。这些被敬称为雅连的黄连生长在悬崖峭壁之上，生长期长达七至十年，依仗自身能力抗病抗寒，弱者枯灭，强者生长。正如尘世中人，唯有修炼出特优品质，才能最负盛名。

在地方，雅是一种风尚。

对于人，雅是一种气节。

盛唐时代的高僧、五百罗汉中排第一一七位的悟达国师，五岁时在洪雅家中曾随口吟出咏花诗："花开满树红，花落万枝空，唯余一朵在，明日定随风。"对于日后注定要出家随佛的少年，天生佛性使其能够随遇而安。对于日常中人，不要随风飘逝才是气节根本。

古训有言：文死谏、武死战。换成当下的话，后一句是说，身为武将要敢于战死沙场。前一句则是表示知识分子要坚持独立的批评与批判立场。宋代文学的开拓者和奠基人之一田锡，在政治上以敢言直谏著称，在25年的政治生涯中，历太宗和真宗二帝。病逝后范仲淹亲撰《墓志铭》称其为"天下正人"，苏东坡在《田表圣奏议序》中，称其为"古之遗直！"

与田锡同乡的另一位洪雅乡贤后来写道："三教之中儒称为首，四民之内士列于先。当尊古圣之书，宜重先贤之字。抽断牍而拭桌，拾残纸以挥毫。戏语嘲人假借圣贤之句，淫词败俗偏多赓唱之篇。以废书易物乃为散弃之由；旧册糊窗，却是飘零之始。颂政刊诗传粘满壁，辄为风雨摧残；招医卖药遍贴沿街，旋补污泥涂抹。百般轻亵，实由文士开先；一意尊崇，还自儒生表率。"

拙作《蟠虺》第二十九章有这样一段文字，"公元前七〇六年，楚伐随，结盟而返；公元前七〇四年，楚伐随，开濮地而还；公元前七〇一年楚伐随，夺其盟国而还；公元前六九〇年，楚伐随，旧盟新结而返；公元前六四〇年，楚伐随，随请和而还；公元前五〇六年，吴三万兵伐楚，楚军六十万仍国破，昭王逃随。吴兵临城下，以'汉阳之田，君实有之'为条件，挟随交出昭王，昭王兄子期着王弟衣冠，自请随交给吴，岂知随对吴说：'以随之辟小，而密迩于楚，楚实存之。世有盟誓，至于今未改。若难而弃之，何以事君？执事之患不唯一人，若鸠楚境，敢不听命？'吴词穷理亏，只得引兵而退。随没有计较二百年间屡屡遭楚杀伐，再次歃血为盟。才有了后来楚惠王五十六年作大国之重器以赠随王曾侯乙。"

青铜重器只与君子相伴，青山碧水同样只属于君子之风。随最终被楚所灭是在公元前三二〇年前后。仅仅过了九十七年，公元前二二三年，楚亦被秦吞灭。就像没有君子相伴，小人得志也走不了太远。没有君子，就没有气节，没有气节，就没有灵魂。诚如民歌所唱："大河涨水小河浑，鲢鱼跳进鲤鱼坑。莫学黄鳝打弯洞，莫学螺蛳起歪心。"

楚亡后，楚怀王熊槐之孙熊心曾隐匿民间为人牧羊。在受到反秦将士的拥立称为楚义帝之后，眼看大军就要攻克长安，气节全无的熊心，使了个二桃杀三士的小伎俩，订出"先入关中者为王"的"怀王之约"，企图挑起刘邦与项羽两大强豪的内讧。刘邦先入关中，熊心不但没有占到龙虎内斗的便宜，还因为项羽的怨恨，被其弑于长江中。

这时候的熊心所缺的已不是面对吴兵围城的随王那样的气节了，他所缺少的气节是民谣里唱的：明白"自己错把树桩当成人"，懂得"是男人就要会使千斤犁头万斤耙"，还有"我与情妹山中会，夜来不怕火烧山"的博爱情怀。

如果真似洪雅地方史志所记载的那样，最后的楚王室后裔严王，千里放逐来到万水千山的最深处，将往昔荣誉托付于小小的复兴村，倒是于万般无奈之中找对方向了。从复兴到洪雅，不再是为了权贵权力。从复兴到洪雅，不再是为了皇亲国戚。从复兴到洪雅，不再是为了九鼎八簋的春秋礼制。无论如何，为政第一要务是用经济富裕一方，为文最紧要的是将文化表达成从小雅到大雅，为万物则是视白日青天花繁水绿为无价宝藏。

二〇一四年九月二十四日于东湖梨园

青铜大道与大盗

日常生活中，那些耳熟能详话听多了，就像一片秋叶从眼前飘过，记得飘落的样子，却记不得叶黄叶枯，更不去想树叶飘飞除了表示秋天来了，万物开始为冬眠做准备了，还有没有其他意义。比如在平凡的岗位上做出不平凡业绩这句话，听了几十年，这两年才觉得这话充其量是貌似真理。想一想，世界上哪一件事情，人生中哪一个段落，不都是由平平常常的事物串联起来的？！能飞翔到月球，能下潜到深海的机器们，哪一件不是由普通的平板，普通的线路，普通的螺丝等物件结构而成？能发现宇宙间最微妙粒子的工作，哪一项不是无数次重复那些千篇一律的规定动作后完成的？包括这些年近乎偏执地喜欢上著名青铜重器曾侯乙尊盘，那上面的神奇得直到现今仍无法复制的许许多多的透空蟠虺纹饰，其实是由几种普普通通的线条所组成的。

藏着曾侯乙尊盘的博物馆就在家的附近。那些赫赫有名的青铜重器，刚从曾侯乙大墓中挖掘出来就听说过，公开展出之后，隔一阵就有机会进到展室中看上一通。看过也就看过，就像天天要看的长江水色，天天要听的江汉关钟声那样熟视无睹。二〇〇三年夏天，一位年轻的美国女子为翻译我的小说，专程来到武汉，我很自然地带她去看博物馆里的稀世珍宝曾侯乙编钟。这也是人的普遍见识中的一种习惯，听信了连篇累牍的媒体之言，就将编钟当成无上国宝。

当初我去省博物馆，也是摩肩接踵地往曾侯乙编钟跟前挤。从这一次开始，我开始变得例外了。一进曾侯乙馆，还没来得去到编钟面前，博物馆的一位工作人员就认出我来，还将自己与某女作家在武汉大学夜大班同学的经历说了一通，以说明自己能在人群中认出我来是有缘有故的。在工作人员的带领之下，我们避开最热闹的人流，走到一处无人问津的展柜前。对方说这才是青铜重器中最珍贵的，是国宝中的国宝，其历史文化价值当在路人皆知的曾侯乙编钟之上。

那一刻，我记住了这名叫曾侯乙尊盘的青铜重器。

不仅记住了，心里还突然冒出一种熟悉的念头。

往后的日子，只要去博物馆，自己就会流连在曾侯乙尊盘四周。三番五次，七弯八绕，那模糊的念头终于被我逮住，随后的结果却是自己被这种名叫灵感的东西所俘获。这有点像爱情，千辛万苦地追求某个心仪的女子，等到抱得美人归时，自己却成了人家终生的俘虏。

在明白自己渴望有一场事关曾侯乙尊盘的写作之后，我开始对曾侯乙尊盘的最新研究成果进行跟踪，同时四处搜寻与青铜重器及其铸造工艺有关的文献资料。与同在曾侯乙大墓中出土的编钟不同，曾侯乙尊盘的独特性，不仅仅在于它的华丽高贵的气质，更在于其令人眼花缭乱，连表面都难以看清，更别说透空蟠虺纹饰内部复杂得难以复制的神奇铸造艺。在其背后，同样不会缺席的是假借历史文化名义的各种丑陋的功利表演。好在青铜重器品质优雅，如此丑恶越多，越是映衬出作为国之重器的当之无愧。

　　国宝显现，注定会有某种事情伴生。有一阵，一直为相关青铜重器仿制的一个至关重要的细节无法圆满发愁，须知细节的叙述是小说的核心机密。那天半夜，正要关了电脑休息，身在兰州黄河铁桥上的叶舟突然发来一首刚刚采风得到的《花儿》，还未读完，人便因天赐密钥而亢奋起来，同时更加相信写作者需要不断挑战相对陌生的东西，如此写作更能激发写作者的才情。小说的有效性还在于与时代生活处在同一现场。我特别喜欢那段关于翠柳街与黄鹂路、白鹭街和本该对应却没有出现"青天路"的闲笔，精彩的闲笔是小说的半条命脉。还有春花开尽时突然冒出来的带状疱疹，让我在此后的近三个月时间里，不得不像笔下的青铜重器那样赤裸躯体地躲在城市中心的一间书房里，如同逼良为娼那样令人体会写作中最撼动人的抒情，正是那些尽是痛感的文字。到了盛夏时节，自己被选去当某电影奖评委，在参评的七十七部影片中，凑巧有一部演义青铜的作品。阅过其中荒诞无稽的谬说，我不能不站起来郑重地提请临时的同行们注意。岂料在后来的投票中，如此将当下功利置于历史真相之上的烂片竟然获得过半数赞成票。大概是身陷青铜重器的历史品格中不能自拔，在投票现场自己拍案而起，说了一大通气愤的话。那样的气愤其实是小说气场的舒展。是对社会真实中那些披着"大师"的文化外衣，实则干着"窃市""窃省"乃至"窃国"勾当的奸佞之徒的血性爆发。

文化的本质是风范，文学的道理是风骨。

一个人可以成为风范，但成不了文化，成为文化需要一大批可以代表这个民族的人同样拥有某种风范。一部小说不可以覆盖全部文学，却可以成为文学的风骨。那些普通得不能再普通的蟠虺纹饰，用同样无法再普通的方式铸造成透空样式，就成了千年之后的叹为观止！将数不清的平凡之物，用数不清的平凡姿态，一点点地堆积起来，比如生命中的一分一秒，比如大海中的每一滴水，最终的体现便是奇迹了。不要说人生太普通，也不要企望等到伟大人生突然降临，那些仍然活着的任何一种人事，都应当被看作具备天大的可能。比如我们对曾侯乙尊盘的认知，无论用何种理由拥有她、利用她，都是一种简简单单的原欲和显而易见的原罪，等到灰飞烟灭之际，那些理由就变得不如一粒铜锈，也不如一只沙眼。

关于曾侯乙尊盘的论争，不是小说所能解决的，也不是我想干涉的。为着曾侯乙尊盘的写作只是朝向自殷商以来，在这片大地上越辩越不明白、越活越不爽朗的哲理。曾侯乙尊盘是从哪里来的，其实也是我们是从哪里来的，并且将向哪里去的那个磨人问题的青铜说话。那一天，一个句子从脑子里冒出来：识时务者为俊杰，不识时务者为圣贤。到这一步我才觉得踏实下来。曾侯乙尊盘上的蟠虺纹是表示毒蛇，还是展现小龙，正可以看作是每个人心境的一种浮现。只有不识时务者才能像小说的最后一句话——与时光歃血会盟！

二〇一四年四月二十七日于东湖梨园

青铜是把老骨头

《蟠虺》的写作有些令人意外，不过，我是不会说对不起的。

在写作中，城市与乡村的差异，对作家来说，是二选一，还是二选二，都不是什么问题。影响作家的关键是内在情怀，与肉身所处的一切物质无关。那些缺少情怀的行尸走肉，放在哪里也不会有文学机缘出现。

文学在很多时候就是对生活习惯表示异议。比如当机场、车站等各种路边店铺叫嚷出卖职场、官场、厚黑，和借励志之名、行滥欲之实的书籍时，文学就要旗帜鲜明地告诉人们，内战是万恶之首，内斗是万恶之源。

与当下政治在某些方面交集是文学的魅力之一。人们下意识地想将文学与政治做彻底切割，原因在于某些写作者的骨头太软。如果人活得都像《蟠虺》中的曾本之、马跃之、郝文章，不仅是政治，整个社会生活都会变得有诗意和更浪漫。文学与政治交集时，一定不要受到政治的摆布，相反，文学一定要成为政治的品格向导。

"公元前七〇六年，楚伐随，结盟而返；公元前七〇四年，楚伐随，开濮地而还；公元前七〇一年楚伐随，夺其盟国而还；

公元前六九〇年，楚伐随，旧盟新结而返；公元前六四〇年，楚伐随，随请和而还。"《蟠虺》中的这段话，出自史实：春秋战国看似天下大乱，实际上仍存在一定的社会伦理底线。公元前五〇六年，吴三万兵伐楚，楚军六十万仍国破，吴王逼随王交出前往避难的楚王，随王不答应，说随僻远弱小，楚让随存在下来，随与楚世代有盟约，至今天没有改变。如果一有危难就互相抛弃，随将来用什么来服侍吴王呢？吴王觉得理亏，便引兵而退。随没有计较二百年间屡屡遭楚杀伐，再次歃血为盟。才有了后来楚惠王五十六年作大国之重器，也许就包括旷世奇葩曾侯乙尊盘，以赠随王曾侯乙。制度固然重要，如果没有强大的社会伦理基础，再好的制度也会沦为少数人手中的玩物。引领势如破竹大军的吴王，只因理亏便引兵而退，便是这种伦理约束的结果。小说中，老省长和郑雄，还有熊达世的所作所为，则是反证，在视伦理为无物者面前，制度同样如同虚设。"非大德之人，非天助之力，不可为之。"小说中老三口说的这话，不仅仅是"人在做，天在看，心中无愧，百无禁忌"，大德与无愧，都是向着社会伦理的表述。与制度相比，伦理防线的崩塌的危害更大。

　　文学的独立性在虚构，只不过这种虚构是艺术意义上的。在质感上，虚构的文学其真实性总是大于局部的生活真实。不管是文字的，还是口语的，所有试图进入生活本身或者人生本身的叙事方式都存在虚构。叙事是一把尺子，尺子的长度是有限的，生活与人生是无限的，想要知道生活本身有多长，想要了解人生的长度，唯有在尺子量得某些基本尺寸后，再通过虚构才能达到。《蟠虺》中的曾侯乙尊盘也是一把尺子，也在丈量人生，更是丈量历史与现实。小说也应当像曾侯乙尊盘那样，经得起岁月的消磨，也经得起世俗的尘封，等到白发苍苍时，还能轻言细语与孙辈不时提起，且不觉得愧疚。

古往今来，将文学作为获取功利的工具之人从来不在少数。好在文学的生生不息与那些人不存在利害关系，不是由那些利欲熏心的家伙说了算。有人想当明星，想天天活在媒体娱乐版上；有人想做有钱人，想夜夜泡在花天酒地里——那就让他们按自己的想法去做好了。文学正如历久弥坚、大彻大悟的青铜重器。与这样的文学匹配的作家注定只能是金庸笔下的"扫地僧"。

二〇一四年七月十二日于东湖梨园

楚汉思想散

这些年，走过的地方越来越多。也不知道是何原因，只要所经过的道路出现惊险，就会想起那些被称为浙江佬的人，在高山绝壁上放炮修路的情景。去西藏，去新疆，去云南，去太平洋彼岸的科罗拉多峡谷，去欧洲腹地的阿尔卑斯山脉，只要车辆长时间用低速行驶，只要同行的女性不再将柔曼的目光投向车外，小时候的见闻便如期而至。因为修战备公路，浙江佬才作为名词出现在乡土生活的日常词汇中。大约是当年修鹰厦铁路练就的本领，浙江佬一来到楚汉东部的大别山区，那一向以为无法逾越的座座雄关大岭，便乖乖地任其摆布。这条路现在被称为三一八国道。更年轻的人，根本就不在乎那些咽喉要道是谁修出来的，如果有浙江佬一词从他们嘴里冒出来，百分之百是与在沿海一带打工的经历相关。那时候，在乡土生活中，浙江佬是一种传说和传奇。许多远离公路而居的人，男的挑上一担劈柴，女的拿着几只鸡蛋，说是卖给浙江佬换点油盐钱。那些爱看热闹却又没有多余力气的老人，哪怕搜肠刮肚也要想出一门挨着战备公路的熟人家走一走亲戚。所有人的心思都是一样的，就想看看不怕死的浙江佬如何用绳子捆着自己的腰，吊在云雾里，挥着锤柄近一丈长的腰锤，在悬崖绝壁上打眼放炮。在这种传说与传奇的背后，还有一种公论：浙江佬太苕了！苕字是汉语言楚汉语系独有的。它有北方语系所说的傻的意味，又不全是。从语感上分析，湖北人每每用到苕字，相比北方人用傻字时，多了一种悲悯的质感。一条战备公路，不仅引来了浙江佬，还有广西佬。广西佬来是为了修桥。广西佬爱吃蛇，乡土中人也说他们苕。此时此刻所说的苕，已经是嘲笑了。

这种总不肯一去不返的记忆，想要兆示的意义，一直让我很难面对。

浸泡在乡情里的人谁个不会敝帚自珍？！

在同一块地域上来往的时间太久，不知不觉中就会忽略个体和群体的秉性。直到某月某日某时，因为某人某事的触动，突然觉悟到某些个人生活的某些过程时，已经恍若隔世。二〇〇三年正月初九晚上，楚汉东部县份的一群人，在武昌某处聚会。大家一致约定，不许说离家多年早已学得十分圆熟的国语或流行于楚汉之都的武汉方言，只能用在乡土中世代流芳的方言俚语。大家轮番开口说过，不用介绍，每个人在乡土中的细小位置便能大致判断出来。县里有两条河——沿西河住的人，称母亲为姨的阴平音，并且保持音量略作拖长，父亲称作大；沿东河住的人，将母亲称作丫、父亲称作父。在楚汉地域，关于父母的称谓，不同县份叫法时常不同。出了大别山区，紧靠长江的广济（现武穴市）和我久别的老家黄冈两县又有区别。广济人将父亲叫作爷，叫母亲时用的是地地道道的姨。此外他们更有一种奇妙的称谓，未婚的年轻女子被他们叫作妈儿，妈字的阳平音加儿化音。这样的称谓，每每让周围那些县里的年轻女子害羞不已——同样的语词，同样的发音，所指的却是女性乳房。黄冈人更奇，母亲被叫作咩，父亲则被称为伯。民间代代相传，之所以这样叫，是因为担心生下来的儿子不好养，万一有前生前世结下的冤家，变作鬼魂前来寻仇，好使其分不清人与人之间的嫡亲关系而无从下手。一句称谓，透露出内心深处类似黔驴技穷般的无奈。但在那些置身事外的人的眼里，却成了不光彩的伎俩。楚汉地域方言实在太多，每个县有每个县的特殊说话，甚至在同一个县里，上乡的人听不懂下乡的人说什么。一个地域的方言变化太多，会让外来者觉得无所适从，这显然是清王朝派到楚汉地域的大员张之洞，慨叹"天上九头鸟，地下湖北佬"的前因后果之一。

相聚的时候总有许多失落的往事回忆不尽。那条当年的战备公路，多数路段是由乡土中人修筑的，只有那些使人望而生畏的地方，浙江佬才能大显身手。据此断言乡土中人不勤奋不勇敢，显然与事实不符。况且随之而至的修水库、改河道、挖水渠等等在企图改天换地的生产活动中，乡土中人甚至凿开了更高更险的山山岭岭。当然，说到底他们做这些事情时，是被动和不情愿的。

那位叫张之洞的大员不经意间说的一句话，被一代代的人当了真，弄得天下人都以为楚汉地域上的芸芸众生个个都是人精。乡土生活有句俗话：灵醒人从不说别人苕，苕的人从不说别人灵醒。诸如此类，当他们说浙江佬苕时，难道不是正在暴露自己本性中的苔吗？说到人精，有句在省内长盛不衰的话：奸黄陂，狡孝感，又奸又狡是汉川，三个汉川佬抵不上一个沔阳苕。黄陂（现为武汉市辖区）、孝感（现为地级市）、汉川、沔阳（如今叫仙桃，为地级市）等县份，正好围绕着位于武汉北边的汉口、汉阳两大城区。汉口六渡桥或汉正街的居民，被公认为最正宗的武汉人。他们的前两代或三代，大多来自这几个县。那些没有在城内定居下来的人，也逐渐养成了靠城吃城的习惯，做起生意来，一点也不亚于城里的人。按照无商不奸的古训，既然入了生意门，就不应该将此生意人和彼生意人区别对待，在日常的历史中不管是礼遇，还是非礼遇，彼此都应该平起平坐。事实上却不能，这些亦农亦商的人，天生比只会坐店堂的城里人更能吃苦耐劳，不管生意大小、路途远近，只要有赚的就一定肯做，特别是黄陂人，走到哪儿聚在哪儿，硬是在汉语语汇里创出一个相关的歇后语：无陂不成镇，无陂不成市。溯江而上，离武汉不到二百里，就是被民间话语推崇的现在改称仙桃市的沔阳。从性情上看，沔阳人更像吉卜赛人。前两年曾经在一本杂志上读到，在俄罗斯的后贝加尔地区，居住着一群至今仍将沔阳话讲得十分地道的沔阳人。这些早已入俄罗斯籍的沔阳人，记得他们的祖先如何敲着三棒鼓，以沿途给人挑牙虫为生计，一步步地走完这千万里路程。也是奇怪，不管是在楚汉本地，还是在外部世界，做小生意时的取巧会招来说不尽的骂名，挑牙虫则不会，哪怕后来明白是中了骗局，人们也是一笑了之。再也没有谁去大肆传播，要其他人接受教训，不要相信那些唱渔鼓的人说自己嘴里有什么牙虫。沔阳人也不明白自己如何一走就走到天遥地远的俄罗斯腹地，好像精于算计的心眼一点作用也没有，往哪里走全凭一双脚拿主意。不随波逐流，不趋花向柳，所有与历史世事的契合，都是因为偶然中一时兴起。看上去几乎就是机会主义盛行，随风而去，随遇而安，实际上是受随心所欲驱使，那些既成事实往往包含着许多同自己过不去的成分。有这样一个笑话：一位女子在公共汽车上突然打了身边男人一耳光，过了一会，女子又打了男人一耳光。女子中途单独下车后，旁人问起来才知道，男人发现女子短裙背后的拉链开了，便好心好意地替她拉上。男人因此挨了第一个耳光后，一边生气，一边自省，既然帮女子拉上拉链是不对的，那就应该让其恢复原状，没想到又挨了一耳光。有时候，楚汉之人就是这样为人处世。

记得年幼时夜间乘凉，听大人们反复讲述四个不同地方的人在一起比赛吹牛，谁赢了谁吃肉喝酒：河南人先说，河南有座少林寺，离天只有一丈一；随后的陕西人说，陕西有座大雁塔，离天只有八尺八；排在第三的四川人说，四川有座峨眉山，离天只有三尺三；湖北人最后说，湖北有个黄鹤楼，一半伸在天里头。湖北人一说完，独自将别人输的酒肉全吃了。楚汉地域上的人向来乐意别人说自己精明，并且普遍地瞧不起地理上的北方近邻。其实，不用放进更大的环境里比较，只在中南几省，出武胜关往黄河边上走，沿途遇到的那些声声叫着吃大米肚子疼的人才是真人精。想要楚汉之人承认这一点却很难，哪怕在现实中碰得头破血流，心里明白得像是点着了灯,嘴里还是说不出来。楚汉地域上,要水有水,要山有山。水是名水,譬如洪湖、汉水和清江。山是名山,譬如武当山、神农架和大别山。那一年,从西安来的一位朋友站在东湖边大声惊叹,这哪里是湖,分明是大海!没有海,却有许多海一样的浩大湖泊。大智若愚,大巧若拙,这样的功夫才是真了得。北方近邻用多年泛滥的黄河雕塑出一种仿佛与生俱来的悲怆,再用水汪汪的眼睛闪烁着干旱至极的无助。楚汉之人,假如同样擅长承接天地日月精华,武当山之仙风道骨,神农架之古朴沧桑,大别山之春华秋实,汉水之温文尔雅,清江之纯粹无邪,洪湖之富庶怡然,如此等等,随手选来,哪一种形象都能远远胜过那只强加在头上的"九头鸟"。说不上是不愿意用,还是不会用,到头来,单就外表来看,楚汉地域上,男性普遍缺少特质,女性的遗憾更甚,除少数生长在与外省接壤的山区里的女性,多数女性,或者更直率地说,绝大多数女性都是天生丽质一说的陪衬者。

与外表憨厚的北方近邻相比,生活在楚汉地域的人偏爱将仅有的那点精明,当成一种得意、一种炫耀,率性地表达在脸上。不知情的人,至今仍在将那条汉正街当成楚汉地域的脸面。想当年汉正街开小商品自由贸易自主经营之先河,从南到北,从东到西,有多少地方比照着这里的模样,或者照本宣科,或者发扬光大。春常在,人空瘦。到如今,整条街上生意依然红火,坐在后堂盘算的店老板大多换成了那些曾经在大别山区开山辟路的浙江佬中最著名的温州佬。并不是本地人亏了血本难以为继,就算是个苕,在汉正街做生意也不会不赚钱。只是赚到一定程度时，他们就觉得够了，在别处买套房子，腾出那些黄金地段上的房屋，租给永远也折腾不够的浙江佬中最著名的温州佬。靠着他们所付的房租，每天里邀上三五知己在一起打上四个风的麻将，散局后再去街边小店喝两个回合的靠杯酒，说不上是看破红尘，也没到游戏人生的境界，真正的理由很简单，他们喜欢这样生活。这样的情形在楚汉地域上已到盛行之势。在那些星罗棋布地绕着武汉的大城小镇里，说起来，大家都在慨叹日子过得清苦，可是，大大小小的麻将馆里莫不是人满为患。能行乐时当行乐，得逍遥时且逍遥，这样的人精自然是此中极品。楚汉地域上的人如果也像生活在青藏高原上的人那样，早早悟透人生，自然能活得不同凡响。偏偏他们只是率性而为，就事论事，大多凭一时好恶，性情所致，慎思不及。张之洞所言及的以及后人对其理解的，恰恰与此相悖，差之毫厘，谬以千里，没有看到楚汉之人本质上贪欲有限。即使是做成了事，大多是为了做而做，至于为什么要做，做了又须达到何种境界，他们是不会去深思熟虑审慎为之的。

所以说，性情中的楚汉之人天性喜好先天下之乐而乐。

说楚汉地域上多是性情中人，还有语言可做佐证。楚汉方言，语调多为高开高走，即所谓的高腔高调。听上去只有喉音，等不及像北方人那样让心里的话经过腹腔，回绕一下再说出来，因而总显得尖锐有余，忠厚不足。这一点又以江汉平原和四周丘陵地带的人为最甚。深究其中，也没有别的理由，无非是不愿压抑自己的性情，久而久之自然成了习惯。

在真实生活里，楚汉之人极难做到比赛吹牛所形容的，耐着性子，将一剑封喉的绝招留到最后。只要有了要说的话，哪怕别人正在说，也要插进去，先将自己的意思表达出来。其中，最著名的楚汉人物，古有西部秭归县的屈原大夫，今有北部郧县（现为郧阳区）的杨献珍，东部浠水、蕲春的闻一多和胡风二位教授。别人正在津津乐道，老先生们硬要多嘴多舌，横插一杠子，结果能好得了？性情中人，好则好矣，不好起来一个比一个下场悲惨。

所以又可能说，性情中的楚汉之人天生善于先天下之忧而忧。

楚汉地域的东西两端，有两道名菜。一道菜叫懒豆腐。这是宜昌一带的叫法，在恩施一带则称其为合渣。顾名思义，这是懒人用懒办法做成的豆腐。它省掉了过滤、点卤、煮沸、冷凝后挤压成形等工序，将泡好的黄豆磨成粗浆，直接放进火锅，加入一些当地出产的时令山菜和腌制小菜，煮好即可。看上去其貌不扬，吃到嘴里味道鲜极了。另一道菜严格说起来并不叫菜，却在楚汉东部山区广为流行。无论天热还是天冷，一边做饭做菜，一边将灶里烧剩下的劈柴或者松枝用火钳夹出来，放进一只炉子里。偶尔家里有人生病，也会用这炉子来煎药。通常情况下，这样的炉子是用作烧吊锅的。炉子随后会被掇到桌面上，再将一只黑乎乎的吊锅架上去。吊锅里别无他物，只有滚沸的半锅清水和几只翻腾起伏有红有黄的腌辣椒。等到该坐下来的人全部围坐下来，说声"吃饭吧"，并不是先动筷子夹菜，而是将放在吊锅四周某一碗炒得好好的菜，倒进吊锅里。无论什么菜，最终都一样地倒进吊锅里。各种各样的菜，烩在一起，味道好到无论菜有多少，都会吃个精光。楚汉之人内心崇尚的正是此类的简单生活，需要像下棋时长考一样的思想并非其长项。得益于地理上的优越，在楚汉之人的行为里，诸多事情，只要像懒豆腐和吊锅那样，依一时性情随手处置就行。曾经有人建议楚汉之都武汉，有无市花无所谓，市香是万万少不得的。建议的市香是热干面的芬芳。每天早上，这座城市的街头巷尾，公共汽车和出租车内，各种写字楼，甚至星级宾馆里，只要有人就一定有热干面的印记。在汉语言所流传的地方，从来没有哪个地域会像楚汉之都武汉这样，假如没有热干面，男女老少宁可将空气和白开水当早点。深究起来，热干面这东西，也是随手之作。同饮一条长江水，往上有四川的担担面，往下有上海的阳春面，当中的热干面，正好取了二者味道的平均值。难怪楚汉之人爱说，性情中人自有天地垂青。

天生楚汉，天生湖北佬，每逢历史大起大落，总有一些蹊跷事降临头上。

说句天大地大不着边际的话，如果真有谁能主管人间命运，分管楚汉的那家伙一定是个爱犯糊涂的家伙。因为，相同的赏赐，只要给别处，莫不做出惊天动地的篇章，轮到楚汉却不尽然。

譬如说黄梅戏，乡音乡情浓得用水都化不开，却没有办法在本乡本土活下去，顺风顺水流浪不过几百里，踏上安庆码头后，忽然间江南江北莫不为之倾倒。同样是戏曲，当年演习汉剧的罗田弟子余三胜出武胜关北上，一不小心就让深植于北方大地上的京剧变了样。如今的京剧，随处都能听出汉剧的韵味，被抑扬婉转的汉调皮黄等丰富过的京剧，唱念中理所当然地带上了许多楚汉方言。作为京剧母本的汉剧，说气数已尽当然不符合事实，理解她并接受她的人越来越少却是不争的事实。在诸多省份里，楚汉之人是乡土观念最淡薄的。别处的人，在本土之外见到本乡人，总会有各种各样的表达亲密的方式。在乡亲与非乡亲中不做区别的，恐怕除了楚汉之人再也找不到第二例。黄梅戏走了也就走了，京剧得了汉剧的精华也就得了。当地人似乎也习惯于这样。当时不说回报，尔后更想不起来。

　　楚汉之人最可爱的秉性是敢为天下先。受命于危难之际的张之洞，正是有此基础，才有在楚汉地域上将国家大事做出个新气象来的决心。近代史上著名的汉阳造步枪，近代史上著名的汉阳铁厂，近代史上著名的大冶铜矿，像明珠一样让中华文明的近代史熠熠生辉。著名归著名，此后的一百多年里，最早为中华民族前程大计发起工业文明启蒙的楚汉地域，反而离工业文明越来越远。一百多年后，一个叫格里希的德国人，破天荒地当上了楚汉地域一家国有企业的厂长，由此引发的震荡，再次演化为近代中华工业文明史上最大规模的体制变革。在这种牵一发而动全身的彻底性面前，弄过潮的楚汉之人，出乎意料地再次退居幕后。心不甘，情却愿。格里希走了，转瞬间，楚汉之人就从后工业文明的雏形里退出来，回到自给自足、自娱自乐、将曾经的启蒙置之度外的混沌状态。

在外人看来，这样的事还不足以令其扼腕长叹。那些将学问做得越来越浪漫的人，最不能容忍的事情是，整体实力在公元前足以称为超级大国的楚国，居然被各方面相对落后的秦国灭了。留下一个天大的疑问：假如当年不是由秦国，而是由楚国来统一中国，中华民族的历史会不会更加光彩？在此之前，中华民族都是通过尧、舜、禹等新生的先进的力量，对旧王朝的更迭，来实现国家整体进步的。相比于其他王侯领地更具浪漫气质、更注重张扬人性、在其时的现代性上更能代表社会进步方向的楚国，在中华民族史上开了恶劣的先河。虽然史有名言：楚虽三户，亡秦必楚。后来楚人刘项联手，真的灭了秦王朝，只是恶性循环一旦开始，就难以停顿。随之而来的千年经历，多少王朝竟然一次次地仿效这种恶劣，以一国之泱泱，三番五次落败于生产力相对落后的地方势力。衰落再衰落，最终几乎成了列强们的殖民地。

楚汉之人实在不是那么容易说得清楚的。楚国人本应该在由奴隶社会向封建社会的转型中成为主宰，最终的历史烟云只让它扮演一名优秀的配角。说性格主宰命运，显然无法涵盖其中太多的内容。否则，在楚文化风风光光地沉沦的背景下，历史就会因此而生偏见。事实上，历史对楚汉地域的垂爱十分显而易见。经朝历代，最早从楚国废墟上建立起来的封建社会的大厦，面临同样的土崩瓦解。又是楚汉之人，仅仅发起一场仓促得不能再仓促的武装起义，就超越了北方南方那些经过周密策划的暴动，并宣告了封建社会最后王朝的覆灭。区区数百人，没有真正的领袖，没有真正的纲领，事成之后，这些起义者竟然还得用枪逼着那位事发之际仍在效忠清王朝的黄陂人黎元洪来统领自己。历史就是如此不可思议！黄兴和孙中山，是何等的魅力，何等的才干，人中伟杰的他们几经生死也没做成的事，由一群毛头小子一夜间实现了。在这里，天降大任于斯人已经不能说明具体事件，而应该说成是，天降大任之际，成也性情，败也性情！

每个地域的人格，自有每个地域的生存考验，历经千代万代才形成。楚汉地域上人格的传承，必然受到山水地理的潜移默化。长江浊，汉水清，南风吹来酷暑，北风吹来严冬，四通八达的陆路和水路，长年往来着五花八门的人众。当年的毛泽东，自离开湖南老家，楚汉之都武汉是其在京杭之外住得最多的地方，光是东湖边的一处居所，就光顾了四十四次之多。楚汉地域上究竟是什么风物让毛泽东情有独钟？天下山水难说楚汉最好，天下物产难说楚汉最丰，天下人性难说楚汉最佳。也许吧，天马行空独往独来的毛泽东，于孤独中另有一种对内心少有禁忌的性情中人的喜欢。也许吧也许，那个至死也不肯承认自己是河南新县人的许世友，就因为不肯改变世代形成的楚汉性情，才被毛泽东特许，可以带枪进中南海，可以生前忠于共产党，死后孝敬老亲娘。性情中人就像溶解温度为摄氏三十七点五度的纯巧克力，入口就化，其亲和感没有丝毫强加的意思。地理上的楚汉处在五湖四海中央，三教九流涡心。天设地造时，就已经命中注定要为东边的太阳、西边的月亮、去北的鸿鹄、往南的鸥雁们充当中间站。这是最吃力不讨好的差事。人家累了，心里想象的是能得到五星级的服务。天下只有一个楚汉，那么多人事川流不息地到来，得到好处的没事，感觉没有善待的当然会在继续上路后，将自己的抱怨川流不息地播撒出去。如今的巧克力越来越不可口，是因为越来越多的非巧克力被注入巧克力里。楚汉地域上的许多败笔本是外来者留下的，很难想象，旅行者会将沿途产生的物质与精神垃圾，一粒不落地背负到终点，将其抛在楚汉这块最大的人事聚散地上，就成了理所当然的选择。楚汉之人是由长在赤道南北二十度纬度以内的可可树上的结果实所制作出来的纯巧克力，楚汉之人的性情是可可豆中所含的化学物质苯乙胺，只要喜欢，它就会刺激人体释放出使人倍觉愉悦的另一种化学物质多巴胺。

楚汉之人的无意为之，恰好契合了西方人所说的，巧克力应当醇厚，思想应当清澈。

楚汉之人一次次地浪费了历史给予的机遇，历史又一次次地重新赐给新的机遇，其中预示什么，它的神秘性在哪里，恐怕还得让未来做证。

二〇〇三年三月三日于东湖梨园

《武汉抗疫日记》序

毫无疑问，武汉"封城"战疫是史诗级义举。

一千多万人，身在江南，却在春到江南时，毅然决然地将日子过成没有春天的春天。如何书写这部以没有春天的春天为背景的史诗，正在成为人类文明的一道难题。

武汉"封城"期间，应朋友邀约写过一首歌词《如果来日方长》。朋友的父亲是赫赫有名的陶将军。一九九八年夏天，陶将军受命亲率十万子弟兵，以与湖北武汉共存亡之决心，战胜史上罕见的大洪水，护佑半个中国的平安。正值壮年的陶将军，积劳成疾，不幸早逝。那段史诗般的功绩，留下一首颂歌《为了谁》，二十二年后的武汉战疫，很多人都还将她当成战歌在唱。武汉"封城"第十四天，朋友来电话，说是《为了谁》的原创班底，想推出一首《为了谁》那样表现武汉战疫的歌曲，并觉得歌词创作非我莫属。

后来与朋友交流，自己坦言相告。"九八抗洪"和武汉战疫，主战场都在湖北武汉，二者却大不一样。"九八抗洪"时，铁血将士们，不畏惊涛骇浪，挽狂澜于既倒，从鲜活生命到浪漫艺术，如大江东去，没有任何障碍，一声歌唱，便涌出共同心声。

我自横扫天下，傲视群雄又如何？尔等肉眼凡胎，岂能窥得仙人变幻！被称为仙人的全都是真人不露相，"封城"之下的武汉人，也是这样的，人和人都是一样的平凡，每个人的平凡又都各行其是，与别人大不一样。百里千里之外的人，更不用说了。

二〇二〇年春天的武汉战疫，人人都是受难者，人人都是大英雄。受难时，人人都在各自的角落里默默地拼着命！英勇时，人人还是在各自的角落里默默地拼着命！这样的受难和英勇，"封城"之外的人很难感同身受！不必说城内有别城外，同为城内，居住在一栋楼就有上千人口的小区，与偏安在单门独院的小楼，艰难还是那个艰难，恐惧还是那个恐惧，影响大不一样。哈姆雷特所说的"生存还是毁灭"，后者可以痛不欲生地大声疾呼，"这是一个值得思考的问题"，在前者那里就成了一个分分秒秒都要胆战心惊面对，一不小心就会万劫不复的鬼门关。武汉"封城"后期，来自国家部委、军队和各兄弟省市的三百四十六支援鄂（援汉）医疗队，四万二千多名医护人员有序撤离时，从武汉到湖北各地，大家自发地用各种方法表示内心的感恩。白衣天使们同样用无与伦比的感激，表示对英雄的湖北人民，英雄城市武汉的敬意！从祖国四面八方而来的白衣天使，同样困守，同样煎熬，同样拼命，和武汉人一样，体会到武汉有多么艰难，就有多么英勇！

"你们没有去过武汉，就不知道什么叫'封城'！"

这话出自一位援鄂（援汉）的护士之笔，是几乎所有援鄂（援汉）的医护人员安全返家后，都说过的一句话。简简单单的十几个字，包含着殒身不恤的刻骨铭心。

那首歌词写好后，自己就知道很难合作成功。这与是不是第一次写这种充满现场感的歌词无关，而是数千里之外的音乐家，很难透彻认识，全面感受，真正理解：人人在拼命，拼的是什么命？在那也能感受艰难困苦的第二现场和第三现场，真相在转移过程难免会或多或少丢失，需要通过充分想象加以还原。偏偏疫情导致超级城市封闭，是历史传统与生活经验中从未有过的，没有既往经验，越是用力想象，越是连想象者本身都难以感动。

十几年前，在给本地某人的作品集作序时曾写过，任何写作一定要找到文学的第一现场，就像不到黄梅小池走一走，不到桃山村小区门口站一站，无法真正理解武汉"封城"期间发生在那里的那些事。《武汉抗疫日记》的作者，人人都在写自己的害怕。若非身在第一现场，无法感受害怕是勇气的另一面，也很难理解害怕是武汉三镇一千多万人的共同经历。龟山和蛇山上的石头如果能走路，也会吓得闻风倒退三十里，害怕之后，仍然无损于石头们的坚强与坚硬。湖北省博物馆馆藏那些历经千万年悲惨的青铜瑰宝如果看得见，也会吓得魂不守舍，胆怯之后，肯定会更加光彩照人。"九八抗洪"时，临阵退却是莫大耻辱。武汉战疫不是这样的！武汉战疫，面对无所不在的危险，一切退却都失去了退却的意义，是从这一条战壕跳进另一条战壕，从以单位同事为战友变换为以家中亲人为战友，对手还是那个对手，敌人还是那个敌人，危险还是那个危险，责任担当还是那个责任担当。

《武汉抗疫日记》的二十几位作者，在书写这些文字时，本是想将自己人生中这段特殊经历用私人方式记录下来，没想过要变成公众读物。就像所有文学名著都是信手拈来，唯有不用匠心、不怀企图的文字，才能让人无条件地表示信赖。一段文字写得是不是很成功，形式是次要的。身在二〇二〇年春天最危险的第一现场，时间没有留下一分钟让他们去寻找深刻思想、美妙艺术，匆忙之中，有几个经典的母语句子，加上一些二十一世纪的村言俚语，反而格外撼动心魄。像他们这样，将内心的句子，连同身心的苦痛一起，每天层层叠叠地包裹在防护服中，用血，用汗，用泪水，用眩晕，用患者的喷溅物，用逝者的沉寂与起死回生者的浅叹，混合搅拌在一起，一天一拼命，一夜一平安。身为武汉人，自己也要用日记的作者们用得最多的"感谢"二字，回报更多的感谢。感谢他们在为武汉拼命之后，再以武汉的名义，写下当代中国实现伟大复兴过程中，无以替代的史诗般的七十六个日日夜夜。

二〇二〇年六月八日于斯泰苑

伟大的陪伴

——"中国'抗疫文学'与'文学抗疫'专题论坛"致辞

武汉全城解封之后,每一次旧地重游,都会觉得心里十分欣喜,却不敢让一丝一缕的欣喜外露。"封城"过后,这是自己第一次来到华师校园,免不了一边回首往日,一边说一句很俗的大实话,桂子山上的春天实在太好了!

"朝辞白帝彩云间,千里江陵一日还"是李白乘着轻舟越过万重山峡之后的回望。"无边落木萧萧下,不尽长江滚滚来"是杜甫人生漂泊老病孤愁再难改变的归结。新冠疫情像恶魔一样扑过来时,我们能做什么和不能做什么,我们做对了和做错了什么?这些回问也许是多余的,连恶魔的长相都看不清楚,除了生命本能的肌肉记忆,日常生活训练出来的下意识,我们几乎不懂得如何招架,又如何去理解有没有还手之力?然而,无论如何,人对自身一切经历的追问与深究,都是必要的,也是必需的。

武汉解封一年多,我们对新冠疫情有一定程度的回望,也有某些暂且的归结。站在文学的角度上,可以看得见,对应《霍乱时期的爱情》所写的年年月月,《鼠疫》所写的日日夜夜,"武汉'封城'战疫"这部史诗级别的巨著所表现的是那段时空中的分分秒秒。

一般的文学作品，小说也好，散文也好，都有虚构的成分。武汉"封城"七十六天，每一分每一秒都无法虚构。家家户户门窗紧闭，不分男女老少每个人的心扉也都关得紧紧的，在这种封闭的小环境里，在由无数封闭的小环境构成的更大环境里，有太多人所无法预知的事情会发生。童年时候，人都有过被长辈威胁关进小黑屋或者卫生间的小小恐怖。做孩子的都曾对此有过歇斯底里的害怕。新冠疫情对所有人都是从未有过的黑暗经历，如果说全人类的内心都很苍茫，在人类社会生活中率先进行"封城"的武汉，更是那段时光中人类苍茫的总和。

二〇二〇年二月中旬，武汉"封城"最紧张困难的那一阵，歌曲《为了谁》创作团队委托一位朋友打电话给我，希望能写一首像表现"九八抗洪"的《为了谁》那样的歌曲。我答应下来，在交稿时，我坦率地告诉对方，武汉"封城"战疫，与"九八抗洪"太不一样了，很可能出不了像《为了谁》那样一夜之间唱遍天下的名曲。根本原因在于，"封城"中人所感受的，与"封城"之外的感受差异太大。

"封城"时期的武汉，许多事情真的不是平常能够想象的。"封城"第五天，李克强总理来到武汉，一下飞机就问武汉现在最需要什么，然后亲自出面在全国范围内寻找武汉最需要的防护服。在拥有世上最完整的生产链的中国，也只找到一万件防护服。前任武汉市长周先旺亲口告知这事后，马上问我，你知道这一万件防护服运到武汉优先交付哪些人使用吗？一般人想都不用想，就以为应当分发给位处战疫第一线的医护人员。事实并非如此，那个时节，殡仪馆的殡葬工和医院的清洁工，比医护人员更需要防护服。疫情暴发之后积累起来的死者遗体，还有各种带有感染物的垃圾，因为没有防护服，一直都没有妥善处理。这批防护服发下去后，各家医院惨状很快有了改善。比如，运送传染病人的负压救护车，疫情暴发之前，全武汉总共才四台。李克强总理答应从全国征调时，市卫健委的负责人想要四十台，市长却开口要一百台，实际上后来仅仅武汉一地就有两百多台负压救护车。"封城"之下，即便是很不起眼的事情，若非亲历者根本无法想象，也不可能预知。

当自媒体上铺天盖地地批评从完全封闭的居民家中递给志愿者帮其代购的纸条上，不该苛求地写着"买菜的时候讨把葱"，要"乡下老太自己腌的那种咸白菜"和"小店里卖的辣条和相思卷不要超市的"，并指其为可耻的巨婴时，却不知道被"封城"封得看似麻木了的武汉人心里，还满怀早日打开小区门，打开城市门，打开省门和国门，重新回到烟火人间的渴望。当巨大的声音痛斥那些从医院里辞职回家的工人时，却不知道这些人只不过是从一个战壕跳进另一个战壕，从一名打攻坚战的战士变成打阻击战的士兵！在一千一百万武汉人当中，没有一个逃兵。只要身在武汉，谁也当不了逃兵，也不可能不当勇士，若是不当勇士，不拼命地与病毒做斗争，后果不言自明。

武汉"封城"是人类最深的痛与最深的爱。在这样的大背景下，如何理解一位护士长好不容易有机会回一趟家，九岁的女儿却躲在门后叫妈妈别进门，如何理解太多人因为收到一只口罩而泪流满面至今感恩不已，类似感觉，只有"封城"中人才能真正体会到针扎一样的痛和乳养一般的爱。

社会的脉搏需要安放在个人情怀之中。

个人情怀需要用社会脉搏来激活。

魔鬼藏于细节之中，灵魂同样藏在细节当中。作为文学的武汉，那些写给代购者的小纸条内容，是否必须真的做到，断断不会认真计较，当纸条的作者写下这些活色生香的文字时其内心已经很满足了。本质上这些小纸条就是了不起的诗歌、散文和小说，一方面写了武汉人的艰难苦痛，另一方面又在不经意间写出武汉朴实无华、没有半点虚荣浮夸的浪漫与理想，疫情再严重，也无法阻止一座城市渴望烟火气息满人间式的安详，渴望酸爽麻辣的日常生活重新回来。所以，那些小纸条的主人才是这场世纪困局中最耀眼的作家，那样的写作才配得上经典的意义，深得《红楼梦》以来中国文学的真传。

别人可以说武汉是一座英雄的城市，武汉人民是英雄的人民。作为武汉人，我写了一部纪实散文《如果来日方长》，并不是要代表谁发出某种声音，只是想表达一种武汉人的情怀，感谢"封城"之外的所有人给了武汉一次伟大的陪伴！此刻，我所说的每一个字，同样是为了向陪伴武汉挺过最艰难的日子之后，又用"抗疫文学"与"文学抗疫"的专题论坛继续陪伴武汉的各位专家朋友深表感谢！文学有多么光辉,你们的陪伴就有多么光辉!文学有多么伟大,这样的陪伴就有多么伟大!

二〇二一年四月十七日于华中师范大学国际学术交流中心

两棵树上，一棵树下

再到簰洲湾，并非一时兴起，而是这些年，心心念念的情结。

出武昌，到嘉鱼，之后去往簰洲湾的路途有很长一段是在长江南岸的大堤上。江面上还是春潮带雨的那种朦胧，离夏季洪水泛滥还有一段时间。在时光的这段缝隙里，那在有水来时惊涛拍岸的滩地上抢种的蔬菜，比起别处按部就班悠然生成的绿肥红瘦，堪可称作俗世日常中的尤物。除了蔬菜，堤内堤外所剩下的就只是树了，各种各样的，一株株，一棵棵，长势煞是迷人。

有百年堤，无百年树。这句话本指长江中游与汉江下游一带平原湿地上的特殊景象。

因为洪灾频发，大堤少不得，老堤倒不得，大树老树只是栽种时的梦想，还没有活够年头，就在洪水中夭折了。一九九八年夏天的那场大洪水，让多少青枝绿叶停止了梦想，也让不少茁壮的树木在传说中至今不朽。

第一次来到簰洲湾又离开簰洲湾时，就曾想过，一定要找时间再来此脚踏实地走一遍。一九九八年八月下旬，搭乘子弟兵抗洪抢险的冲锋舟，第一次来簰洲湾，一行人个个系着橙色救生衣，说是在簰洲湾看了几个小时，实际上，连一寸土地都没见着，更别说只需要看上几眼就能用目光逼出油来的肥沃原野。除了几段残存的堤顶和为数不多的树梢，我们想看上一眼的簰洲湾被滔天的洪水彻底淹没。汤汤大水之上的我们，悲壮得连一滴眼泪也不敢流，害怕多添一滴水，就会带来新的灭顶之灾，连这少数树梢和残存的几段江堤也见不着了。

那年夏天，使整个簰洲湾陷入灭顶之灾的洪水，是我迄今为止见过最凶猛的，多少年后仍无法相忘，偶尔需要举例时，便会情不自禁地拿出来做相关证明。比如，前些时一家出版社的编辑非要将个人文集里早前写就的"簰"，按时下文字规定改为"排"。与其沟通时，自己问对方应当知道簰洲湾吧，"九八抗洪"时，不少媒体也曾按规定写成"排洲湾"，后来全都一一改正过来。又与对方说，电影《闪闪的红星》插曲所唱："小小竹排江中游"，武夷山九曲溪的导游词："排在水中走，人在画中游"，如此竹排哪能禁得起滔滔洪流？那在大江大河之上，承载重物劈波斩浪，非"簰"所莫属。簰是特大号的排，但不可以统一称作排。正如航空母舰是超级大船，却无人斗胆称其为船。簰洲西流弯一弯，汉口水落三尺三——浩浩荡荡的长江上，能与重大水文地理相般配的器物，岂是往来溪涧的小小排儿所能担当！

二〇二一年初夏，第二次到簰洲湾，所见所闻没有一样不是陌生的，因为第一次来时，从长江大堤溃口处涌入的大洪水，将最高的楼房都淹得不见踪影，平地而起的除了浊浪便是浊流，与此刻所见烟火人间，稼穑田野，判若天渊。很难相信，眼前一切所见，在二十三年前的那个夏天，全都沉入水底。那一眼望不到边的菜地里种着尤觉清香扑鼻的优质甘蓝，刚刚开过花便迫不及待地露出油彩梢头的油菜，还有那骄傲地表示丰收即将到手的麦子，用粼粼波光接上云天迎候耕耘机器的稻田，这些一眼就能看透的乡村田园图景，仿佛开天辟地以来即如是如斯，不知洪水猛兽为何物！当年所见簰洲湾，只有洪水与舟船。如今的簰洲湾，小的村落有小小的车水马龙，大的乡镇有浓浓的歌舞升平。那些被水泡过的老屋仍旧烟火兴旺喜气洋洋，一旁新起的高楼与新建的长街更加抢眼，临近小河的一栋栋农舍，颇得诗风词韵，如此流连，迥然于一九九八年夏天来过后，太多伤心下的欲走还留。

梦浅梦深，亦真亦幻的时刻当然很好，所谓美梦成真，就是将日子过得如同美梦一样。由于当年子弟兵的驰援，这片土地才从最艰难的日子挺了过来，由于三峡大坝建成后对长江上游洪水的拦截，由于普天之下的民众都在勤劳勇敢奔向小康，一向狂放不羁的洪水也将凶悍性子收敛起来，哪怕是乘着最大洪峰笔直往东而来，不得不在簰洲湾顶头的大堤前扭转半个身子往西而去时，一改从前的暴虐，反倒以岁月流逝模样用浪花之上的江鸥点染一段温情。

最能表现这温情的是小镇边上两棵白杨，还有朋友反复告知的那棵杨柳。

说簰洲湾白杨树多，是事实，又不全是事实。整个长江中下游地区，凡是依靠着长江的村落乡镇，家家户户都将种白杨树当成洪荒时节安身立命的最后机会。

一九九八年八月一日夜里，簰洲湾大堤没能顶住洪魔的肆虐，终于溃口了。后来通过视频看到，惊涛骇浪之中，那个名叫江珊的小女孩死抱着一株小白杨，硬是从黑夜撑到黎明。当有人来施救时，小女孩还不敢放手，一边号啕大哭，一边说奶奶让她抱着小白杨千万不要松手。奶奶自己却因体力不支，抱不住小白杨，随洪水永远去了天涯。洪灾之下，生命没有任何不同。那比狂飙凶猛百倍的浪潮来袭时，一辆辆正在抢险的重载卡车，顷刻之间成了一枚卵石，淹没在浪涛深处。一位铁汉模样的将军，到此地步，同样得幸抱着一棵小白杨。

二十三年过去，小镇边上的这两棵白杨树，长得很大了，粗壮的树干拔地而起，那并肩直立的模样，其意义就是一段阻隔洪水的大堤。私下里，簰洲湾人，将一棵白杨称为"将军树"，另一棵白杨称为"江珊树"。小镇的人这么说话，听得人心里格外柔软，也格外苍凉。不由得想得起天山深处的胡杨，华山顶上的青松；想得起西湖岸边的垂柳，洛阳城内的牡丹。在小镇中心的"98抗洪纪念馆"，几张旧照片上，一群人正是紧抱着小白杨才让吃人不吐骨头的洪魔终成饿鬼。从纪念馆出来，再次经过那两棵高大的白杨树时，不禁抬头望向空中，万一灾难重现时，这白杨可以给多少人以最后的生机？

在簰洲湾上游约二十里，有个地方叫王家月。一九九八年八月二十一日，全世界都将此地误称为王家垸。那天早上，自己随一个团的军人十万火急地赶到此地，打响"九八抗洪"的收官之战，在水深齐腰的稻田里封堵这一年万里长江大堤上出现的最后一个管涌。险情过后，封堵管涌的几千立方米的大小块石与粗细沙砾，成了平展展田野上的一处高台。

相隔二十三年，再来时，一场大雨将头一天的暴烈阳光洗得凉飕飕的，田间小路上的泥泞还在，当初都曾舍身跳进洪水的几位同行者，小心翼翼的模样，有点像是步步惊心。在离高台不到五十米的地方，自己到底还是站住了。

在高台正中，孤零零长着的一棵小树——

不用问便已知道，不是别的，正是当地朋友业已念叨过许多遍的那棵杨柳。

夏天正在到来，仿佛是被最后一股春风唤醒记忆。发生管涌的那天正午，爱人下班时将电话打到我的手机上。就在那棵杨柳生长的位置，对着手机，我没有说自己正在管涌抢险现场，只说一切都好！一九九八年夏天人们听到"管涌"二字，宛若二〇二〇年春天世人对"新冠"的谈虎色变。我对爱人说一切都好时，站在深水中的几位战士用一种奇怪眼神看过来！那天午后两点，险情基本解除后，与大批满身泥水的军人一道蹲在乡间小路上，痛痛快快地吃了几大碗炊事班做的饭菜。管涌现场仍有大批军人在进行加固作业，另有三三两两的当地人拎着各式各样的器物，在给子弟兵们送茶送水。想着这些，心中忽地一闪念，那时候自己不将真相告诉爱人，只对她说一切都好，本是一句平常话，这种自然而然的表述，既是亲人之间相互关爱，也是发自内心的愿景。那时候，在这高台之下的深水里，身处险境的军人，谁人心里不是怀着青青杨柳一样的情愫，牵挂着杨柳<u>丝丝</u>一样的牵挂。

相比从前，簰洲湾上上下下堤内堤外一切都好了许多，那叫得出名字的两棵白杨，从风雨飘摇中挺过来，一年一年地长成参天大树。那曾经指望三万年后才风化成沙土的块石沙砾高台，才几年工夫就有杨柳长了出来，虽然只有一棵，却更显风情万种。这样的杨柳能长多少叶子呢？远远看过去，大约几千片吧，这是一种希望，希望小小杨柳用这种方式记住当初参加封堵管涌的几千名子弟兵。

曾经在干旱少雨的甘肃平凉，见过一棵名为国槐的大树，三千二百年树龄，毫不过分说，那样子是用苍穹之根吸收过《三坟》《五典》的智慧，用坚硬身躯容纳下《八索》《九丘》的文脉，用婀娜枝叶感受了《诗经》《乐府》的深邃与高翔。簰洲湾一带，注定没有见证天地玄黄、宇宙洪荒的老树，能够见证的是分明应当向东流逝之长江，到了此地却扭头向西而去，将洪水猛兽与大小龙王都不太相信的奇观，都付与簰洲湾及其上的西流湾。不必等到再过二十三个二十三年时，不必等到垒起高台的块石与沙砾变得与周围田野浑然天成时，更不必让小小杨柳和高高白杨都变得千年国槐那样沧桑，大江之畔无所不在，大水之中万物天成。历经过灾难的白杨全都是周瑜、陆逊那般青春小伙模样，苦难中泡大的杨柳全都是大乔、小乔一样婀娜姑娘身姿，在实现梦想的过程中走向新的梦想，比起已经固定下来的某种象征，更加令人向往。如同自己刚转过身，就在想什么时候再来看看簰洲湾，看看簰洲湾这里的两棵白杨、一棵杨柳。还有这两棵树上，还有这一棵树下，安详天空，锦绣大地！

二〇二一年五月十七日于斯泰苑

何事酒最醇

天下善饮之人可分为五种境界。

最无趣者，每有山珍海味，便欢呼着将酒拿来助兴。

最糊涂者，无论佐餐菜肴是甚，均要来上三两二两。

最清醒者，并无任何佐餐之物，与朋友对谈并对饮。

最快活似神仙者，举杯朝向空无一人的对座，认认真真地三邀四请，大大方方地颂扬对方，且与之同酌共饮。

最是一种人，一杯饮尽，略一闭目便小梦一场，醒后又饮，再梦再饮，如此不管天高地厚，其意什么都是，什么都不是，什么都明白，什么都不明白，什么都得到了，什么都没有得到，酒即是自己，自己也即是酒，一杯一杯饮下去的也都是自己。

现实中，还有一种境界。武汉疫情过后，每逢朋友小聚，自己常说，待治眼疾，再与大家好好喝一顿。这话没有半点推辞之意，自己真的想好好喝上几杯。武汉"封城"之初，有朋友告知，某医学权威人士说，白酒对防御新冠病毒有意外之效果，这在医学上尚无证明，只存在于鲜活的人生中。比如前些年闹"非典"，但凡每天要喝上二两的人，没有一个中招。"封城"七十六天，自己天天记着这话，每每晚上都要来两杯六十三度的衡水老白干。而且还都开着视频，与隔着半座武汉城的朋友一起痛饮。这样的境界，想一想都觉得沉重，是我们不希望重现的。

说到底，自己还是不善饮。只是时间长了，总听人说酒，也总看别人醉酒，还总看别人痴情于酒，免不了跟着琢磨，居然也有这么一些体会。

在一段时间里，曾不厌其烦地与人说，人一辈子要做三件事，第一是喝一次珠峰矿泉水，第二是坐在剧场的前十排看一场杨丽萍的舞蹈，第三是人到中年后真正忘我地读一遍《红楼梦》。阅历丰富时读《红楼梦》才能读出真正的人生况味，在剧场的前排近观赏杨丽萍的舞蹈可以看见人的灵魂就在那指尖上，珠峰泉水则说来话长。某次在拉萨被朋友带去朋友的朋友家喝茶，三巡过后，主人见我还没开口评价他家的茶，便从里屋拎出一桶刚从珠峰带来的泉水请我品味。三杯两盏下去，感觉并无什么特别。朋友的朋友这时拿出一瓶市面上出售的矿泉水，依其吩咐，喝下一口，顿时觉得一向在市面上口碑甚好的这种矿泉水，居然如此酸涩。朋友和朋友的朋友们顿时开怀大笑。凡事对境界有了高一层的体察，才会明白既往的不足与欠缺。我说这些本是为了对抗那些醉醺醺的话题，想不到后来又生发出人一辈子要做的第四件事：一定要与最好的朋友一起喝一场真正的好酒，然后留下一星半点，直接作用于书法中。

曾经沧海难为水，除却巫山不是云。只要是与人有关的事，这话从来不会失灵，从来不会不到位。

一九七七年，是我当工人的第三个年头。受工厂委派出差途中，在重庆火车站旁边的饭店里，第一次发现一角钱一碗的鲜啤酒原来如此清爽，比之前在县里喝到的青岛啤酒好上一万倍。那个年代，青岛啤酒一路辗转运到南方某座小县城，又在县城某处仓库里待着，直到凭着县委书记手写的纸条到达某个餐桌上，早过了保质期。弄得县城里喝过啤酒与没有喝过啤酒的人，都以为天下最有名的青岛啤酒都有一股尿臊味，别的啤酒更不能喝了。从重庆往南再回头向北，于国庆节前一天来到湖南湘潭的韶山冲。因为毛主席逝世才一年，去参观的人特别多。当然是那时候的特别多，而不是现在的特别多。那时候只有政治经济学，还没有旅游经济学，去韶山冲的人，多是因公到长沙，顺便来看一看。不比别处的游山玩水，看看韶山冲，无论多么刻板的单位，都不会拒绝报销差旅费。所谓人多，远不及现如今，从韶山火车站开始就是铺天盖地的人流。那一年的情形，也就是从清水塘边开始，直到那处乡下小屋之间的泥土路上，南腔北调的行人络绎不绝。而在那普通的乡下小屋里，还能挪出半间，用于售卖来自全国各地的名特商品。

  进工厂三年，自己的工资，已由最初的十八元，调整到二十二元。此行出差，由县城至武汉、信阳、开封、西安、成都、自贡，再至重庆、昆明、贵阳、柳州、长沙，然后经武汉回到县城，二人同行，全部差旅费也就四百元，却被毛主席故居里摆着出售的八元五角一瓶的茅台酒吸引住，最终在周围人群的一阵惊叹声中，掏出十元人民币，将一瓶茅台酒连同找回来的零钱一并收入囊中。实际上，这是自己生平第一次见到茅台酒实物，也是第一次用自己挣的钱买酒。在回武汉的绿皮火车上，因为人多，因为怕摔，将其用网袋装着挂在车窗旁的衣帽钩上，火车一晃荡，酒香从瓶子里溢出来，来来往往的旅客，无不重重地吸一下鼻子，盯着网袋说一声，哟，茅台酒！

回到县城，这瓶茅台酒送给了儿子的外公，那是一位善饮的长辈。想起来，当年自己之所以敢于掏出钱包买上一瓶茅台酒，部分原因是内心觉得不能错过这不需要县委书记写纸条就能买到茅台酒的机会，才如此奢侈一回。天下善饮者自然不会全都迷倒在茅台酒香之中。一九九九年春天的一场喜宴上，自己给每一桌备了一瓶茅台酒，想不到应邀来的上百名宾客，居然有些人不对酒路，嘻嘻哈哈地用一瓶茅台换两瓶当地产的白云边来饮。此后的很多年，这事一直是朋友相聚时的趣谈。其间，涉及的相关酒文化，完全能够上升到美与审美范畴。

在我们家，父亲是最善饮的，一辈子从未醉倒。只要父亲拿起酒杯，那酒经由舌尖流入肠胃，十几分钟后，就变成津津汗水由脚底下淌出来。父亲多次夸张地说，每次喝酒，最吃亏的不是肝脏，而是脚上的鞋和袜子。相比父亲的酒品，自己干酒的行为实在愧对家风。一个人但凡不善饮，总是对所有酒类，并非单指某一种。曾经以为自己也是这样，无论是纯度高达七十度，还是只有百分之八九，只要是酒，都会是自己的毒药与天敌。比如那年躲在大别山主峰天堂寨下写自己的第一部长篇小说，大功告成之际，放开肚量饮一场当地出产的老米酒。当地人说老米酒从不醉人，轮到我时，却大醉一场，惹得别人说我一连三天都是半梦半醒的鬼样子！

二〇〇五年初夏，与熟识的十几位作家一道，重走长征路，由瑞金出发，到达贵州铜仁时，好客重文的当地人拿出他们的土特产来款待我们。一路走来，自己始终滴酒不沾，到这一刻，同行的一位兄长忽然貌似严肃认真地说，到了这里，就相当于当年红军到了茅台镇，不来几杯茅台酒就不是真正的长征！兄长的话虽然有道理，关键是自己心里本来就有几分犹豫。之前这么多年，也不是没有喝过所谓茅台酒，由于市面上鱼龙混杂，李鬼比李逵闹得还起劲，偶尔拿起酒杯，心里就发虚发慌，担心遇上伤身子的假货。在铜仁这里，真茅台酒易得，假茅台酒反而难寻。酒桌上的事，由不得想太多，说话间，自己已经饮了三杯。说来奇怪，往日若是三杯下肚，身子就会有这样那样的不舒服。这一次，不仅没有不舒服，周身有一种温暖在盘旋，下意识地摸一下额头，竟然水淋淋的，满手汗珠。之后在贵州地界，只要有机会，自己就会主动索要酒杯，且屡试不爽。从铜仁那一次起，这么多年来，自己这口舌简直成了试金石，三杯下去，如果有汗冒出额头，一定是真茅台酒。如果不见动静，肯定不会再动第四次酒杯。

人都会有某种独门绝技，开发得早的人往往会少年得志，发现迟了则大器晚成。还有一身潜能的人，不仅别人没发现，连自己都没有发现，如此是为怀才不遇。所以，世间之事，天时地利人和，缺一不可。天下山水，美不胜收。偏偏有人只喜欢山，另有一些人只喜欢水。世间美人再多，真正适合自己的只有一个。否则为何前赴后继的帝王们，分明后宫佳丽三千，却要专宠某位贵妃？酒这东西也是如此，山西汾阳、四川宜宾、陕西凤翔，还有湖北松滋等等，那百样千般的美酒，各自拥有棒打不散的知己。比如四川洪雅，那地方本就不太知名，县里的一个小镇更不用说了。就在那个不到现场永远也不可能发现的小镇上，一家小酒厂酿造的才十元钱一瓶的白酒，让一帮同行心都醉了，将赞美之词洒落一地！

不善饮终归还是不善饮，那在真的茅台酒面前主动有所表现，还有自己后来与这赤水河边充满灵气的尤物别样相逢，只算是半个知己。某个时刻，也是趁着饮后余兴，将杯中没有饮尽的茅台，点点滴滴洒进端砚，再在宣纸上行文。那一刻里的墨迹，突然出现前所未有的韵味，凡是心里想要表达的，比如要比云重一点，比如要比水轻一点，比如要比电缓一点，比如要比风急一点，比如要比岩石灵动一点，比如要比飞泉老成一点，如是如斯，没有不随心所欲的。往后再用其他酒试着比较，都达不到此等神效。自此凡有重要作品书写，都会这么来做。写到舒心时，那种醉，身手系于原野，心神直达天外，从早到晚，一口气未歇，竟不知疲惫为何物。

早年间，那十来个朋友硬要将茅台酒换成白云边，其过程止于纯粹酒事，没有丝毫其他意思。饮酒之事，只有口味对不对，没有喜欢或不喜欢的问题，即使是由于各种原因而与世界上最珍稀的美酒无缘，也不会缺少相对敬重与思慕，就像那善饮的第五种方式，哪怕不再触碰酒杯，也一样能够醉天醉地。好酒的人常常自称懂酒，懂酒的人则认为酒是一种文化。二〇二〇年春天，因为疫情封闭在武汉，家中没有任何消毒杀菌的东西时，万般无奈之际只好将六十三度的衡水老白干当成普普通通的消毒酒精使用。由此可见，善战者无赫赫之功，善医者无煌煌之名，善饮者无夸夸之词，如此最好。

二〇二一年十二月二十九于斯泰苑

在记忆中生长的茶

人的内心并非总是难以捉摸,越是那种平常琐碎的场合,越是那些胡乱忙碌的行为,越是能将其藏匿得不见踪影的底蕴暴露无遗。譬如喝茶,像我这样的固执地喜欢,很容易就会被发现其中已不是习惯,而是某种指向十分明显的习性。

在我少年生活过的那片山区,向来就以种茶和在种茶中产生的采茶歌谣而闻名。上学的那些时光里,一到夏季,不管是做了某些正经事,还是百事没做,只是在野外淘气,譬如下河捉小鱼,上树掏鸟窝,只要看到路边摆着供种田人解渴消暑的大茶壶,便会不管三七二十一,捧起来就往嘴里倒,然后在大人们的吆喝声中扬长而去。往后多少年,只要这样的记忆在心里翻动,立刻就会满嘴生津。年年清明刚过,谷雨还没来,心里就想着新茶。那几个固定送我茶的朋友,如果因故来迟了,我便会打电话过去,半真半假地说一通难听的话。到底是朋友,新茶送来了不说,还故意多给一些,说是存放期间的利息。

因为只喝从小喝惯了的茶,又因为有这样一些朋友,使得我从来不用逛茶市。外地的茶,从书上读到一些,有亲身体会的,最早是在武夷山,之后在泉州,然后是杭州西湖和洞庭湖边的君山等地,那些鼎鼎大名的茶从来没有使我生出格外的兴趣,只要产茶的季节来了,唯一的怀念,仍旧是一直在记忆中生长的那些茶树所结出来的茶香。

九月底,《青年文学》编辑部拉上一帮人到滇西北的深山老林中采风。带着两裤腿的泥泞,好不容易回到昆明,当地的两位作家朋友闻讯赶来,接风洗尘等等客套话一个字也没说,开口就要带我们去喝普洱茶。汽车穿越大半昆明城,停在一处毫不起眼的大院里。时间已是晚十点,春城的这一部分,像是早早入了梦乡,看上去如同仓库的一扇扇大门闭得紧紧的。朋友显然是常来,深深的黑暗一点也挡不住,三弯两拐就带着我们爬上那唯一还亮着"六大茶山"霓虹灯光的二层楼上。

与别处不一样,坐下来好一阵了,还没有嗅到一丝茶香。女主人亲自把盏,边沏茶边说,她这里是不对外营业的,来喝茶的都是朋友,万一有人意外跑来,她也一样当朋友待。女主人将几样茶具颠来倒去,听得见细流声声,也看得见眼前所摆放的那些据称价值连城的茶砖,熟悉的茶香却迟迟不来。这一趟天天十个小时以上的车程,又都是那别处早就消失了的乡村公路,确实太累了,小到不够一口的茶杯,不知不觉中已被我们连饮了十数杯。女主人很少说话,倒是我们话多,都是一些与普洱茶无关的事。女主人不时地浅浅一笑,那也是因为当地朋友对她的介绍所致。不知什么时候,心里一愣,脱口就是一句:这普洱茶真好!话音未落,寻而不得的茶香就从心里冒了出来。

到这时女主人才露些真容，细声细气地说，不喝生茶，就不知道熟茶有多好。又说，刚才喝的是当年制成的生茶，而正在泡的是放了二十三年的熟茶。不紧不慢之间，一杯熟茶泡好了，端起来从唇舌间初一流过，真如惊艳，仿佛心中有股瑞气升腾。这感觉在思前想后中在反复萦绕，不知不觉地就有一种悲天悯人的温馨念头生出来，在当时我就认定，普洱茶就像成就它的乡土云南的女主人，是冷艳，是沉香，是冰蓝，是暖雪。女主人继续温软地说，天下之茶，只有普洱可以存放，时间越长越珍贵。昆明地处高原，水的沸点低，在低海拔地区，水烧得开一些，泡出来的普洱茶味道会更好。听说由于温差所致，普洱茶在酷热的南方存放一年，相当于在昆明存放五年。我便开玩笑，将她的茶买些回去，五年后，不按五五二十五年算，只当作十五年的普洱茶，由她回购。一阵大笑过后，普洱茶的滋味更加诱人。

满室依然只有高原清风滋味，那些在别处总是绕梁三日熏透窗棂的茶香，一丝不漏地尽入心脾。从舌尖开始，快意地弥漫到全身的清甜，竟在那一刻里升华出我的母亲。有很多年，母亲一直在乡村供销社里当售货员。一到夏天，她就会频繁地操着一杆大秤，将许许多多的老茶叶片子收购了，装进巨大的竹篓里，还为它们编上"黄大茶一级"或者"黄大茶二级"等名称。每当竹篓层层叠叠地码上供销社的屋顶时，就有卡车前来拖走它们。那些巨型竹篓上的调运牌，所标志老茶叶片子的最终目的地，就曾包括过云南。只是那时的我们实在难以相信，这种连牛都不愿啃一口的东西，也会被人泡茶喝。一杯普洱，让我明白只要怀着深情善待，那些被烈日活活晒干的老茶叶片子也能登峰造极。

为茶的一旦叫了普洱，便重现其出自乡村的那份深奥。对比茶中贡芽，称普洱为老迈都没资格；对比茶中龙井，称普洱太粗鲁都是夸耀；对比茶中白毫，普洱看上去比离离荒原还要沧桑；对比茶中玉绿，普洱分明是那岁岁枯荣中的泥泞残雪。所有的所有，一切的一切，种种宛如真理的大错铸成，都是没有经历那醍醐灌顶般深深一饮。乡村无意，普洱无心，怪不得它们将性情放置在云遮雾罩之后！世代更替，江山位移，以普洱为名之茶，正如以乡村为名之人间，是那情感化石，道德化石，人文化石。还可以是仍在世上行走之人的灵魂见证：为人一生，终极价值不是拥有多少美玉，而应该是是否发现过像普洱茶一样的璞玉。

看看夜深了，有人撑不住先撤了。留下来的几位，号称是茶中半仙，都说一定要喝到女主人所说，普洱茶要泡到五十泡才是最好的境界。作为过客的我们，终于没坚持到底，在四十几泡时，大家一致地表示了告辞，将那也许是梦幻一般的最高境界留给了真的梦幻。

因为有送我茶的朋友，这辈子我极少花钱买茶。那天晚上一边把着茶盏，一边就想买些普洱茶，只是有些额外担心，怕人家误以为是在暗示什么，才没有开口。离开昆明之前，我终于忍不住在机场商店里选了一堆普洱茶。虽然最终是同行的李师东抢着付了款，仍然可以看作是我这辈子头一次买了自己所喜爱的茶叶。

请我们去喝茶的朋友们再三说，在云南当干部，如果不懂普洱茶，大家就会觉得其没有文化。即便是省里最高级别的领导在一起开会，最先的程序也是拿出各自珍藏的普洱茶，十几个人，十几样茶，都尝一尝，当场评论出谁高谁低。不比升职或贬谪，评得低了的，下一次重新再来就是。普洱茶好就好在普天之下从没有两块滋味相同的。一如人一生中经历过的情爱，看上去都是男女倾心，个中滋味的千差万别，大如沧海桑田，小似一棵树上的两片叶子。

用不着追忆太久，稍早几年普洱茶还是平常人家的平常饮品。也用不着抽丝剥茧寻找乡土之根，那些远在天边近在眼前的所在本来就是普洱茶的命定。更用不着去梦想命定中的乡土，能像它所哺育的这一种，忽如一夜春风，便能洗尽了其间尘埃。那天晚上，我和李师东相约都不刷牙，好让普洱茶的津香穿越梦乡，一缕缕地到达第二天的黎明。我因故早就不喝酒了，却偏偏要将普洱茶饮成一场久违的乡村宿醉。

二〇〇五年九月五日于东湖梨园

一座山，一杯茶

隔着大别山分水岭，岳西境内的水向东注入长江。

分水岭的另一边，我生活过三十多年的地方，大大小小的河流也是注入长江，却依着苏东坡"门前流水尚能西"之言，全部向西奔涌。

南临长江，北枕黄河，中间贯穿淮河的大别山，用一道分水岭，显出与其他名山大川的不同。那些东西走向的山脉，南坡都很平缓，北坡都很陡峭。大别山没有南坡，也没有北坡，只有东坡与西坡，相邻地段，要陡全陡，要缓都缓。高高的分水岭两边，看上去有各州各县的区别，地脉与气象，一般无二。就连吃的喝的穿的戴的，几乎也是不分彼此。一杯酒，一样地醉人。一盏茶，一样地沁心。小河里游着的小鱼儿，外面的人都不晓得叫什么名字，山两边的人一样地将长有花纹的叫作花翅，没有花纹全身纯白的则叫马口。

虽然如此，由于因缘际会，一道分水岭还是区隔出一方热土，一派生地。这一点是人性中最无计可施无法对付的。比如我们家，从长江边的古城黄州搬迁到大别山主峰天堂寨下，几十年过去，熟土生地的概念，依旧了然于心。就算是长辈如爷爷、父亲，进山之后，一生无甚嗜好，单单爱上饮茶，唯山中才有出产的这类珍宝，也无法改变事关乡土的生熟理念。

在此之前，但凡去到一个陌生的地方，我一向惜字如金，轻易不多说一句话，当然，也是不放心自己才疏学浅，没有见识，弄出贻笑大方的事情来。在岳西的那几天，难得话多。往往是当地人说一句话，自己就会接过话题，也不管其他人想不想听，自顾自地说上几十乃至上百句。

所说的话全与记忆相关。这也证明了，那看似陌生的人文地理，只要不是物理性失忆，也不是精神性失忆，忽一日被某人某事搅动了，深埋的岁月便又重新活跃起来。

失忆是一件可怕的事，但还没有达到恐怖程度。用自我宽慰的角度来看，失忆是人生的重写与重塑，还可以看成是一种重生。旧时真实，过往历史，由于失忆，从生理上彻底切断那一步一个脚印的脉络，不得不像新生儿那样，在空白的脑海里重新充填种种酸甜苦辣，样样喜怒哀乐，离离爱恨情仇，以及终将免不了的生老病死，宛若又活了一回。

相比之下，真正令人难以接受的是对记忆的篡改，不管是无意，还是有意，更别说是恶意。记忆被充分修改过、被刻意戏剧化的人生，是给别人观赏的，无非想光鲜亮丽些，门第高贵些，够得着天才些，或者相反卖惨多些。后一种篡改，数量相对较少，人有所闻，大都当成谈资一笑了之，比如现时电视节目中的那些套路。前几种则不同，那层伪饰一旦被捅破，必定遭人嫌弃，比如大庭广众之下，一身酸腐，硬要往儒雅堆里凑，到头来连鼻子都讨厌自己的嘴脸。

人如此，山水亦如此，万物皆不能例外。

一处奇妙山水，因为天灾人祸，弄得山没有了绿植，水没有了清幽，但只要天时地利人和都到位了，假以时日，该长树的山坡又会长出树来，该开花的山坳也会重新灿烂，如同失忆后重获新生，不记得之前的各种模样不要紧，只要后来活出的模样不是太离谱就值得庆幸。怕就怕不管三七二十一，将别处的所谓好东西生搬硬套地拿来，比如将黄河边的牡丹移栽在长江畔，喜欢弱碱性土壤的花草，即便是国色天香，也经不起长江水流过的那些弱酸性土地的宠爱。

在分水岭的西边，苏维埃时期，曾经有个红山中心县委，下辖英山、霍山、太湖和潜山四县。很多年，史料一直这么写。上中学时很奇怪，被这四个县团团围住的岳西县哪里去了，是不是由于岳西境内对手势力太过强大而无法高举镰刀斧头让红旗飘飘？不知从什么时候开始，相关苏维埃时期的红山中心县委又有了新的说法，其管辖范围不是四个县，而是五个县，这第五个县就是岳西。如此看起来释了自己心中之疑，所带来的是更加疑惑之疑。这一次来岳西，身临其境，听得说，岳西作为县域，始于一九三六年元月，这才像对待失忆那样豁然开朗起来。还是与分水岭有关，从各地开始发展第三产业，大办生态旅游开始，大别山一侧的人忽然众口一词，千方百计要将大别山主峰天堂寨从人们的记忆中篡改了，自欺欺人地换成另一座山峰。往重里说，这叫数典忘祖，轻一点说，也还是对人文地理的轻薄无知。

失忆是一种万般无奈的疾患。

出于某种利益蓄意篡改人类记忆，是对文明的冒犯。

纵贯南北的大别山，靠近主峰天堂寨这一带，分水岭格外高，甚至还有海拔略高于主峰的山头，这也难怪会有人替其出头，不顾地理常识，无论人文历史，非要弄一出争长夺嫡的大戏，闹腾出来的那种天昏地暗，以至于在号称万事通的"度娘"那里已没有真相可言，非要动手翻阅《中国地图册》，才见得到真理的光辉。说归说，闹归闹，分水岭再高，东西两侧的自然生态与人群习性，仍旧差不多，松竹梅兰，鸡犬牛羊，山峰河谷，房舍稻场，若无地名标记，很难看出有何不同。

一样的大地，一样的云雾，生长着一样的好茶。高中毕业后的第一年，在县水利局当施工员，负责修建的岩河岭水库，就建在离分水岭不到两百米的山谷里。走过这两百米，就是岳西地界。山坡之上，都种着茶树。仅凭长在天地间的青枝绿叶，根本无法分清彼此。采好了茶，拿回家来制作，那方法，那味道，也是彼此不分，甚至连采茶的笑话都是一样的。

分水岭两边的男男女女，都说各自省城的人喜欢某年某月某日某次送去的茶，隔年捎来信息，再要一些如此采摘，如此制作的新茶。那些茶，新鲜娇嫩自然没得说，都是早上从茶树上掐下芽尖，一点也不耽搁，连炒带揉，一气呵成，热乎乎地装进塑料袋，一点潮气也不让吸入。封装好便上路，第二天，最晚是第三天，就到了武汉与合肥城中那些人的茶杯里。分水岭上的笑话，笑的不是茶本身，那得天地日月精华才生出来的一点点芽尖，是物华天宝世界里又一神品，配得上任何一种高规格的尊重。他们笑的是人，这也包括他们自己。两边省城里最受欢迎的茶，是他们追赶季节，在田里薅着秧，在地里割着麦，只能趁着中午休息，洗一洗手脚上的泥土，将早起露水重，没办法薅秧，也没办法割麦，正好采回来的一些茶，用染上麦秆香的两手在锅里炒，用带着泥沙味的双脚在石板上搓，偏偏这么做出来的茶，深得省城里的人喜爱。在他们眼里，自然是要多好笑，有多好笑。

居住在大别山中越来越嗜茶如命的父亲，宁可省吃一餐饭，也要先饮一杯茶。在他看来这笑话也是大实话，与省城的人不一样，父亲分明晓得什么样的茶是用手脚搓揉出来的，也改不了由衷的喜爱。直到快七十岁时，父亲才一怒为新茶，生气地不再碰那些本地的茶了。父亲曾用十几年的时间，与当地人一道打造一处颇有名气的茶场。父亲从工作岗位上退下来时，当地恰好刮起一阵给茶树更新换代的风潮，将大自然通过优胜劣汰法则留存在当地的茶树，全部换成产量高，出茶早的福鼎大白茶。父亲带领众人打造的那座茶场，顶了几年，终于还是扛不住上面的政令。来自远方，经过所谓高人加持的茶，看着光鲜，门第也高贵了，天分够可以的，可就是口味大不一样。父亲不再喝本地茶，我们也不再喝这种外来的本地茶，连省城里的那些人，也不再津津乐道于这里的茶了。

十年过去，又一个十年过去，虽然嘴里说不喝本地茶，每年新茶上市，还是要尝试几杯。时间长了久了，越来越喝不出想喝的那种味道。二〇二二年夏至节气的晚上，在岳西小城忽然遇见那名叫"翠兰"的香茶。听主人殷勤地介绍许久，禁不住想试试口味。将一只小小白瓷茶杯放到嘴边，轻轻地呷一下，再浅浅地抿一下，然后缓缓地咽下一口，一股绵长的韵味在全身迅疾弥漫开来，禁不住那点惊喜，脱口说道，好久没有喝到这种味道的茶了！我说的这种味道自然只有我晓得！正如夏季里挥汗如雨顶着烈日在田野上劳作的那些人，存放在田头地边的大土罐里的凉茶，用一只大碗倒满，双手捧起来一口气喝下去，才是今生今世最香最爽的好茶。不同人的不同的经历，决定了他们的味觉。很多时候，味道就是历史，就是人生，就是活色生香的日子，就是那载不起的太多情怀。

泡茶的女主人接着我的话感慨说一句，大概意思是，茶的好与不好，其实都在于品茶人的记忆！与天价无关，也与白菜价无关。回头再想，真的是如此！爷爷、父亲和我，对茶的迷恋，说到底是对那种味道的不肯忘怀。那味道在，那样的日子就没有伤破与折损。记忆不再，相关品质也就无从谈起。正如赤水河边那家酒厂的著名女品酒师，因为要保持味蕾的记忆，多少年来从未吻过自己的爱人。

沿着大别山的分水岭，天堂寨是山的味道，花翅与马口小鱼儿是水的味道，岳西的翠兰是这里的山水惬意与伤情，劳作与闲适，消磨不掉的味道。爷爷、父亲和我，曾经喜爱过的茶，曾经因为喜爱遍寻不得的茶，所承载的何止是茶，而是一家人从长江畔到高山下的家史与人生。

一座山成为主峰，必须具备地理与人文的双重要素。

历数起来，天堂寨作为大别山主峰而非最高峰，不仅不是个例，恐怕还是众多著名案例中，排不上号的。比如将天下分为南北的秦岭，谁敢说其主峰不是太白山拔仙台，然而，世称中华龙脉，西起昆仑，中经汉水，分隔长江与黄河流域的大秦岭，莽莽山脉西段上的措美峰，海拔接近五千米，只有海拔三千七百六十七米的拔仙台，一下子就矮了一千好几百。又如，以险峻著称的华山最高峰是海拔近二千二百米的落雁峰，古往今来人所共知的主峰却是海拔只有二千零八十二点六米的莲花峰。再如天山的主峰是海拔五千四百四十五米的博格达峰，最高峰是海拔七千四百四十三点八米的托木尔峰。还有冈底斯山脉的主峰是海拔六千七百二十一米的著名神山冈仁波齐，其最高峰冷布岗日海拔为七千零九十五米。那从新疆到青海、绵延二千五百公里的昆仑山，向来以海拔六千一百七十八米的玉珠峰为主峰，其近处的冰山之父——慕士塔格峰就超过海拔七千五百米，虽然人称海拔超过七千六百米的公格尔峰为昆仑山最高峰，从广义的角度看，喀喇昆仑山脉海拔八千六百一十一米的乔戈里峰才是真正的最高峰。

正统词典上说，主峰一般是指最高峰。

但词典没有斩钉截铁地表示主峰就是最高峰。

也是在水利局当施工员的那一阵，有差不多半年时间，在做一项名为"送高程"的测量工作。说白了，也就是十几个人，有人操作水准仪，有人拿着专用的记录本，还有人扛着几米长水准尺，从国家测绘局早年测得的某个大地控制点开始,十几米为一段地,将测得的海拔,一段段地往前送,直至抵达某个目的地。这种测量小队,一般会分成两队,早上出发后,各自选择线路,天黑后到一起碰头时,测得的最后一个点,须在同一位置上,且两个数据的误差不可以超过几毫米。如果达不到标准,这一天就白干了,还得从头再测一遍,直到符合要求为止。

那一年,我们这支小小的测量队伍使用的黄海高程,来自西河边一个叫夹铺的地方。从黄州城里来的那位工程师,依据一个从不公开示人的小册子,在一户人家的辣椒地里,找到一个镶嵌在岩石上的金光闪闪的小铜球,将红白相间的水准尺竖在上面,开始一步一步地往我们要去的目的地"送高程"。这一年的黄海高程还是依据一九五○年到一九五六年青岛验潮站掌握的黄海验潮资料确定的。在验潮站内有一口直径一米、深十米的验潮井,将之前几年每天早中晚三次测的数据算出数值,求得井里横按铜丝下面三点六一米处为黄海平均海面的零点。再根据这个数学零点,在附近的观象山上设立一个如同我们在农家菜园见过的小铜球那样看得见摸得着的原点,标计高程为七十二点二八九米。领我们"送高程"的工程师视为命根子的小册子上的水准点,在全国各地有很多,被统一称为大地测量控制点。我们不清楚这样的点有多少个,只知道所有相关控制点的数据,都是像我们做过的那样,由观象山上的原点,通过千人万人一步步地将黄海高程送出千里万里。到了一九八五年,有关部门以青岛验潮站收集更多的潮汐观测资料为计算依据,在"一九八五国家高程基准"名义下，将观象山上的水准原点高程确定为七十二点二六〇米，就是说，新原点比旧原点低二十九毫米。事关国计民生的海拔高程原点，尚且如此大费周章，崇山峻岭中千百年来荒无人烟的野山，好不容易才能爬到近处某个山头，用这山望见那山高的肉眼看一看，差不多就行了。

作为过来人，我很羡慕当下可以通过太空卫星，点一点鼠标就能测得任何一座山峰的海拔。我们的祖先，为一道山脉选定主峰时，不曾想到后来的我们会发明这种"送高程"的方法，将中华大地的海拔，统一规范在黄海边的那个点为基准上。他们能用到的方法，是人的双脚来丈量，当人的双脚有所不能时，就看鹰的翅膀能不能到达。在这些勉强能够量化的因素背后，还有一个更加重要的因素。

还是以秦岭为例，拔仙台距强盛的汉唐王朝都城长安，直线距离不过百公里。那时节，遥远的措美峰连白云也抵达不了，山上山下没有李杜的声响，又如何能让诗文为之歌咏传诵？也就莫怪有资格著书立传的文人只晓得拔仙台，而用此山做了秦岭主峰。天山主峰博格达峰到乌鲁木齐的直线距离也只有几十公里，地理位置十分重要，在茫茫大漠上，银光闪耀的博格达峰，成了谁也改变不了路标。一七五九年，清政府颁布《岁祭博克达鄂拉文》，将博格达峰作为每年要祭拜的名川大山载入祀典，视博格达峰为西部边陲镇山，每岁清明前后，由京颁发藏香，令巡抚望祭于红山，如斯如此，不为主峰，还有谁个敢抛头露面取而代之？再说说天堂寨，一九七三年夏天那次"送高程"，目的地是天堂寨山脚的张家嘴（咀）镇，为后来在此地修建大型水库做前期准备。"送高程"的行动表明，人口众多的小镇都没有符合科学的海拔高程,高高在上,人空手都难爬上去的山顶,人们口中的海拔,分明只是不管三七二十一，约莫八九不离十。这样的天堂寨能够标记成国家地理中的主峰之一,靠的是知名度,毕竟唯有此山出过一位替大明王朝打下坚实基础的"天完"徐皇帝,再有一位口称"统掌山河,普安社稷",几乎摇动"乾隆盛世"的马大王,有这样的轰轰烈烈,若问主峰,舍我其谁?

一个主字,在山所指,是这道山脉对于山上山下世世代代人们心中的主旨要义。

一个主字,在水所指,是这条江河对于在水一方千千万万民众仰仗的主要航道。

一个主字,在人所指,是一代人面对繁杂纷纭社会时默默引领前行的主流文化。

高峰出于自然科学,主峰重在人文情怀。

自然环境里的高峰,不宜于在人文领域喧宾夺主。

人文领域中的主峰,也不要与自然环境论低争高。

一种茶想要成为好茶,也得有着地理与人文的两种关键。

二〇〇五年夏天,与一帮同人去到云南昭通下辖的一个地方,那地方因为太过僻远而在旧县志里记载为"彝良县牛街分县",实话实说,那一带是我这辈子见过的将贫穷日子与自然险恶连接得最紧密的去处。离开牛街分县返回昆明的当晚,被朋友拉去一家茶叶公司品尝普洱,去的人莫不是又累又困,可以泡到二十泡的茶叶,只泡到十几泡时,一行人便决定告辞。回到酒店，正待刷牙，同房间的李师东忽然发问，为何自己觉得满口津香。经他一说，自己立刻有了同感。想起来这就是那普洱的妙处，我们决定不刷牙了，将那津香留在梦中。果然，一觉醒来，津香依旧未散，让人好不惊喜。

第八届茅盾文学奖颁奖后不久，与一群来自北京的作家同在湖北蒲圻（今赤壁市）的羊楼洞镇上。那天在百年历史的砖茶厂，一位女作家见到该厂出产的川字牌砖茶，突然失色地惊叫，毫不顾及自己的体面大声问当地人，这砖茶是你们这里产的吗？再三再四地问过，得到的回答都是肯定的。女作家再也控制不住一时间泪流满面。平静之后她才说，自己在藏北阿里地区当兵十几年，年年冬天前后有好几个月与外界断绝联系，部队上就给每人发两斤川字牌砖茶，一个人孤孤单单地煮着喝，那样的十几个冬天，全靠这川字牌砖茶做伴才熬到春天。一个川字让她以为这茶是四川出产的，离开部队回到北京，特别是这些年，她一直苦于寻找这砖茶而不得，没想竟然在湖北。

武汉"封城"战疫前两个月，久不肯坐飞机的自己，不得不接受中国作家协会的安排，以团长身份带队去到俄罗斯。在世界名城圣彼得堡，得知当地近两年流行一个专治妇科病的中国药方：第一味药是穿裤子，第二味药是喝温水。这种在中国早已不叫生活方式的生活方式，确实治好了一大批俄罗斯女人的病。这也让人想起了茶，当年茶叶刚刚进入欧洲时，达官贵人有疾在身求医问诊时，越是有名气的医生，越是喜欢在药方中写上饮茶的意思。大名鼎鼎的《茶经》中写有新安王刘子鸾与豫章王刘子尚去八公山访道，道人设茶款待，二人品过后说，这是甘露，怎么说是茶呢？汉朝的二位王子既然是访道，事事处处都要往长生不老方面联想。欧洲人将茶当成治病良药，也是由于他们心里在遥想，这神神秘秘的东方物什，一定有着神奇的功效。

　　分水岭上，不管东边西边，人们淳朴得像一个模子印出来的。早些年，赶路的人口渴了，干活的人疲倦了，看见哪家门口有女子身影，就会走上前去，称一声大姐，要讨碗茶喝。女子从来不会推辞，转身进屋，拿出一碗热乎乎的茶。如有一点油花漂在碗里，定是从做饭的锅里烧水泡的茶。如那茶水喝着时闻到一股草木灰的气味，定是灶膛里煨着的瓦壶之水倒将出来。说奇也不奇，喝着人家大姐泡的茶，赶路做事就会多一份气力。有时候，人既不渴，也不累，只因有那么一星半点暧昧之心，放着自己家里的茶不喝，有意去到别人家门前。那样的女子，似明白又不明白，一个在门里，一个在门外，若再亲近些，一个坐在堂屋中间方桌左侧，一个坐在方桌右侧，有一句没一句地说着闲话，讨要的茶喝完了，道一声劳烦，两道目光碰几碰，彼此心里暖融融的。至于羞羞答答不会喝茶的少男少女，那些关于采茶的民歌，人人都会唱，一边唱一边害起小小的相思，无师自通地懂得，能让人放心唱着情歌"小小茶树矮墩墩"，那种小，那种矮，是恨茶树太小遮挡不住两个人的小，是嫌茶树太矮掩盖不住两个人的矮，不似如今大片茶园里，连狗尾巴都能看得清清楚楚的小与矮。

云南喝过留有津香伴夜眠的普洱，羊楼洞女作家恰似老友重逢的川字牌砖茶，欧洲贵族男女以茶来治百病，南朝宋王子将茶喝成了甘露，更多的饮食男女，用各式各样的理由讨些茶来喝，看上去茶背后的弯弯绕绕很要紧，回头来看，还是茶最关键，没有茶就没有这一切。东晋一位名叫任瞻的才子，少年时就很有名气，南渡之后人变颓废了，国家大事再难入耳，专事究问各种雕虫小技，喝茶时好指着问，这是茶，还是茗？大约是前人有文字指，早采为茶，晚采为茗。西湖龙井，安吉白茶，武夷山大红袍，恩施玉露和利川红，天下之茶，人间道理，被岳西这里保有大别山风情的翠兰女主人说中了，凡是记得住的都是好茶，那些记忆中无法长久存放的茶，名头叫得再凶再狠，还是不行。

与酒不同，各处的酒滋味不算少，还不及茶叶味道的一个零头。与汤不同，各地的汤品有很多，一样地抵不过茶叶的万千妙处。各种各样的饮品就更多了，能与茶说一说故事的只有奶茶。也不是由于其中有一个茶字，大部分品牌的奶茶，配料中连一小片茶叶尖尖也没有，所拥有的是年轻人如痴如醉的追捧，还有与茶有得一拼的润物无声精神。

所以说，茶叶是植物，制成了茶就不是植物而是一种文化。

前人所言，饮茶有九大困难，一难在制造，二难在鉴别，三难在器皿，四难在火候，五难在水，六难在炙，七难在碾末，八难在煮汤，九难在品饮。其中有些难已过时了，只第九难无论如何都是改不掉，也改善不了的。一杯茶慢慢喝到嘴里，并非漫浪散淡，其人须得与茶品相得。要求为高流隐逸，凉台静室，明窗净几，僧寮道院，竹月松风，晏坐行吟，清谈把卷。一人独啜为上，二人次之，三人又次之，四五六人，是名施茶。这时候就得少放一只茶碗，五人用四只，六人用五只……前人对此也有一种说法：其隽永补所阙人。在岳西遇见翠兰的那天晚上，人人都不曾少放一只茶杯。因为大别山中茶在某地已经"阙人"，这"隽永"也就无所谓妨不妨碍了。

叫天堂寨的大别山主峰，叫红山中心县委的苏维埃，是江淮之间许多山山水水的记忆所在，失忆不得，更篡改不得。没有记忆就没有文化，没有文化就没有精神，没有精神就没有灵魂，没有灵魂也就等于没有文化。天地通透，山水往复，生死去来，说是这么说，谁见过真的轮回与再生？一种东西失而复得，要比这种东西的丢失艰难无数倍。分水岭另一侧曾经改种过的茶，即便现今又想改回来，天晓得何时才能重现其文化魅力？幸亏还有翠兰，让山水养育的文化，存续于大别山中，让我们的忆念得以像山前山后的彩虹云雾那样无边无际地弥漫开来。

二〇二二年七月十日于斯泰苑

不负江豚不负铜

用五百吨纯铜砌一座房子，在任何年代都不可想象。

在铜陵，这所举世无双的房子，让人看得实在过瘾。

纯铜砌成的房子，名叫铜官府。房子是新修的，修这房子是要言说的，是一段铁打铜铸的往事。站在铜官府外的那一刻，秋天到来好久的模样一点也见不着，天气反而炎热得如同酷夏，铜和房子一起在阳光下冒着巨大的热量，透过空气，可以看见升腾不止的火焰一样密密麻麻的光谱。霸气也好，拒人千里之外也罢，生就了独一无二，就该有如此气质。那种仿佛天生的气场，丝毫不输紧邻的高高大大的一座铜官山。

苏东坡有七言诗说："落帆重到古铜官，长是江风阻往还。要似谪仙回舞袖，千年醉拂五松山。"有些事物，就是这么着，好似天生一般。历数那些还能存世的古时经典，属于国之重器一类的桂冠，几乎全都戴在青铜铸就的鼎与簋的头上。所以，能在煤都、铁都、铝都等等称谓之中，雄居文化源头上的唯有铜都。也是因为有了铜都一说，铜陵这座小城，才可能毫不犹豫地以大地方的尊贵身份列于历史长河之上。

面对纯铜造就的铜官府，不由得想起刀光剑影的东周列国，一旦拥有这五百吨青铜，即便是容身蕞尔，于心唯忍的小国寡君，也会雄心勃发，做起江山在我的春秋大梦。砌在雕梁画栋之间的这些有色金属，真个出现在那个年代，制成那些年代的冷兵器，足以装备一支战无不胜的精锐之师。

雄居华夏八百年的楚国，怎不是得益于与铜陵相距只有数百里的铜绿山出产的青铜？铜绿山那边，也有三千多年的青铜冶炼史，一千多年的建县史，殷商时期就"大兴炉冶"，是为中国近代工业的摇篮，铜绿山古铜矿遗址已发掘出自西周至西汉的采矿井巷数百条，古代冶铜炉十余座，是迄今为止中国保存最好、采掘时间最早、冶炼水平最高、规模最大、保存最完整的一处古铜矿遗址，是可与中国的长城、埃及的金字塔相媲美的世界奇迹。

在铜官府认识的朋友还是说，铜陵这边青铜文化源流要略早一些。朋友引用的这话，出自一位研究青铜文化的共同朋友之口。只可惜朋友写成关于青铜源头的某些文字偏颇了些，有悖于铜陵江海潮流山川大地中生长了三千年的成功与自豪。

说起来宛若那相信不得的流言蜚语，铜陵这里，还用一千五百万元预算喂养十几条鱼。在大通古镇，这种令人叹为观止的现实，与长江东去，海潮西来一样，不需要任何辨析，放眼看过去，既清楚明白，又刻骨铭心。科学地说来，俗话说的这鱼，是一种兽，特别是理论起生殖繁衍时，因其行为与兽相同，索性以雌兽和雄兽相称。多数时候，学界与凡俗一律称之为江豚。只有纯学术和太俗套时，前者才称其为淡水豚，后者则直呼江猪。

告别铜官府中的历史烽火与现实烈焰，搭乘轮渡，上到长江中间的清凉沙洲，接连遇见昔日人称小上海的大通古镇，还有和悦洲与铁板洲之间的夹江上的铜陵淡水豚自然保护区。沧桑兴废，只在一台摆渡车的摇摇晃晃之间。一座十几万人的曾经重镇，早被岁月风雨侵蚀成断垣残壁。连接长江主流与岔道的不起眼的夹江，反而成了令世界瞩目的科学史上首座利用半自然条件对白鱀豚、江豚等进行易地养护的场所。如今白鱀豚已绝迹，此地的主要任务是保护长江中下游特有的世界水生珍稀动物江豚。

当年由武汉水生所救治的地球上最后的白鱀豚，科学家想尽一切办法，也无法令其繁衍哪怕是独苗苗的后代。白鱀豚的前车之鉴，使得人们空前重视江豚的境遇。从二〇〇三年五月，到二〇〇六年七月，生活在夹江这片水域中的雌兽"姗姗"接连繁殖出三头小江豚。那天，一行人站在专事喂食的栈桥上，看水中十几头江豚优雅地抢食被投放到水中的鲫鱼和鲤鱼，从保护区设立之日起就从事饲养工作的那位中年男子，左手接二连三地将两三寸长的小鱼儿抛进水里，右手指着水中个子最小的一头江豚，说它是去年才出生的。相关科研机构调查后推测，长江江豚数量约为一千多头，其中，干流约为四百多头，洞庭湖约为一百多头，鄱阳湖约为四百多头。小小的夹江中就有十七头。

资料上说，江豚的眼睛无视力可言，对外的一切感知，完全依赖于与生俱来的声呐系统。一段夹江，水不太清，也不太浊，水边的植被不太密，也不太疏，都是人们习惯的长江两岸模样。一只小鱼儿抛下水，就有一只江豚从不清不浊的江水中滑跃而来，两只小鱼抛下水，就有两只江豚从似流未流的江水中溜溜地显出原身。除非水里有三只小鱼儿，才会见到三只"雌兽"或者"雄兽"。无论小鱼在水中呈何种姿势，长着一双无用眼睛的江豚，都能准确无误地叼着鱼头，吞入腹中，绝对不会出现从鱼尾开始倒着下咽的错误。最奇妙的是，如果小鱼儿没有脑袋，从入水的那一刻起，江豚就会视若无物，连闻都不去闻一下。这奇妙是饲养江豚的中年男子说出来的，说话之际，他信手掐掉一只鲫鱼的头，抛到一只江豚的身边。一向不会让入水的小鱼多待半秒的江豚，竟然没有丁点搭理的意思。中年男子如此做了三次，结果都是一样的。之后抛入水中的小鱼是完整的，说话之间，去年才出生的那头小江豚就现身，轻轻一抖身子，就将完整的小鱼完整地吞入腹中。

　　从夹江这里开始数起，整个长江中下游水域中的一千多头江豚，是地球生物的杰出代表，其科研价值，甚至超过人类本身。我们的祖先只经历过一次进化。小小的江豚，比人类多经历一次轮回，在生命历程中，多获得一次成功。不知道哪一年，进化后的江豚，从水中爬起来，上到陆地，变成四条腿的动物。可惜时间不算太长，爬上陆地的江豚，难以适应面朝黄土背朝天的日子，于是重新回到水中。

　　用不着脑洞大开，只要稍微动一下脑子，让思想的边界轻松抵达江豚开始第二次进化的某个年月日，就有可能发现同为哺乳动物的人类,从水中爬向陆地的模模糊糊的小小身影。好不容易变身为哺乳动物的江豚,义无反顾地回到水中,却还是这般哺乳动物之身,莫不正是人类的过去与未来?也正是这一点,人类所做的相关江豚的一切,与其说是保护江豚,不如说是保护人类自己。与其说是研究江豚的来龙去脉,不如说是意图从中找出事关人类自己的某种传统与传承。

铜陵这里的铜官府也有如此意义。那叫铜官的,是殷商之后掌管"炉火照天地,红星乱紫烟"的铜矿开采业的一个官名。近代以来,人类早已认识并掌握着许多比青铜重要的地矿资源,仍不放弃对青铜的追寻,并非青铜如何珍贵,而是青铜成为人类较长时期的不可替代的文化源流。

那天在铜官府,朋友脱口而出,指某个精美绝伦的青铜器物的制作方法为青铜时代盛行于欧洲的那种方法。这轻飘飘一说,绝对不是一声惊雷,只能等同于巨大的吆喝。铜陵所代表的青铜文化,唯一源头是"范铸法",也正是与"范铸法"相辅相成的劳作方式,孕育了青铜时代的中国文化。青铜时代盛行于地中海沿岸的青铜制作工艺,造就了与东方文化迥然不同的西方文化。此中关键节点在于,不能因为湖北省博物馆珍藏的曾侯乙尊盘貌似很难以"范铸法"制成,就可以在没有任何其他青铜工艺的考古实证时,凭着异想天开的脑子,想当然地用地中海的海水来润润长江。

二〇一八年,夹江上那片自然保护区里的江豚,从"亚种"升级到"种"时,在学界之外的在社会上没有引起任何反应。殊不知,这虽不是天翻地覆的大事,在科学研究中也还算得上翻江倒海了。所谓亚种就是由于地理因素等限制导致生物产生的种群,本质上并没有产生生殖隔离,依然可以产生可育后代。比如狼和狗,狗是灰狼的一个亚种,所以狗可以和灰狼进行交配产生后代。"种"却不行,"种"的定义就是生殖隔离。属于"种"级别的生物,往往意味相差或相隔百万年。文化上的融合,显然没有生物界那么艰难。然而,青铜时代相隔万里并肩走向高峰的青铜文化,也有点类似生物的"种",而非"亚种"。诸如曾侯乙尊盘这样的青铜重器,没有坚实的青铜文化做基础,想要登峰造极只会是异想天开。这也等于说,虽然条条道路通北京,也不可以要求京杭大运河上最优秀的船工,一夜之间改为驾驶马车,还要取得比惯走京杭直道的顶级骑手早到皇宫的好成绩。活生生的事实一直在证明,唯有长江才会提供江豚存世的保证,那些幻想某个时间在亚马孙河、在伏尔加河、在莱茵河与塞纳河中出现江豚种群的人,只能是白日做梦。同样的道理,在古老华夏的大地上,唯有生生不息的"范铸法"才有可能摘取中华青铜文明的桂冠。

荒野中的一段夹江,十几头江豚,在科学意义之外,是那有造化之人才能读懂的对着天地写来的春秋笔法。看似无心插柳,实际是有心栽花。用江豚比照青铜,用青铜寓意江豚。铜陵之铜,所赋予"铜官"之责,擅长由青铜文化举一反三,能够从三千年古老矿渣寻觅端倪,又可以对新兴自然保护区有更新的想法,不负江豚,不负青铜。

二〇二一年十月十三日于斯泰苑

真 理 三 峡

对三峡的神往总是每个男子汉的梦想。在许多年里，我和许多人一样，饮着或没有饮着长江水，都要想象上游奇妙的所在。曾经无法意识男人与三峡的相逢，实在是生命中不可回避的毕生缠绕与碰撞。只以为那是一处美丽，一处风景；而不知那是人生中一次至关重要的约会，一次生命的相邀。也曾经许多次错过对三峡的拜访，那是因为自己总在想以后还会有机会的。那些邀我的人都为这种错过一次次地惋惜。我也浑然不觉这一切都是冥冥之中的定数与安排，一如浅薄地对他人说，长白山天池，神农架草甸，青岛海滨可以作为弥补。待到时光终于将我推到三峡面前，我才恍然大悟，明白自己先前的错过是多么幸运，而别人的惋惜马上显出那对命运的无知。感谢上苍！三峡对我现在是一种朝拜，一种洗礼。在往后的人生中，此番朝觐当会受用无穷。

还不到深秋，红叶只是星星点点。半坡枯草，半江冷水，半山风阵，映衬着偶尔跳跃而出来的娇艳，愈发让人沉醉难释。

置身船的水上，车的地上和脚的山上，无论是凝固的还是流淌的三峡，都在我可望而不可即的高处。每一次凝眸对视，最终都让人羞愧地低下了头。我似乎才知道，三峡是无人能懂的。人说是刀削斧砍的连绵绝壁，何如对它的轻蔑；人说是牛肝马肺的峡谷怪石，何如对它的糟践；人说是神女的大岭雄峰，何如对它的猥亵。我只读懂了人们的不懂，余下的也是一派迷茫。我猜测过，那林立如织的绝壁会不会是谁家男人摊开了的意志坚强？我也曾揣摩，那银光泛泛的浪滩碧影幽幽深潭会不会是哪个女孩长久蕴含着的情愫绵绵？这些念头一旦萌生，我就发觉自己的无可救药。能及时地对三峡说声对不起，行吗？然后仍要继续往下怀想：三峡是永恒生命的一处波澜，三峡是灵魂流浪的一次垒砌，三峡是用每一个人的血与肉做成的，它不相信思想与智慧，唯一仰仗的是情爱、仁慈与激越。不如此，又怎能千万亿万地年年不老，岁岁春华。

　　从没感受到山与水如此地交融一体，而不显半点勉强。依恋是依恋，牵挂是牵挂，映衬就是映衬，碰撞就是碰撞。山让人呼喊坦然，呼喊雄奇。水让人吟咏沉静，吟咏纯美。我不好形容这是天作之合。

　　三峡或许根本就不在意这些，它一直冷冷地看着我和我们，仿佛在心里说这就是那些总在张扬着一得之愚的人吗？三峡就是这么随意地说出一个个世间的真理来，它面对的只是一个个生命，一篇篇爱情。它不面对功名或功业，哪怕它们也能指向千秋。功名也好，功业也好，都是它身上的秋叶，有的红了，有的黄了，有的落了，而经年的已化作泥土了。人世的忙忙碌碌确实很俗气，甚至想到要将一些人的才华镂刻在三峡上。三峡不在意，它不痛苦也不欢喜，就像一只小虫忽然在身上歇了一下脚。倒是后来人一场场地感到汗颜，如同自己在做着玷污。用那万劫不灭的岩之躯，三峡对每个人做着生命沧桑的见证。再用那空谷流云的思的錾，复对我们诉说热爱其实是一座看不见但感觉得到的高山，对她的攀登可能更难更难，因为她没有路，无论什么形式的途径都没有，唯有用心情步步垫起自身。

在险峰与断崖之畔，三峡向我们陈列着昔日山与岭的碎骨遗骸。挺立着的是生命，烟飞烟散陨灭了的弃物也曾是生命，正是因为各种各样的毁灭，才诞生了不得不作为风景的雄伟。不经意的三峡真理，藏在岩缝里。岩猴将它抓起来，塞进嘴里，填起鼓囊囊的腮帮。别处的真理，特别是思想家的真理能够这样吃吗？！大山大岭，大江大水，大风大气，浩荡而来的三峡本该是天赐的精神。山有山言，水有水语，问题是我们如何体验、如何学习对它的参悟。

作为人，我们真小气！面对三峡，这是唯一正确的认识。

一九九六年十一月三十日于宜昌

人性的山水

夏天带给一个人的最大变化是性情。有冷雨也好,没有冷雨也好,只要是夏天,谁敢说自己的情绪仍旧一如秋天的浪漫、春天的激荡?只有山水如是!在山水面前,人的夏季,如同穿过空谷的清风,用不着躁动的喧嚣,也用不着迷惘的委顿。峰峦上厚厚的绿,是一种难得的沉思,流响中潺潺的清,则是一番久违的行动。正是因为这样的夏季,让我由衷地想到,假如没有那个独立于人类许多遗憾行为之外而延续自然意义的九畹溪,人性的范畴,或许就要缺少一些季节。

已经发生的记忆里,长江三峡是不会不存在的。几年前,由于长篇小说《一棵树的爱情史》的写作经历,我曾多次出入于此。这样的写作,总会让我理解许多文字以外的存在与不存在。譬如那座只存在于历史与记忆中的三峡,除了多多少少的传说还能让我们闭目徜徉,扪心想望,所有正在使人目睹、亲临其境的风景,早已成了人与自然共同拥有的一份无奈。在历史中读三峡,是何等伟大,何等雄奇!曾经的水是无羁的,曾经的江是魔幻的,曾经的峭壁敢于遮天蔽日,曾经的男女惯于驾风戏浪。真正的三峡是有生命的。只有当我们察觉到这一点时,这种自然风采中的俊杰,才会通过一个个心灵通向永恒。只可惜，昔日一次次咬断船桅的活生生的浪头，在现代化的高坝面前无可救药地变得平淡无奇。只可惜，昔日一场场考验男性胆略女性意志的水道，在迈向平庸的舒适里心甘情愿地消沉了自我。空荡的水天上，只有去那遥远得早已看不见摸不着的境界，才能聆听浩浩荡荡的桡夫们的歌唱。繁茂的世界里，任我们如何深情搂抱那如神迹的纤夫石，也无法感受到所有滩姐都曾留下过的怀抱的温暖。

宽厚的过去文化，孕育了幼小的现在文明。渴望成长食欲过盛的现在文明，反过来鲸吞作为母体的过去文化。历史的老人，为什么总是以这样的方式来教导青春年少的时代？

一直以来，我用我的写作表达着对失去过去文化的三峡的深深痛惜。并试图提醒人们，眼际里风平浪静波澜不惊的三峡，在人性的标准中，是深受怀疑的。不管有没有人附和，我都要坚持。这是一种人文操守，也是不可或缺的人文责任，哪怕它何等地不合时宜！我的多年的情绪，直到那条出入西陵峡，名叫九畹溪的河流的被发现，才得以平缓。平心而论，紧挨着西陵峡的这条河流，能够完好如初地保留至今就是奇迹。这样的奇迹出现在时时刻刻都有人文的和非人文的景观灭绝的今天，本身就能获得不可磨灭的意义。三十六里长的有情之水，用那三十二滩急速地飞泻，张扬着仿佛已在山水间绝迹的豪迈。还有三十二滩满满的温柔。很显然，如此盈盈荡荡，早已不是一条溪流与生俱来的，那所有的承载更多是从不远处大壑大水中移情而来。

人文情深，天地当会浓缩。若思三峡，当来九畹。乘一瀑清泉，飞流直下，耳畔里时时飘来古韵民歌，还有哪里找寻得到？这样的时刻，沉浸其中的人性，才是最有幸的。直接地，赤裸地，狂放地，在自然界最有魅力的一侧面前，作为人，除此还能做什么哩？！虽然有些小巧，虽然有些玲珑，对于早已习惯今日生活的人，怀着对三峡的情思，享受着九畹的仅有，除了感官的满足，还应该不能忘记：这一切全是我们的幸运！

二〇〇二年六月十四日于东湖梨园

九 寨 重 重

有些地方，离开自己的生活无论有多远，从这里到那里又是何等地水复山重不惊也险，一切十分清晰明了的艰难仿佛都是某种虚拟，只要机遇来了，手头上再重要的事情也会暂时丢在一边不管不顾，随它三七二十一地要了一张机票便扑过去。重回九寨沟便是这样。那天从成都上了飞往九寨沟的飞机后，突然发现左舷窗外就是雪山，一时间忍不住扭头告诉靠右边坐着的同行者，想不到他们也在右边舷窗外看到了高高的雪山，原来我们搭乘的飞机正在一条长长的雪山峡谷中飞行。结束此次行程返回的那天，在那座建在深山峡谷中的机场里等待时，来接我们的波音客机，只要再飞行十分钟就可以着陆了，大约就在这片山谷里遇上大风，而被生生地吹回成都双流机场。有太多冰雪堆积得比这条航线还高，有太多原始森林生长在这条航线之上，有太多无法攀缘的旷岭绝壁将这条航线挤压得如此容不得半点闪失。也只有在明白这些以壮观面目出现，其实是万般险恶的东西之后，才会有那种叹为观止的长长一吁。

几年前，曾经有过对九寨山地一天一夜的短暂接触。那一次，从江油古城出发，长途汽车从山尖微亮一直跑到路上漆黑才到达目的地。本以为五月花虽然在成都平原上开得正艳，遥远得都快成为天堂的九寨之上充其量不过是早春。到了之后才发现，在平原与丘陵上开谢了的满山杜鹃，到了深山也是只留下一些残余，没心没肺地混迹在千百年前的原始森林和次生林中。我看见五月、六月的九寨山地里，更为别致的一种花名为裙袂飘飘。我相信七月、八月的九寨山地，最为耀眼的一种草会被名曰为衣冠楚楚。而到了九月、十月，九寨山地中长得最为茂密的一定会是男男女女逶迤而成的人的密林。

我明白，这些怪不得谁，就像我也要来一样。天造地设的这一段情景，简直就是对有限生命的一种抚慰。无论是谁，无论用何种方式来使自身显得貌似强大，甚至是伟大，可死亡总是铁面无私地贫贱如一，从不肯使用哪怕仅仅是半点因人而异的小动作。所以，一旦听信了宛如仙境的传闻，谁个不会在心中生出用有生之年莅临此地的念头？每一个人对九寨沟生出的每一个渴望，莫不是其对真真切切仙境的退而求其次。谁能证明他人心中的不是呢？这是一个自问问天仍然无法求证的难题。千万里风尘仆仆，用尽满身的惊恐劳累疲惫不堪，只是换来几眼风光，领略几番风情，显然不是这个时代的普遍价值观，以及各种价值之间的换算习惯。以仙境而闻名的九寨山地，有太多难以言说的美妙。九寨山地之所以成为仙境，是因为有着与其实实在在的美妙，数量相同质量相等的理想之虚和渴望之幻。

九寨沟最大的与众不同，是在你还没有离开它，心里就会生出一种牵挂。这种名为牵挂的感觉，甚至明显比最初希望直抵仙境秘密深处的念头强烈许多。从我行将起程开始，到再次踏上这片曾经让人难以言说的山地，我就在想，有那么多的好去处在等待着自己初探，却要在这么短的时间里重上九寨山地，似这样需要改变自己性情和习惯行为，仅仅因为牵挂是不够的。人生一世，几乎全靠着各种各样的牵挂来维系。其中最为惊心动魄的当数人们最不想见到，又最想见到的命运。明明晓得它有一定之规，总也把握不住。正如明明晓得在命运运行过程中，绝对真实地存在炼狱，却要学那对九寨山地的想象，一定要做到步步生花寸寸祥云滴滴甘露才合乎心意。

牵挂是一种普遍的命运，命运是一项重要的牵挂。与命运这类牵挂相比，牵挂这片山地的理由在哪里？直到由浅至深从淡到浓，用亲手制作的酥油搽一辈子，才能让脸上生出那份金属颜色的酡红，与玉一样的冰雪同辉时，于心里才有了关于这块山地的与美丽最为接近的概念。

再来时已是冬季。严冬将人们亲近仙境的念头冰封起来，而使九寨沟以最大限度的造化，让一向只在心中了然的仙境接近真实。冬季的九寨沟，让人心生一种并非错觉的感觉：一切的美妙，都已达到离极致只有半步之遥的程度。极目望去，找不见的山地奇花异草，透过尘世最纯洁的冰雪开满心扉。穷尽心机，享不了的空谷天籁灵性，穿越如凝脂的彩池通遍脉络。此时此地与彼时此地，相差之大足以使人瞠目。从前见过的山地风景，一下子变渺小了，小小的，丁点儿，不必双手，有两个指头就够了，欠一欠身子从凝固的山崖上摘下一支长长的冰吊儿，再借来一缕雪地阳光，便足以装入早先所见到的全部灿烂。

人生在世所做的一切，后果是什么，会因其过程不同而变化万千，唯有其出发点从来都是由自身来做准备，并且是一心只想留给自己细细享受的。正是捧着这很小很小，却灿烂得极大极大的一支冰吊，我才恍然悟出原来天地万物，坚不可摧的一座大山也好，以无形作有形的性情之水也好，也是要听风听雨问寒问暖的。从春到夏再到秋，一片山地无论何等著名，全都与己无关。山地也有山地的命运，只是人所不知罢了。前一次，所见所闻是九寨沟的青春浮华。不管有多少人潮在欢呼涌动，也不管这样的欢呼涌动，会激起多少以数学方式或者几何方式增长的新的人潮。在这里，山地仍然按照既有的轨迹，譬如说，要用冬季的严厉与冷酷，打造与梦幻中的仙境，只有一滴水不同、只有一棵草不同、只有一片羽毛不同的人迹可至的真实仙境。

人与绝美的远离，是因为人类在其进行过程中越来越亲近平庸。能不能这样想，那些所谓最好的季节，其实就是平庸日子的另一种说法。不见洪流滚滚激荡山川的气概，就将可以嬉戏的涓涓细流当成时尚生活的惊喜。不见冰瀑横空万山空绝的气质，便把使人滋润的习习野风当成茶余饭后的欣然。当然，这些不全是选择之误。天地之分，本来就是太多太多的偶然造成的。正如有人觉得机会，进到了众人以为不宜进去的山地，这才从生命的冬季正是生命最美时刻这一道理中，深深地领悟到，山有绝美，水有绝美，树有绝美，风有绝美，在山地的九寨沟，拥有这种种极致的时刻已经属于了冬季。

二〇〇七年三月十八日于东湖梨园

画 壁 朝 元
——《中国最美·山西壁画》序

有句话说得格外形象传神：在山西，值得深挖的除了煤矿之外，还有历史沉淀下来的壁画和彩塑。

只要到山西，任何时候都能在任何一条高速公路或者国道、省道上遇见一眼望不到头的大型卡车长龙，那些承载能力超强的钢铁巨兽，甚至连县道和乡道也不放过，既不知已经拖走多少史上著名的乌金，更不知高高大大的太行吕梁两座大山，仍旧埋藏着多少使人不胜趋之的黝黑煤炭。与声势浩大的前者完全相反，养在深闺的山西壁画，包括彩塑，即便是赫赫有名那些，对多数人的认知来说，也是勉为其难。比如：芮城永乐宫殿内的《朝元图》被誉为元代壁画艺术最高典范，繁峙岩山寺的壁画被称为画在墙上的《清明上河图》，五台山佛光寺大殿佛座上的壁画为全国现存唯一唐代寺观壁画，洪洞水神庙《大行散乐忠都秀在此作场》是全国唯一古代戏剧壁画，忻州九原岗《狩猎图》《升天图》墓葬壁画入围二〇一三年全国考古十大发现，晋祠圣母殿一大群彩塑堪称古代造型艺术极品，等等，何况三晋大地上，自唐至清，异彩纷呈的寺观壁画达两万七千二百五十九平方米，彩塑一万多尊，不是专业中人，纵然能借得一双慧眼，仍旧像是坐井观天，很难看透真容。

第一次见识山西壁画，是那一年同海峡两岸的一群作家到介休。在名叫后土庙的古刹里，几位工匠正在几处墙壁上忙碌，问起来，才知对方全都来自敦煌，在那其貌不扬的外表下，个个都是修复壁画的顶尖高手。高人出手，对应的肯定不是等闲之物。那一次，只顾看那修复工艺，不太注意壁画本身。二〇一八年深秋，在训狐寺见到半幅壁画，反而看了个够。说是寺庙，实际上多年没有僧人往来，寺庙本身已与村舍融为一体，大殿半是客厅，禅房亦为厨房，关键是连村舍都被放弃了，整座房子塌了世俗那一半，剩下有石柱横梁支撑的佛家那一半，在那一半的墙壁上现出一幅吴道子亲绘壁画，残垣断壁之上，人间烟火痕迹很浓，仍然掩盖不住那艺术光彩。

在介休后土庙那一次，其实就见过山西彩塑，像那里的壁画一样，同样由于从敦煌来的能工巧匠，转移了我们的关注点。直到前两年到长治观音堂，一进殿门便大吃一惊。不由得记起二十年前在河北正定隆兴寺摩尼殿见到的五彩悬塑观音像，那架着二郎腿，右手搭着左手，将一把兰花指使得如同弹烟灰的当今女子模样的菩萨，曾被鲁迅先生称为东方维纳斯。在长治，一座小小的观音堂，密密麻麻的彩塑菩萨像中，各种潇洒自如，各样无拘无束，各式倜傥风流，美不胜收的姿态数不胜数，那架一架二郎腿的，实在是普通得不能再普通。鲁迅先生平生唯一一次歇脚山西土地，在一九二四年从西安由渭水入黄河而回北京的日记中写得很清楚："八月八日昙,午抵潼关,买酱莴苣十斤,泉一元,午后复进,夜泊阌乡。""八月九日,晴,逆风,午抵函谷关,略泊……"严格地说,如此匆匆连惊鸿一瞥都算不上,否则,那东方维纳斯的美名就有可能留在山西了。

关于壁画和彩塑,也是职业之便,这些年见过不少,包括在大西北一些地方,进到某些出于保护目的,只有研究者才有限准入的洞窟,看一看艺技之大美,叹一叹人世之沧桑。包括在山西亲眼所见的几处,全都冠以"国宝"。相比其他类型的"国宝",壁画与彩塑的文化属性非常直截了当,见着了,就能体会到。十年前,曾在《大洪山半禅记》中写道:"世人皆有佛性,诸佛皆有人性。"无论哪里的壁画和彩塑,包括山西这里,画的是佛,说的是人,画的是人,说的是佛。那些居高的画像彩塑,无一不是面相和缓,眉目细长,鼻窄唇小,瘦不露骨,肥而不腻。或立或坐或侧卧,或有所指,或有所思,无不平和端庄,慈祥安泰,令人景仰。若武当然雄姿英发,气冲牛斗,若文则披轻纱如天衣,清秀端庄,气度儒雅。座前驾后,不是莲花牡丹,就是梧桐杨柳,天上地下,若非祥云彩虹,便有黄鹿白鹤。画壁之上,高堂之内,从来容不得尖嘴猴腮之怪,也见不着鸡鸣狗盗之形。虽然不全是人生常态,也不太可能是生活的真相,但一定是千万年以来,对人生,对生活的朴素理想。

内蒙古阴山岩画,作为人类早期的岩画之一,在长达一万年的时间里,互相连接的图像,把整座山变成一条东西长约三百公里的画廊。在文字还没有出现的岁月，人类用这种方法来表达情感，交流思想。毫无疑问，壁画先于文字出现在人类的智慧当中。虽然后来才出现的文字，方便人的交流与表达，却比不了，多少年后，画还是画，看一眼就能醍醐灌顶，文字越是发展，越是繁复，反而弄出许多的不方便。天下的孩子，都曾有过也必然会经历过，信手涂鸦的一段小小时光，虽然那不是真的壁画，却也不敢说那种涂鸦与壁画传统是风马牛不相及。所以，宁肯将生物解剖与人体架构等物质性的因素暂且搁置不论，用直觉去相信，在我们的基因中继续存有祖先的传统，假如远祖与高祖们，在旷野之上凿石刻画，与未知世界进行文化交流的经历，就包含在看不见的基因里，关于涂鸦的解释就说得过去了。

因为天生许多乌黑煤炭，人间山西才努力创建许多五彩斑斓千年不减光彩的壁画与彩塑，这也是说得过去的。从唐宋（辽金）到明清，诸神众煞，千家百业，打醋用煤，都有具体呈现。对于壁画和彩塑，不仅仅是在山西，普遍都是你等待我太久，而我仍然来得太迟，偏偏如此这般的太迟，才换得壁画与彩塑久久地长存于世。

二〇二一年十一月十四日于斯泰苑

金口晶正平

金口难开，不是成语，是一句大俗话。

在江夏金口，偶尔想起这话的意思，带有些许揶揄，更多的还是珍贵、珍稀与珍宝。比如曾用心用情写下《黄州竹楼记》，人称王黄州，却病死在蕲州的王禹偁，屡受贬谪，哪怕"驻马泪浪浪"，也改不了直言讽谏秉性，仍然会心会意地写下"宣来帝座傍""金口独褒扬"的句子，字里行间显示的尽是至尊。又比如那劝人炼心的丘处机，明明知道"恁时节，鬼难呼，唯有神仙提挈"，也还是相信"爱欲千重，身心百炼……金口传微诀"，话语所指的如同顶礼膜拜。

世故亲情少不得这样那样的金口，烟火人间也有此处彼处的金口。

元朝诗人王冕好游江浙一带山水，曾经不无羡慕地写道："知君住处好神仙，洞庭赤壁浮紫烟。武昌樊口最幽绝，东坡曾为留五年。"其云"金水河从金口来，龙光清澈净无埃"，与位居洞庭赤壁武昌樊口正中间江夏一带的金口，大概率只是同字同音，不会有其他对应关系。到了明朝，才子袁中道写了一首登晴川阁的七律："天外云山金口驿，雨中杨柳武昌城。汉滨父老今安在，只合依他隐姓名。"诗里的金口，从袁中道的老家，毗邻江夏的公安县顺江而下，不过百里即是，从没有半个疑点。

还有一句大白话：先有金口，后有汉口。

在汉口是听不到的，这话只有江汉平原一带流传。不是这话太过直白，没有丁点诗意，而是一种心理，偌大的汉口，绝对不可以是小小金口派生出来的！

村言俚语，有真有假，亦虚亦实，袁中道的诗一定是毫无疑问的佐证。不然，以后来江南江北城中开化放浪的差异，凭着肆无忌惮的诗人情怀，只怕入得诗中的是汉口而非武昌了。当然，汉口之所以很少入诗，一方面是城建得晚，另一方面还在于太市井了，即便是旧时风月场所，汉口取名花楼街，武昌却叫胭脂巷。更别说金口镇上，一处文字港，足以惊叹八州十六府。

逆袁中道诗中次序，从武昌城往上行走不到五十里就到了这名叫金口的小镇。能比汉口早繁花似锦一千年，照例脱不了万物兴盛的规律。早一千年的金口，晚一千年的汉口，凭空降下眼泪大小的一滴水，都是天造地设。

地理资料记载，万里长江从源头的格拉丹冬冰川（各拉丹冬冰川，"格拉丹冬"为当地藏语发音）开始，上游小溪叫沱沱河，变成大河后叫通天河，从大河往大江过渡依次叫金沙江和川江或者峡江。真正史称长江的是从宜昌至吴淞口入海这一千七百七十一公里的一大段，用尺子在地图上一比画，金口一带差不多是所谓美人细腰的黄金分割线那个位置。

由西向东的长江，流到金口上方的簰洲湾，突然扭回头往西北方向转了一个让人心惊肉跳的大弯，又劳神费力地再次扭回头，来一个几乎画圆的巨大弧圈，一头扎向下游的槐山和军山，在那里成为另一种倒海翻江的模样。水再大再深，江再宽再长，还是不知冷，不知热，不能爱也不能恨，不需要饥也不在乎饱，与山石同属的物什。大江浩荡的气势，水波清扬的灵性，都是拜人们所赋予。作为母亲河的长江，更容易因应天理人伦中那不曾看见，却屡试不爽的起承转合。经历了格拉丹冬冰川上的"起"，穿越了从沱沱河到川江的"承"，长江在金口之上惊世骇俗的一大"转"，成就了金口之下，晴川历历，芳草萋萋，孤帆远影碧空里，唯见江天流水的壮美人生之"合"与人间之"合"。自此处往下，长江分出许多支流，催生出古往今来的众多诗说："凿江以通于九派，洒五湖而定东海""大江分九派，淼漫成水乡"。最脍炙人口的还是那一句——茫茫九派流中国！

金口所在的江夏，因其历史悠久被称为楚天首县，前些年，在江夏的一处湖边买了一所房子，附近朋友劝我将户口也迁过去，我有些无言以对。之前由于总在迁徙，关于故乡的意义，在我这里成了一种叙事的累赘，说自己的灵魂和血肉是东坡赤壁所在的黄州或者团风给的，思想与智慧得益于大别山中河水向西流入长江的英山。至于武汉，算起来自己居住时间最长，并且还会越来越长，也只能依据法律定义为过着人间烟火日子的户籍所在地。从本市的这个区到那个区，哪有真正的区别？单论与江夏的关联，还没有习惯武汉定居的日子就有了，而且与金口有关，只不过这种关联带有令人不适的阴影。

从黄州搬来武汉不久，就有准确消息，武汉保卫战时被日军飞机炸沉在金口一带的中山舰，终于可以打捞了。前前后后，或是职务指派，或是朋友相邀，不知多少次，让去江夏、去金口看看。每一次，自己不是说不行就是说不去。其中一次，朋友的车已驶进金口镇（现为金口街道）狭窄的小街，再往前滑一脚就是经过修复后，成为国家级重点文物的中山舰。那一刻，也不管扫不扫人家兴，自己硬是让朋友踩住刹车，打开车门在镇上胡乱走几步，吃了一顿便饭，就当是来过这千年名镇了。

二〇一六年夏天，登上南海深处的晋卿岛，岛很小，只有零点二一平方公里，周围的礁盘却大得看不到边，靠着深海的那一侧，歪歪地搁着一艘锈蚀成猩红色的大铁船。一阵轻风吹过，南海深处就会涌来连绵不绝的浪潮。在无边无际的南海，这样的浪潮太微不足道了，等到涌上大铁船，任何一朵貌似细小的浪花，都会在顷刻间化作啸天巨兽，隔着老远也能感觉到钢的挣扎，铁的呻吟。站在海滩上，云水间泛起沉舟侧畔、折戟沉沙、覆舟之下岂有完卵等种种意念，更记起江涛之下的那艘中国军舰。这样的万水千山之隔，第一次暴露出自己内心的苦楚！金口镇外，大江之上，一代名舰，惨遭变故，从一九三八年十月二十四日沉没在历史黑暗中，到一九九七年一月二十八日从历史的缝隙里顽强地昂起舰艏，整整六十年，一个甲子轮回，才以最悲壮的形式重见天日，此种国耻，如何能够忍受？

一艘无名的铁船，搁浅在南海之上，只是风吹浪打，模样就变得如此不堪。

一代名舰中山舰，排水量八百多吨，只比二〇二一年我再去南海所乘的五百吨渔船略大，如何抵挡得住六架日军飞机的轮番轰炸？最终沉在江底，宛如那些年山河破碎！

历史伤痛，刻在心里，既不示人，也不示己，算不上孤僻，而是等着某个令人期盼的时间节点。比如，完全由中国自主设计建造、排水量八万多吨，采用平直通长飞行甲板，配置电磁弹射和阻拦装置的航空母舰——中国人民解放军海军福建舰于二〇二二年六月十七日正式下水。相隔不到二十天，自己就冒着酷暑来到金口，久久地站在中山舰舰艏前面。人都不相信自己这样的老武汉，头一回前来。又无人不相信，横空出世的福建舰，相对中山舰，同为各自时代名舰的治愈感。

同一天，在离中山舰博物馆不远的一家汽车配件工厂，与加工车间的一名负责人聊起正在加工的转向器蜗杆。一台数控车床，一个班就能加工一千五百件，加工好的蜗杆，其精度和光洁度绝对是自己当车工时望尘莫及的。那时候自己一个班生产定额为十五件，同样让同城车工们望尘莫及。说起来，如此高效的数控车床是德国生产的，德国人在出卖的机器上加装了"后门"，只要这台数控车床搬离所在地江夏，或者改变参数，加工与转向器蜗杆不相干的零件，整台机器就会报错，变成一堆无法使用的破铜烂铁。

还是同一天，西斜的烈日悬在长江上游不远处，江夏金口这边的槐山脚下，前人用花岗岩条石修筑长不三百米、高不足十米的驳岸，硬对硬，强对强，退无可退地扛着同烈日一道斜刺冲过来的洪流，迫使那不可一世的洪流闪开半个身子，向着对岸的军山气急败坏地横冲直撞而去，留下一个接一个的漩涡，一道接一道的暗流。既似中山舰上被日军炸弹炸出来的偌大窟窿，又像德国产的数控机床上强加给用户的无良后门。

还是公安三袁之袁中道在登晴川阁诗中写的："苦向白头浪里行，青山也识旧书生。相逢谁胜黄江夏，不死差强祢正平。"这些话，说的就是江夏，就是金口。天下黄姓出自江夏，那叫黄歇的春秋战国最后的君子春申君，以一己之力支撑起正在倾覆的楚野大地，只要打不垮——打不倒——打不死，哪管是不是差强人意，一定要拼出个安宁平顺贤良方正的世界！

水天之间，世事当中，岂能将历史不当回事！江夏金口，自东周楚宣王设为军机重镇起，已有差不多两千四百年。如今的江夏，爱说金口，不爱说黄歇，因为这位春申君晚节不保，将自己的肉身炸出一个大窟窿，给自己的灵魂设下一个邪恶的后门，让楚国丧失最后一点生存机会。更让此黄歇变得不是彼黄歇，彼春申君也不是此春申君。元朝诗人王冕吟咏金水与金口时说："流归天上不多路，肯许人间用一杯？"金水是天上的金水，金口是人间的金口，此金水与彼金水是不是同一条河，此金口与彼金口是不是同一座城，相对人心人性人情，实是不太重要。

站在槐山矶头,凭涛临浪,再没有钢铁巨舰眨眼间灰飞烟灭的日子,再没有捂着心疼心痛不想去某个地方的情愫,能用双手掬一捧没有铁血硝烟滋味的长江水,饮一饮,洗一洗,都是幸事。

二〇二二年七月三十一日于斯泰园

朗 读 故 乡

说读书是一辈子的事，是将人生意义包括在读书之中。

说读书是青少年的事，则是将读书当作是人生的某个阶段。

受邀参加鲁迅先生诞辰一百四十周年纪念活动，以一头花白的年纪，站在绍兴的高台之上，捧着《故乡》细心朗读，那感觉与小时候，在课堂上被老师用教鞭或者粉笔头指着点名站起来读课文《故乡》时很不一样，与之后的许多次，独自在书房里，对着那赫赫有名的大部头默默诵读更不一样。

这里所说的不一样，对读书人是如此。

对所读到的《故乡》，以及从中读到的某处故乡也是如此。

一百年前，《故乡》问世之初，茅盾先生曾经写过推荐语："过去的三个月的创作我最佩服的是鲁迅的《故乡》。我觉得《故乡》的中心思想是悲哀那人与人中间的不了解、隔膜。"一般地方，只要去过或者听说过，随口来上几句，议论议论，爱听不听，爱信不信，没什么大事。在拥有《故乡》的绍兴，可不能随随便便，想要开口，就能开口。眼前的绍兴分明站着一位文化巨人，弄不好就会像旧时乡学里的学童，要挨先生的板子。有一点是肯定的，也是可以说的，近代以来的读书人，在潜移默化中不知不觉已将绍兴当成自己心中的故乡，哪怕那还在启蒙阶段的小学生，只要提到绍兴，提到鲁迅故居的百草园，提到小时候的闰土和长大后的闰土，就有一种说来就来的熟悉。

一百年后，站在绍兴的土地上，又读《故乡》，历史与时代早已变得面目全非，而人们心里，关于故乡的情愫与理解，竟然还是一百年前鲁迅先生写过的那样。这大概是近乡情更怯的永恒来由，也是"再伟大的男人回到家乡也是孙子"的背景。

离开百年，再回来还是少年。不是故乡寻而不得，是我们的情怀紧紧勾连于当初离去的那个时间段，而故乡却像闰土那样，早已背着沧桑成年了。成年的闰土，似是而非，似非而是，反而是其膝下新生的小小闰土，不是故旧，却成故旧。

故乡可以是天下，天下难得成为故乡。

鲁迅先生的《故乡》未必就是天下，天下之事都在年复一年地成就每个人的《故乡》。

我来过绍兴几次，大都是不请自到。每次进到绍兴城里就奔着心中念想而去。有时候先去鲁迅故居，再去沈园，有时候先去沈园，再去鲁迅故居，没有哪一次是顾此失彼的。在二〇一九年出版的文学回忆录中，我写了一章"文学是写给自己的锦书"，正是由于沈园往事在心里的动静。在绍兴走一走、看一看，明知见不着当年有无限趣味的百草园，也不可能再有那古典主义的"山盟虽在，锦书难托"的"错错错"和"莫莫莫"，每一次从那些地方出来，心里还是会生长一些惆怅与力量。当下社会，人类深爱的文学，很容易变为沈园内外的锦书，而这锦书会进一步变成《故乡》中惊世骇俗的句子。一百年后再读，谁个不认为，那些都是老早老早就为今天的人们所预备的？

十多年前，陪还在上小学的女儿来绍兴参加一个国际合唱节。论舞台上的表现，女儿参加的少儿合唱团完全可以获金奖，却由于一个实实在在的理由，只颁给一个银奖。所以印象最深的是女儿与她的小伙伴们，一个个嘟着小嘴巴走在绍兴街头的小模样。这点小意外倒让我对这座小城觉察出一种不一样的可爱。那一次，一群不知何为失望，却懂得什么是委屈的天真孩子，有没有听懂合唱团带队老师的话，并不要紧，因为往后他们肯定还会在课文中与老师说过的话重逢。正如自己有机会站上绍兴的讲台，像当初读着课文那样，重新朗读《故乡》，依然对自己读出来的那些句子刻骨铭心。

其实，合唱团老师所言，同样是一种重逢。

这一次，为纪念鲁迅先生而来绍兴，只看过百草园，没来得及去沈园。那天晚上，独自一人在住处旁边闲走，不经意间进到一条空无一人的深巷，转过身来，再沿着灯影稀稀的小河走一程，心中生出一种之前来绍兴不曾有过的念头，仿佛此时此刻的绍兴才是真的绍兴。甚至还冒出一句不怕冒犯鲁迅先生的话，读遍浩瀚雄文，特别是像《故乡》这样的篇章里，何尝没有弥漫于沈园中，"东风恶"的"错错错"，"欢情薄"的"莫莫莫"？

人所见识的世界，谁个不是以己之心度人之腹！常言：

子非鱼，安知鱼之乐？又说：子非我，安知我不知鱼之乐？这样那样的道理，都可以用在《故乡》所写的故乡，用在鲁迅所写的闰土。也可以用于再次朗读《故乡》的我对于先生篇章中的绍兴和现今绍兴的丁点理解。

还记得第一次来绍兴，一条古运河上，全是日常人家的乌篷船，两岸人家烟火气十足，至于如何进的百草园和沈园，脑子里的印象都不太清晰了。唯独心心念念准准地记着，那河边一处挤满时髦人群，却是由农家牛棚翻新而成的"牛栏咖啡"。后来有许多次，在许多地方，见到也挂着"牛栏咖啡"的咖啡小店，总免不了在心里一笑。这种最早出现在绍兴的人间写意，正如最早出现在绍兴的百草园，哪怕东方世界的各个校园都有名叫百草园的角落，也且自由他们去。

合唱团的老师曾对合唱团的孩子们说：

——希望是本无所谓有，无所谓无的。

——这正如地上的路；其实地上本没有路，走的人多了，也便成了路。

鲁迅先生的金句子，对后人影响太大了。很难想象，如此励志的格言竟然是忧郁得让人透不过气来的《故乡》的结束语，其特征太符合某些小说理论所指的可有可无、有添足之嫌的闲笔。这一细节也正是先生的文化品格的超级与伟大所在。前辈作家刘富道说过一句令人极其受用的话：小说就是闲笔的艺术。熟读鲁迅就会发现，先生正是这样将闲笔写成神来之笔的大师。这才有了，一部《故乡》其影响之广阔顶得上先生其余的全部作品。

无论谁，经历略久些，懂得什么时候必须记得故乡，那况味，往往近乎神来之笔。同样，有了《故乡》的绍兴，俨然如美丽江南的神来之笔。

二〇二一年九月二十四日于绍兴饭店

滇池巴水闻先生

是昆明翠湖附近的一条名叫西仓坡的小巷。

对着一块肃穆的碑石,深深行了三番大礼。

在心里默默诵念闻先生的名字,这个时候,只能说闻先生是下巴河人,不必说自己是上巴河人。季节正值夏日中伏,故乡鄂东巴水两岸的气温达到近年来罕有的四十二摄氏度,高温高湿如同蒸笼,春城昆明翠湖四围的舒适让人敢说天堂也不过如此。有小雨似有似无地落着,齐眉的常青树枝不经意地遮住头顶。离碑石不到二十米的那家幼儿园大门紧闭,天使或神兽一律放了暑假,否则,让人很难面对一群花蕾般轻盈快活的孩子,在这浸透碧血亡灵的小巷里游乐嬉戏。

小巷幽幽,被故乡亲人珍藏在巴水侧畔的那根染着鲜血的藤木手杖,仿佛仍在青石铺成的街面上敲着笃笃声响。若不如此,那几把罪恶的暗枪真有可能混淆在润滑的轻风里,那几个卑鄙的杀手也有可能获得树影的婆娑姿色。

黄昏到来的时间被小雨提早了许多。不是不舍,不是缱绻,不是徘徊,昆明本地两位朋友所说的话,自己多半没有听到心里去,那欲言又止,欲走还留的模样,就如巴水两岸的方言所说,像苕了一样!

终于退回到巷口,对着小巷深处拍照,两位正要从镜头前横穿过路的中年女子停下来谦让,自己赶紧将手机的拍摄键点了几下,同时与对方说,知道这条巷子吗?她们摇了摇头。于是我说,这里叫西仓坡,是闻一多先生遇难的地方。两位女子的神情极像巴水边浣纱女人,被一只掠过水面的翠鸟惊着了,被一条跃出水面的鲤鱼吓着了,被不知何人投掷块石溅起老大的水花打湿了心胸,也像翠湖岸,滇池边,突然飞过来一只江鸥用翅膀划过脸颊眉梢,不由自主地轻轻啊了一声。

昆明我来过多次,来西仓坡则是第一次。尽管是内心早已做好预备,真的面对铭记那段暗黑历史的碑石,还是不胜唏嘘,好似漫天雨水透过肌肤洗濯心肝肺腑,滋润那看不见却摸得着的灵魂,唤醒陈列在巴水侧畔纪念馆里的那根藤木手杖。

天下之事,最令人惊讶的总是最熟悉和最普通的。

五百里奔来眼底,披襟岸帻,空阔无边的滇池也不例外。

在昆明,当着滇池的面,我问同行的人们,是否相信这片水域属长江水系?在场的几位都是一脸雾水和茫然。第一次听见说滇池属长江水系,自己也曾吃惊不小。日后,一想到滇池与巴水共一条长江,共一个闻先生,不免心生不一样的亲切。

话是家中孩子说的,那天上完地理课,回家的第一件事就拿滇池是否属于长江水系的问题考长辈们,还进一步出了三道选择题,云南三大湖泊,滇池、洱海、抚仙湖,哪一个是长江水系，哪一个是珠江水系，哪一个是澜沧江水系？在下意识的印象里，滇池绝对是向昆明以南流去的，如何能够向北汇入长江？假使不是地理书上印有黑白分明的文字，色彩斑斓的图案，这种因知识欠缺造成貌似刁钻古怪的问题，一如这些年时兴的黄牙小儿屡屡难倒沧桑长辈的种种无厘头的脑筋急转弯。

相比之下，大自然的刁钻古怪不知要将人类甩下多少万年。在人文领域，诗词歌赋都在抒写大江东去，北水南流。当年头一次读到湘江北去的句子，曾经好不费解。等到老师说，这有什么奇怪，咱们鄂东的几条大河全都流向西边，那一张白纸似的脑子里迷糊得像是被诸葛亮设置为阴风惨惨、迷雾层层的八阵图。

放在三万年前，说滇池水往南流并无不对。那时候的滇池，通过一处名叫刺桐关的大峡谷，将一湖碧水倾向南方，如果没有后来的变迁，现今的滇池，也会是哈尼梯田，北回归线，以及街道有多长、宴席就有多长的长街宴上不请自到的常客。

滇池属地震断层陷落型湖泊，历史上，这一带发生多次间歇性的不等量上升，后又出现南北向的大断裂。断层线以西，地壳受到抬升，断层线以东则相对下沉，导致古盘龙江南流通路被阻，积水而成为古滇池。所谓成也萧何，败也萧何。刺桐关山地接下来继续抬升，将本是顺着山势呼啸而下的洪流大水，潮头做了浪尾，浪尾做了潮头，一百八十度翻转，之前是进水口的螳螂川不得不颠倒成为出口水，做了性格完全相反的弥漫细流。

那场地质巨型变迁来得很慢，没有留下天塌地陷的机会，情同后来者喜欢挂在嘴边的慢生活，比水滴石穿，积沙成塔还慢，慢到人世间轮回了八百次，也看不出半点蛛丝马迹。一如家中小学生暑期作业上抄录的一段文字——也许，陆地只是温柔地静悄悄地从海里慢慢升起，就像小草从地里长出来一样悄无声息。等到大势已成，滇池还是盘龙江、宝象河等汇成的五百里滇池，还是刺桐关那头雄险，螳螂川这边舒曼，海拔被一只大手往下按了一下，不知不觉地拉低了一百多米，使得红河源头的明珠，成了长江久长的契机。

人间处处，万物所在，无不留有密码。

真心领悟的不一定全对，肆意妄想的也不见得都错。

"池，……上源深广，下流浅狭，似如倒流，故曰滇池"，那滇的意思指的就是"水系颠倒"。这些话是郦道元在《水经注》中说的。爱走山水的郦道元到过大别山，也研究过大别山，只可惜那笔下的大别山，局限于淮河水系的豫南与皖西北一带，再有某个时期也称大别山，实际上是伍子胥领兵伐楚，头一仗大败楚军，时称小别山的当今汉阳一带。郦道元没有到过的鄂东大别山，以巴水为首，邀聚浠水，蕲水，举水，倒水，合称鄂东五水，从江淮分水岭上发一声呐喊，列成队整整齐齐地从东向西流去。

流向逆转的巴水，水系颠倒的滇池，与闻先生缘定今生的两地，山水奇观，大地异象。闻先生此生与众不同，坐下去温婉地研习诗歌，站起来激烈地燃烧自己，难道就此命中注定？

向西平行流淌的五条河像五头巨兽，桃红柳绿之时，温情脉脉如滇池当下的出水口螳螂川，夏日行洪之际，又像滇池古时摧枯拉朽的出水口刺桐关。五条河畔，生活着一些史称"五水蛮"的族群。这些原本生活在楚国西部狂野无羁，性好暴乱的巴人，春秋时期就曾被控制性迁移。东汉建武年间，楚地西边再一次由乱到治后，领头犯事的七千名青壮骨干被强行迁徙到以巴水为中心的鄂东，那入长江处的巴河小镇因此称之为"五蛮城"。事实上，巴水侧畔的这些祖先，在前后数百年间，很少消停过，大大小小的暴乱不计其数，直到杜牧出任黄州府时，才见着消停。这才有在长安有羊肉吃，撵到黄州后只能吃猪肉的杜牧，不胜感慨："古有夷风，今尽华俗。"历经数百年，迁徙者的后裔已被汉地同化得咏诗习文，以优雅为上品，难分彼此，也不需要分什么彼此。汉地的芸芸众生也在不知不觉中，将巴人性剽悍，好斗狠、敢生敢死的风尚潜移默化为文化性格的一部分。再往后，苏东坡贬谪来黄州，二陈理学兴起于黄陂，赫赫有名的"五蛮城"改称呼为巴河镇。那离得最近的人，比如闻一多，既可以好比那巴水细流，浣洗百丈轻纱，连细雀儿也惊动不了。其热血和情怀依然如巴河之水，却可以挟雷暴涌动狂潮惊涛拍岸，面对摆明了要取人头颅的屠夫，也只是挥一挥那根陪伴走过长沙至昆明的千山万水，以及由《诗经》的课堂回到美与爱的家庭的藤木手杖。

识时务者为俊杰，不识时务者为圣贤，恰似巴水一带的乡风。

巴水之上形容乡风民俗时，用的是"贤良方正"一词，通常来讲，"贤良"的意思接近于"识时务"，"方正"的意义就是那种建立在"识时务"背景上的"不识时务"。

去西仓坡的路是一道迈不动腿的上坡，有违前去者心中的急切。

离开西仓坡的路变成一溜刹不住脚的下坡，有违别离人心中的不舍。

一道西仓坡，这一头散淡地走往翠湖，那一头清高地迈向西南联大，更有一种感同身受的气息不由自主地接通历史与未来。无论通道甲，通道乙，都绕不开那块碑石。既攀不上伟岸，也不够资格称之矗立，然而，在大是大非面前挺身而出，能用我头存气节，敢以我血荐轩辕，实在是西南联大最重要的丰碑。正如缺少"五四"这一环，北京大学就只是越建越大的书斋，又如那些越建大的大学城却无法成为青年人心中的圣地。天地翻覆之际，总得有巨人抛头露面，扫却尘埃，顿开茅塞。

识时务者为俊杰，不识时务者为圣贤，恰似滇池侧畔的学界。

"识时务者"眼里的"不识时务"，也放大了那种在"不识时务者"眼里的所谓"识时务"。

比如闻先生，从课堂到家室，就那么一点路程，又有那么多好心好意的提醒，熬过几天，就能举家回迁北平，让人打不了黑枪，下不了黑手。更有身边的那些榜样，安安静静地寻一方书桌，雨下得大了，敲在屋顶上，谁谁的学问都听不清楚，那就放下教鞭，与后生们一同专心听雨。将心比心，从武汉、北平，再到长沙和昆明，闻先生的柔肠，何曾比谁短少一寸半寸？一九三八年至一九三九年度西南联大浪漫抒情的《诗经·尔雅》课堂，让滇池侧畔领教过的青年学子谁个不曾倾倒？"也许你真是哭得太累，也许，也许你要睡一睡，那么叫夜鹰不要咳嗽，蛙不要号，蝙蝠不要飞。不许阳光拨你的眼帘，不许清风刷上你的眉，无论谁都不能惊醒你，撑一伞松荫庇护你睡。也许你听这蚯蚓翻泥，听这小草的根须吸水，也许你听这般的音乐，比那咒骂的人声更美。那么你先把眼皮闭紧，我就让你睡，我让你睡，我把黄土轻轻盖着你，我叫纸钱儿缓缓的（地）飞。"这首写在故乡巴水之上的婉约伤情的《也许》，足以媲美《红烛》的壮怀激烈。

以巴水为中心的那方天地，曾得一句话来褒扬：唯楚有才，鄂东之最。那说唯楚有才，于斯为盛的八个字，是前者外溢之后的发挥与变通。研究两种文字的差别，直译其意，后者意指"识时务者为俊杰"，前者意义重在"不识时务者为圣贤"。所谓鄂东之最，所谓于斯为盛，后者只是告知世人，这个地方的人才很多，前者是在陈述另一种事实，鄂东地方的人才是最厉害和顶尖的。在西南联大的旧照片上，闻先生手里的藤木手杖，从长沙到昆明"教育长征"时就出现了，闻先生遇害后，这根藤木手杖一直被亲人保存着，后来才捐给故乡的纪念馆。藤木手杖上有一行无人识得的外国文字，直到二〇一九年深秋才有人在偶然间解开这个谜。那些文字是葡萄牙文，意思是"候选人纪念"。那时候的澳门还受葡萄牙殖民统治。或许是哪位因故去过澳门的友人因《七子之歌》而特意以藤木手杖相赠，得到手杖的闻先生则日夜拿在身边，时刻以国破家亡之耻辱自我相勉。"不识时务"的闻先生堪称又一位"鄂东之最"。

对照痛斥"历史上最卑劣最无耻的事情"的《最后的讲演》，"候选人纪念"仿佛就是"前脚跨出大门，后脚就不准备再跨进大门"的一语成谶，闻先生见惯了故乡奔腾向西的巴水，又见识了昆明这里水系颠倒的滇池，那血气，那胆识，怎可能逆来顺受，而只能顺应天理的便顺来顺受，反之则逆来逆受！一座滇池，得天地翻转之伟力，当然会潜移默化予尘世之人。五水奔腾，哪怕只剩向西一条路，也必然要拼到江海，留下阳光雨露茁壮故土乡亲。在"正义是杀不完的"背景里，闻先生硬是将自己排列成天地同悲的"候选人"中头一名。从鄂东"五水蛮"到东坡赤壁和二陈理学，从昆明陆军讲武堂到西南联合大学，将文雅与孔武集于一身，那个时代，那些岁月，舍闻先生还有谁？

曾经写过这样的文字，闻先生选择了"候选人纪念"，如同他的诗歌还没有写够，就毅然决然地选择"最后一次演讲"，此中巧合，更是命定。身为要斗败一切黑暗，打垮所有腐朽，让故乡与祖国走向光明与荣耀的文化志士，将自己确定为红烛一样的"候选人"。这样的选择，在"你不知道故乡有一个可爱的湖，常年总有半边青天浸在湖水里，湖岸上有兔儿在黄昏里觅粮食，还有见了兔儿不要追的狗子，我要看如今还有没有这种事"的诗意中就已经决定了。

是高人韵士哪能不在昆明选胜登临,看苍烟落照,渔火半江,清霜一枕,秋雁两行。倒回来,与其说用"谁道人生无再少?门前流水尚能西"的境界,与巴水为中心的故乡共勉,能对着将数千年往事注到心头的滇池,叹一声断碣残碑,滚滚英雄,才是共一条长江的所有不识时务的贤良方正之人的宿命般的梦想!

二〇二二年八月十三日于斯泰苑

有一种伟大叫巴金

秋叶苍红。秋草苍黄。秋夜苍白。秋水苍茫。

我趴在塞外一张陌生的桌子上，好不容易写下"泪水清扬的满月"这一句。

头一天，在渤海大学音乐厅的讲台上发言，曾经脱口提及文学艺术的描写，从来都是黄昏之壮美远远胜过清晨的秀丽，在数量上，对黄昏的关注更是不成比例地远远超过清晨。十月十七日，一大早就外出，赶在每个月的农历十五都免不了的大潮涨起淹没之前，经过那罕有的海底天桥，去到渤海中央的笔架山岛，而后又忙忙碌碌地到了曾经名叫平远和威远的那座古城，看看天黑了才往住处赶。途经锦州城外一条宽阔的大河，望着河的西端尽是辉煌晚霞，车上有人说起我先前的话题，言语未定，蓦然间从河的东端升起一轮清清朗朗的满月。刹那间，所有人都屏住了呼吸，明明是三十五个座位坐着三十五个人的大客车，竟然一点动静也没有。塞外的天空让人惊讶，那种天空上的满月让人感受到的更是一种震撼。

塞外的黄昏总会来得早一些。然而，这一天，从不与满月争辉的黄昏落霞迟迟不肯抽身隐退。时近七点了，一行九人从住处出来,去到锦州大戏院看那东北二人转时,还能从炫目的霓虹灯旁找到依依不舍的许多碎片。八点刚过,《文学报》徐春萍突然打来电话说:巴老走了!七点零六分!这一次是真的!这后一句话里包含有一件旧事。去年冬天的一个深夜,本地一位记者打电话到家里,也说是巴老走了。不记得当时曾如何表达自己的忧伤,只晓得后来迅速打电话到上海,求证于正在生病的徐春萍,以及在《文汇报》供职的女作家潘向黎。一年前的新闻终于不再假,那种难过,让电话里的我们说不成任何句子,除了寥寥无几的三五个字,其余全是空空的电磁声。这时候,潘向黎也发来相同内容的短信。我无心再看二人转了,与同行的另外八个人打招呼,孤单地回到房间,摊开纸,刚刚写出一行字,便被那止不住的泪水彻底模糊了双眼。

我晓得此时此刻自己需要一场刻骨铭心的伤痛。

我别无选择,只有将电话打回家,那是一个行将五十的男人唯一能够彻底敞开胸怀的地方,也只有骨肉至爱的女人怀抱,才能让早已心如止水的男人隔着千山万水放声大哭。平静了些,我才重新拿起笔来,匆匆写了一段无论如何也平静不下来的文字。

"是您自己的选择,还是上苍的安排,泪水清扬的满月,就这样载走了亲爱的巴金老人!从此后,谁堪做文学中国的良心?我唯有匍匐在山海关外的茫茫大地上,祈望天空那颗最大最圆的月亮成为您的永生!"

我还想说,从此后,谁堪矗立文学中国的脊梁?

我还想说，从此后，谁堪标志文学中国的清洁？

长夜难眠，这发自心灵的伤痛，其实早就深植在浅薄的年少时期。那时候，我生活着的小城，流行一种名为文学青年的毛病。就像传播非典型肺炎的蝙蝠与果子狸，小城里最活跃的几个人，每次外出参加各种文学活动归来，总要传播一些闻所未闻的小道消息，或者是美其名曰的文学新观念。很多次，混迹在听众中的我，闻得种种对巴金老人的不敬，血肉之躯竟然能够产生阵阵莫名其妙的亢奋与激烈。世事如烟，所幸我还能及时看清楚，在谎言被重复千万次的那段时间里，真理并没有真的被淹没。只是以其沧桑历尽的姿态，耐心地等待着对方，用忏悔的耳光，痛苦而幸福地抽打自己。年少并不等于无知。真无知是因为个人欲望太过强烈，看不到追名逐利背后的丑陋与肮脏。更看不到文学的真正巨人反而类似老父老母，从不在儿女面前以哲人姿态，散布那种语不惊人誓不休的大话，更不会利用各种方式将自己的书写无限夸张。

有一说法，远处的作家是天才，隔壁的作家是笑话。远处的巴金老人，越来越不被人当成是天才。在我成为一名真正的书写者，并将巴金老人当成动笔就能见到的邻居之后，老人拥有的全部朴实无华，都在证明，真是高僧，只说常话。所以，不将巴金老人当成天才是对的。天降大任于斯，为的就是让巴金老人与众多狂妄之辈平实相处，及时地帮其来几颗救心丸，饮一剂还魂汤。

一位老人的远去，让一批后学长大许多。第二天的早上，大家又到了一起。回忆着一九九九年，老人在喉咙里插上两根导管之前，所说的最后一句话：从现在起，是为你们活着！我没有同意对老人最后言语的普遍说法，也没像从前那样只要求自己心里有数，不去触犯众怒。算不上挺身而出，我只是不再习惯从众，不再习惯洁身自好，不再习惯温良恭让。我想让大家同自己一起去触摸一个伟大的灵魂了。

虽然早已不年轻，这个念头刚一出现，我就觉得肩头上一夜之间磨出了一层老茧。也只有这种老茧才有力量让我将心里的话当众掏出来。当然，这老茧也是老人离去后，我们这一代人必须担在肩上的责任。

在《圣天门口》中，我形容说，一盏灯最黑。那样的黑是众多逃避所导致的，不是不懂得，而是世界太聪明，非要等到唯一的灯熄灭之后，人们才开始点燃自己的心灵之火。这些年，有多少年轻人都不堪重负的责任，被强压在这位衰弱得无法做出任何行动的老人的肩上。有多少声名显赫位高权重者都三缄其口的话语，还在凭借连呼吸都不能自主的老人的名义发出声音。老人终其一生从不计较一己之私，不管世俗之眼如何相看，事实无可否认地摆在那里，没有老人的脊梁作为支撑，文学中国也许早就被一些三头六臂的怪物，幻化为出产种种丑陋私利的自家后院。老人是定海神针，老人是镇宅宝镜。本可以早些仙去的老人，就连文学中国里最基本的良心，也还要以一己之力独自担当，直到悬于一线的生命最后一次搏动。

对巴金老人的尊敬和热爱，就像大树一样年年见长。却不然，这成长连一丝氧气、一只吊瓶都不如，救不回哪怕只需延续到一百〇二岁生日的一点点时光。虽然永生也是活着。虽然一百〇一岁也是永恒。

一九九一年春天，我去北京参加全国青年作家创作会议。那是我第一次到北京，作为首都的这座城市先前样子我并不晓得。这次会议显得格外特殊。即使是我这样的陌生人，也能感受到最初时刻的郁闷与压抑。

然而，一切都在那一天的那一刻烟消云散。

一个声音在冷清了许久的会场上响起："说真话，把心交给读者！"

没有人不懂这声音的深刻性，如风暴一样的第一轮掌声，是那最好的证明。没有人不明白这声音的针对性，如雷鸣一样的第二轮掌声，是那最好的响应。没有人不听从这声音的号召，如天崩地裂般的第三轮掌声，更是那只为真理迸发的热情。巴金老人没有亲临会议，尽管那声音只是用书面形式发出来，仍然有足够力量撼动所有年轻的心。没有巴金老人的会场上，巴金老人却无所不在。巴金老人的无所不在一出现，那些同样无所不在的假话空话和废话，顷刻之间就被荡涤得干干净净。迄今为止，这是我所见到的，用最貌不惊人的真相，表达出来的文学的最精髓。

一九九四年十一月，我去上海参加一个文学颁奖活动。与周介人先生见不久，他就问我想不想见巴金老人。在心里，我非常想见，说出来的话却变成不想打扰。后来听说有人去了，也没有生出多少后悔。有三年前巴金老人的耳谛面授，得一箴言足矣。

我坚持着这种与巴金老人亲密接触的最好方式。

时至今日，它却成了天下之人的唯一形式。

在文学中国最危难的时刻，巴金老人以最坦荡的方式来到了我们当中。

而他自己却在文学中国春暖花开时节，以一种最艰难的方式悄然离我们而去。

好在天空中有一轮最圆的月亮，还活着的失落之心才不至于像枯叶一样四处飘零。我寻找到一处网吧，将无论如何也难表达怀念的文字发送出去。塞外深秋不再是凉，而是真实的冷。我不想马上回到住处，顺着漫长的街道往前走，不时地心中会怦然一动，以为自己接近了某种渴望。月光如雪水流遍，清冷浸透到灵魂深处。这时候，才想起在河流之上见到的落霞满月，真的是一种预兆。

天地留言，默默雾雨电；星月流响，朗朗家春秋。

好在这世界猛然惊醒过来，像我一样明白，有一种伟大叫巴金！

二〇〇五年十月十七日于渤海大学

没有形容词的三里湾

太行山南端的这里，景致奇丽，高峰与峡谷，像是斧劈刀削而成。那深幽与险要，不说别的，仅在当年，能够将八路军总部坚决掩护起来，让气焰嚣张的日本侵略军累到吐血也无可奈何，直到最后灰溜溜地举起白旗，也没能吃过一颗好果子。若论时下，有句挺心酸的话，在太行山搞扶贫，连假发都要愁白！对比山水模样之艰难，这样的说法真的不算夸张。从长治这里往南前行不远，太行山就会突然消失，好像那首壮丽的协奏曲被一个强烈的休止符所中断，剩下袅袅余音自由舒展开来，化为无边无际的豫北大平原。反之，从那平原上的洛阳去往长治，简直就是从一眼望不到头的铜墙铁壁中寻一道小小缝隙，开足马力连钻带挤才进得来。

等到坐在长治的一家剧场里，听完仅仅一折就将人心三番五次揪起来的上党梆子，再听到有人极其认真地介绍，一个是阆苑仙葩，一个是美玉无瑕，一个枉自嗟呀，一个空劳牵挂。一个是水中月，一个是镜中花的《红楼梦》，与长治紧密相关。这种意想不到提示，发生在太行山深处，给人印象最强烈的真是《红楼梦》中所咏叹，若说有奇缘，如何心事终虚化？在自己看来，《红楼梦》的电视剧版最成功之处正是作为主题曲的《枉凝眉》,一旦知晓此中端倪,无论虚实,都值得深究。

在外行走,有心与无意,总会找到某个行程中的重点。这样的重点,与主人的安排无关,也与一路陪伴的好友无关,甚至与自己的刻意追逐无关。在长治的几天里也是如此,站在从未涉足的陌生环境,好奇心往往会遮蔽真的兴趣。看过上党梆子等,于第二天的奔波中,接连遇上从南到北独一无二的堆锦艺术,从东到西世所无双的观音堂雕塑,还有当代中国社会生活中绝无仅有的申纪兰老人,以及特别能体现太行山自然风情的通天峡;到头来我心相系的,是那个全部地理与地图称其为川底村,在实际人事往来中,又都很默契不叫川底村的小地方。

小巧玲珑的川底村,属于长治所辖的平顺县,它另有一个如雷贯耳的名称:三里湾!

那天下午去三里湾,从一开始就写在日程里。等到进了三里湾,双脚踏入与三里湾一样著名的小院里,给人的感觉仍然是一种不期而遇。小院里有几间屋子,还有几眼从黄土绝壁底部处凿出来的窑洞。最里面的一间屋子,瓦檐下吊着十几束金黄宛如当初的玉米。当年读《三里湾》时曾经猜测,赵树理写的玉蜀黍到底是什么东西?不是后来没有找到答案,而是过后就将这事忘掉了。这一天,看到三里湾的老房子上挂着的东西,用不着多问,就全明白了。

六十多年前的玉蜀黍变成了玉米。

六十多年前的赵树理变成了铜像。

在最里面的那间小屋里，成为铜像的赵树理身上沾染了些许日常尘埃，这些尘埃的存在，让成为铜像的赵树理重新获取某种活力。同行之人全是同行，面对铜像一不小心就冒出三言两语：在你还没有变成铜像时，独自在这僻远的小屋里，一口气待上八年，是有痴迷不悟的爱情，还是有让你义无反顾的大义，或者是发现了世外桃源和蓬莱仙境？将屋子里看上几遍，再将院子里看上几遍。长治这里，趁着南方进入梅雨季节，也跟着每天下一场好雨，凡是遇见的人个个都是笑眯眯的。一棵国槐生长在这样的地方，这样的气候，就算是槐花开满天，地上也见不到丁点黛玉风格的花泥。眼下树叶正茂盛，用棍子敲打，用手指撸捋，也轻易弄不下来。开过花的国槐，树干不算粗大，那模样说是与当年三里湾合作社的山药蛋一同种下，也是可以相信的。院子正中的地上有一圆圆的井口，满满的水在里面闪着粼粼波光。自己下意识地说出水井二字时，当地的人马上纠正，说是水窖。这话也点出一个大问题，只有缺水的地方，才会修建专门用来贮存雨水的水窖。天下人都知道，太行山缺水。当年成立的三里湾合作社所具有的强大凝聚力，不是让人去学愚公，要将挡住风、挡住雨的两座大山移走，合作社的现实理想看得见摸得着，就是将村里的漫滩地改造成为水浇地。即便是现在，如果有机会让三里湾的庄稼地，享有充足的灌溉用水，对三里湾而言，魅力依然不减当年。

在院子里转了几圈，再到外面走上一段路。砖和土垒起的墙壁，形成一道长长的散发着清新诗意的巷子。大概是有了某种文化创意与规划，紧邻的人家，前主人已经搬去其他地方了，空置下来的房子仍旧保有浓浓的农家生活气息，几只大缸倒扣在篱笆后面，各式各样的家具农具，石碌石磨，散放在墙根处。连接家家户户的路与巷，还算整洁干净。在村里过日子就是这样，不能过分要求，实际上也无法将村里的人当成市民进行管理。城里的小区街道，有专人打扫。在村里，谁家的女主人在打扫自家庭院时，不会顺手将大门外扫上百把几十下？那随风从天上掉下来的落叶枯枝，那跟着雨露从地下冒出来的杂草野花，还有拖着长须、背着花甲的甲壳虫，以及偶尔贴着墙根悠悠滑过的娇小家蛇，因为只能生活在这里，也就成了生活的一部分。缺少这些的三里湾就不是三里湾了。在这样自由散漫的地方略走一程，再随意找个土墩，找个石块，席地而坐，任谁在身边，都有可能说些体己的话。

转一圈，半小时不到，再回到小院中的那间屋子，还有人在对着铜像说话，明知眼前只是一尊偶像，硬要显得一个比一个深情。慢慢地有人提及《三里湾》的历史功过。也就在这时候，突然记起，赵树理写三里湾，怎么一个形容词也见不到，难道找到了山药蛋，就可以不在乎语言修辞了？

或许三里湾真的不需要修辞。

前提是三里湾蕴藏着只有赵树理能够理解并为之沉醉的另一套修辞。

极擅修辞的汪曾祺写过关于赵树理的文字，有一段格外生动："树理同志衣着朴素，一年四季，总是一身蓝卡其布的制服。但是他有一件很豪华的'行头',一件水獭皮领子、礼服呢面的狐皮大衣。他身体不好,怕冷,冬天出门就穿起这件大衣来。那是刚'进城'的时候买的。那时这样的大衣很便宜,拍卖行里总挂着几件。奇怪的是他下乡体验生活,回到上党农村,也是穿了这件大衣去。那时作家下乡,总得穿得像个农民,至少像个村干部,哪有穿了水獭领子狐皮大衣下去的?可是家乡的农民并不因为这件大衣就和他疏远隔阂起来,赵树理还是他们的'老赵',老老少少,还是跟他无话不谈。看来,能否接近农民,不在衣裳。但是敢于穿了狐皮大衣而不怕农民见外的,恐怕也只有赵树理同志一人而已。——他根本就没有考虑穿什么衣服'下去'的问题。"这话可以换一种说法,比如:敢于不在意修辞而什么也不顾的,恐怕也只有赵树理,因为他根本就没有考虑用什么样的修辞才算得上是文学与作家的问题。穿着高贵衣裳的赵树理,随随便便就将黄土在头顶悬有几丈高的院子当成了家,这样的山药蛋早已将最美的修辞甩到不止几条街,而是几十条街后面去了。

汪曾祺还在自己的文字里说"赵树理同志讲话很'随便'。那一阵很多人把中国农村说得过于美好,文艺作品尤多粉饰,他很有意见。他经常回家乡,回来总要做一次报告,说说农村见闻。他认为农村还是很穷,日子过得很艰难。他戏称他戴的一块表为'五驴表',说这块表的钱在农村可以买五头毛驴。——那时候谁家能买五头毛驴,算是了不起的富户了。"《三里湾》能够成为文学史中的瑰宝,宏大史诗的序曲，是后来者理当引为庆幸之事。如此倾情的社会生活主旋律，没有在文学中失位，只有多少年一遇的才子能够做到。长治这里有诸多全国第一，上党战役是向着新中国的解放战争的第一仗，潞安集团下属的石圪节煤矿是抗日战争后期从日军手里夺取的向着新中国的第一家红色企业，西沟村早在一九四三年就成立起来中国第一个农业互助组。中国文学中第一个农业合作社群像，诞生在三里湾，百分之百是有历史背景与现实原因的。像汪曾祺继续写的，北京城中，有人偷拿赵树理的大衣，垫在地上与女人胡搞。汪曾祺如实记下此种糗事，无损于大衣的主人，而令后来者更能明白，如何才是行大道，闯主流。当诸如此类的糗事大行其道时，形容词才会盛行。也只有到了这般时势，在三里湾没必要使用的形容词，才会有用武之地。不用点形容词来遮盖，糗事就会伤到文笔。

哪个坟头里的骨头是骂死的？

三里湾的这句话，是很精妙的一种形容，更是三里湾土生土长的一种真理！

阅遍人间世事，若将三里湾的真理当成可有可无的形容词，说暴殄天物还在其次，更称得上是开天辟地第一荒诞。相比形容词里的三里湾，俗称俗套的美景似乎都不在眼前。真理之下的三里湾，将高处不胜寒的审美，化为世人都能轻易懂得的糊涂涂、常有理、铁算盘、惹不起、翻得高等人物。当时的三里湾，某个人一时说不出"互助组"这个名字来，说成了"胡锄锄"；有人和他开玩笑说"胡锄锄除不尽草"，他又改成"胡做做"。摆明了,过去与现在,凡是有诨名的人,放在哪里都不可以忽视。这样的大实话,比形容词更管用。在刚刚从多年战乱中安静下来,终于有可能过上好日子的三里湾,"互助组"是最过硬,也最得人心的形容词。

在友人的记忆中,赵树理走路比较快,总好像在侧着身子往前走,像是穿行在热闹的集市的人丛中,怕碰着别人,给别人让路。这令人想起,一度十分流行的侧泳。小时候,在水里无师自通地学会"狗爬"之后,很长一段时间里就靠着上体育课时,从体育老师那里偷师学会的侧泳,在高中校园里独领风骚。同学中有进入县中学生游泳代表队的,但他枉有一副自由泳的好身手,在校门口的水塘里,一向是拜倒在自己面前的败将。在非专业的自然生态中,侧着身子在水中游走,首先是快速,其次是方便看清前后左右的状况。侧着身子走路,还有一种好处,当迎面吹来的风太大时,将身子侧过来,人会感觉到轻松省力,还不会让大风呛出咳嗽来。在水里,侧着身子游泳,只与减少阻力有关。在地上,特别是在城市,侧着身子走路,会引来误会和误读,而被人看扁。

还是汪曾祺说的,赵树理是个农村才子。有时赶集,他一个人能唱一台戏。口念锣鼓,拉过门,走身段,夹白带做还误不了唱。他是长治人,唱的当然是上党梆子。他在单位晚会上曾表演过。下班后他常一个人坐在传达室里,用两个指头当鼓箭,敲打锣鼓,如醉如痴,非常"投入"。严文井说赵树理五音不全。其实赵树理的音准是好的,恐怕倒是严文井有点五音不全,听不准。不过他的高亢的上党腔实在有点吃他不消！同为才子，来自江南水乡的汪曾祺，只此一句，就只能算得上是赵树理的半个知己。对于从未到过三里湾的人，半个知己就已经很了不起。一般人只是三里湾边的过客，不及细细打量，就离开了，更多人连过客的资格都没有，完完全全是那种听到风就以为有雨的道听途说者。

读《三里湾》时心是提在嗓子眼上的，站在三里湾时心也是提在嗓子眼上的，与听上党梆子时心是提在嗓子眼上和听《枉凝眉》也是将心提在嗓子眼上的状态完全一致，但有别于汪曾祺的"吃他不消"。回到武汉，进门的第一件事就是找出一九八〇年第一次印刷的《赵树理文集》第二卷。关于三里湾，赵树理写过这样一段话："这两位老人家，是三里湾两个能人。玉梅爹叫王宝全，外号'万宝全'。……他们这次打的是石匠用的钻尖子。钻尖子这东西，就是真的石匠也是自己打的，不用铁匠打——因为每天用秃了，每天得打，找铁匠是要误事的。这东西用的铁，俗话叫锭铁……看样子也是机器产品，买来就是大拇指粗细的条子，只要打个尖、蘸一蘸火就能用。每一次要打好几条，用秃了再打，直用到不够长了才换新的。"在这段话里藏着一句既是《三里湾》，也是上党梆子，作为太行经典的至关紧要的句子！还有，刚来长治就被别人搁在心里的那番话，自己已经宁信其有，不信其无，愿意相信得了上党梆子精髓的《枉凝眉》，配得上做《红楼梦》的主题曲。这石匠用作钻尖子的大概也是某种硬度的钢铁，"比普通用的钢铁软，可是比普通的熟铁硬"！回味这样的句子，每一个字都是那样荡气回肠。到这一步，信与不信都不重要，一个人才到长治几天，就醉心于上党梆子。在长治生活二十年的作曲家对上党梆子更加耳熟能详，一天到晚泡在上党梆子里的三里湾，已经与上党梆子互相纠缠，你中有我，我中有你。

那些《枉凝眉》的诗词句子，青春年少时，读出来的只是不知如何将息的凄婉。犹犹豫豫以为似曾相识，一旦察觉到上党梆子，绵柔的江南丝竹就有了骨感。太行山各处峡谷中的夏风正是这样，拂在身上是清凉，钻进骨缝中就成了无声的绝响。那说赵树理的上党梆子五音不全者，是因为不理解三里湾有"比普通的熟铁硬"的重元素。当有人说《枉凝眉》太难学唱，是由于不懂得《红楼梦》里有"比普通的钢铁软"的主旋律。读三里湾和身在三里湾，那种将心提在嗓子眼上的感觉，也是由于"比普通的熟铁硬，比普通的钢铁软"。太硬了的东西，容易折断。太软了的东西，担不起大用。听上党梆子与听《枉凝眉》，那久久盘旋的高扬，长长不断的亢朗，正是到了软钢硬铁境地。

重读《三里湾》，无论是打铁的，还是打算盘的，无论是为了买一件新绒衣的夫妻，还是与是否加入合作社的难题纠缠在一起的青年恋人，总会情不自禁地想起那天听到的上党梆子和襄垣鼓书等。别处的民间演艺也多有做得很好的，就是到不了长治这里的境界，明明是坐唱，那不动不静的歌者突如其来地站起来或跳起来，电光石火，流星撕破天空那样，让看着与听着的人也跟着用心激越。赵树理用川底村拟定出小说里的三里湾，这座用笔写出来的三里湾又转身回头来锁定了川底村。不到长治不知道，到了长治才知道，以山药蛋来比喻的自然，是身心俱在太行山上的自然，是贴着霓虹彩霞的自然，不是与污泥浊水为伍的自然。达到这种境界的自然，有如瓜架下听织女会牛郎，再乘着月夜仰望的天河，这便是上党梆子唱韵的来由吧！将情怀做到高耸些，让灵魂做到超脱些，不必在乎有事没事的哼哼唧唧。不论身在何处，只管情归人间。做得到比普通的钢铁软，比普通的熟铁硬，才有三里湾中的村言俚语，小曲小调，是那石破天惊的存在。

比普通钢铁软的站在黄土崖上俯身向下呼唤。

比普通熟铁硬的站在黄土崖下举头朝上呐喊。

只要置身于太行山中，这就是基本生活法则。三里湾和上党梆子毫无例外是这种法则的产物。在《红楼梦》这座大山里，也有《枉凝眉》所绕不过去的法则。人不到高蹈处，如何做到美玉无瑕；情不似云霞美，如何成其阆苑仙葩。一切与三里湾有缘者，能得到太行山的点化，活在闲花野草间，看似眼中多少泪珠儿从秋流到冬尽，春流到夏，实则已是玉洁冰清，不惹尘嚣，独自成古今了。

没有形容词的《三里湾》，不敢说是在骨子里用《红楼梦》来替代，至少那颇得上党梆子精气神的《枉凝眉》可以与之互相烘托。《枉凝眉》之于《红楼梦》，与那"山药蛋"之于《三里湾》太有得一比了。一件事情，一样事物，当其具备了特别的典范与象征，事情与事物本身就是最好最大的形容词。上党梆子对于长治是这样，山药蛋对于三里湾是这样，三里湾对于太行山是这样。

三里湾在山水中是虚构，在虚构中又是真的山水。

山药蛋完全不同，无论做何设想，山药蛋就是山药蛋，绝无其他可能。

将一种艺术风格用山药蛋来命名，意思是说这样的写作已经土得掉渣了，却不知那被认为是最最乡土的山药蛋，原本是货真价实的舶来品，与当年的洋火、洋布、洋油、洋糖、洋灰、洋车等等一道，被称为洋芋。在植物界，山药蛋的质地属于不软也不硬，山药蛋的形象属于不美也不丑，山药蛋的口味属于不重也不轻。天下万物，口头流传最甚的是那些重口味物什，比如辣椒，比如榴梿，比如柠檬，比如臭豆腐和臭鳜鱼。天下万事，茶余饭后津津乐道的是剑走偏锋的那些东西，比如牛说人话，人说鬼话，生不如死，死而复生，等等。然而，天下人间，万事万物，决定大趋势，施展大能量，从来不是那些茶余饭后的重口味。只有像山药蛋一样，在贫瘠坚硬的高坡上也要生长，在肥沃松软的土地里也能生长，认为样子可爱味道可口也是主食，认为模样狰狞难以下咽还是主食，才是生生不息的正脉本源。三里湾最熟悉这些，三里湾的最大出产也是这些。

六十多年前的三里湾是洪流一样的三里湾，六十多年前肯定存有古井大小的四里湾、五里湾。六十多年后，洪流还是洪流的意义，古井还有古井的说法。有人投身洪流，有人偏安古井。沧桑巨变与岁月静好，正如经历五台运动、吕梁运动、燕山运动和新生代喜马拉雅运动后，强烈隆升的太行山和相对下沉的华北平原。天地都有选择的权利，生命当然有推崇价值的自由。站在三里湾，遥想斯时斯事，在给一种艺术流派命名为"山药蛋"时，始作俑者刻意写下"比普通用的钢铁软，可是比普通的熟铁硬"的句子，所思考的并非山药蛋是土得掉渣的极品。而是因为山药蛋在当年是一日三餐的主食，是太行山一带，山上山下，山里山外，日常生活中名气最小，作用最大的。

如此，甚至可以说，三里湾之前，三里湾之后，文学之于这片土地，最大的形容词唯有——太行山！

"三里湾，三里湾，对着水，靠着山，青枝绿叶上下滩。"

有这样的抒情在骨子里，还用形容词做甚！

二〇一九年七月十日于斯泰苑

人生的细节在哪里

天生尤物一词，只用来单指奇妙女子，有点作茧自缚，太可惜了，还可以用于汉语本身。

在汉语中，配得上天生尤物的，当然是同山水一起自然生长起来的民歌。

在民歌中，又以花儿与信天游，是那种可以移人的天生尤物。

"……哥哥你不成材，卖了良心才回来！"

一九八二年的春天，第一次读《人生》中这揪着人心荡秋千的句子。当年情绪早已时过境迁，很难再用一把火从内烧到外，一瓢水从头浇到脚等反应重新形容。那时候自己还很年轻，与文本中听一群砍柴娃娃一边叫着高老师，一边唱出这信天游的高加林的年龄基本相同。载有这个句子的杂志是车间一位工友订阅的，他自己还没有见着，从封面、封底到里页，早就印上其他男女工友大大小小的乌黑指印。当年情形就是如此，同一车间的年轻人们相约订阅不同杂志，然后交换着看，名义上是私人订阅，实际上是大家共同拥有。在此之前，关于信天游，所知道的只有那首歌颂梦回延安的著名诗歌。从轰隆隆机器声中进出来的句子，也叫是信天游，所说内容如同一把温柔小刀，轻轻地却又用尽全身力气往心里扎。这种文本上的小小颠覆，在暂且相隔沧桑，没有阅历的年轻人眼里，着实是一种新境界。好比看惯了《红楼梦》中的林黛玉，突然发现还有尤二姐和尤三姐这等移人尤物。

怀着看一看黄土高原的心情，二〇一九年夏末秋初，第一次到延安，特别想在第一时间体会一下天生尤物，听一曲有着天籁美誉的信天游。不是身临其境，完全无法料想，所遇上的难题不是疑为天生尤物的信天游有没有，而是万世万代都在那里的黄土高原还在不在，还有没有？假如黄土高原都不在了，就算还有人唱信天游，那还是天生尤物吗？

乘坐晚八点过后的高铁，到延安已是夜里十点多钟了。一路上灯光忽明忽暗，远远近近，高高低低的原野，透着一种身在南方的熟悉。等到黑夜退去，光明来临，才看清夜里曾有所察觉的熟悉毫不虚妄。晨光播撒之下，那些叫塬的易受流水侵蚀的黄土高坡，那些叫梁的被沟谷切割的黄土山脊，那些叫峁的被沟谷切割后分散孤立形如馒头的黄土山丘，那些叫川的因洪水搬迁泥沙形成的黄土河谷，全被绿色植物所覆盖，大河奔流还不能说是清的，小河淌水完全有资格使用清澈二字。绿水青山，今日陕北。青山绿水，正如江南。哪怕手头上有各种各样最新资料，明明白白写出以宝塔山上的宝塔为中心，以延河流水的每一条细小源流为范围，二十年前的黄土高坡，真真切切变化成为绿色高原，在心里仍有一种不切实际的滋味在回转。

在延安城区的各处走了走，隔天再去下辖的延川县。

在旧县志上读到如下文字:"延川幅员没三百里,山居十之七,丘陵川泽居十之二三,坟衍原隰(意为低湿平旷之地)不及十之一焉。山地峻险多石,不生树木,利仅蓬茅。川则涸涨无常,不生鱼鳖,利仅芦苇。其他物产唯出区区坟衍原隰已耳。而又地气多寒,坟原常苦旱,隰衍常苦水,地不尽耕,人不尽足食。岩处穴居,更无牵车服贾之业。唯是种数亩田,相依为命。虽有乐岁,苦亦终身。守土者仅浩叹于地瘠民贫,犹恐斯民之疾末尽瘳也,而忍言荫丝耶。"旧县志的编撰者,用这段话的最后几句浩叹,守着这些只生长蓬茅和芦苇的土地,看着极贫极瘠的百姓勉强活命,像那久治不愈的病人,却没有办法提供哪怕一点点的庇护和帮忙,为官者只能闭口不言。

若是只顾低头读这样的文字,而没有分心环顾四野,反倒以为这才是一直以来脉脉相承堪称陕北典型的文学环境。

书本之事,不似秋风胜似秋风。实际情况偏偏是秋风之事,不似书本胜似书本。在书本之外,比江南早一两个月出现的秋意,伴随无所不在的秋风,将恰到好处的凉爽从树林里撵出来,大树小树无边无际,长长短短的秋风也无边无际。让人深感意外的山清水秀的陕北,迫不及待地用崭新的现实,清清楚楚地改写了历史铭刻与文学记忆,使人身在黄土高原而浑然不觉。

绵延不绝与江南无异的风景,看上去只适合采茶歌、采茶曲和采茶戏的诞出与传唱。在男子汉都免不了带上几分婉约的江南,最浓烈的抒情也需要有些许掩饰,或者索性变幻成某种隐喻。比如梁祝之间的蝴蝶，牛郎织女之间的槐荫树。平常男女，春心萌发，虽然敢于对着天苍苍，野茫茫唱出一个心声，还是少不了需要树的影子来遮蔽情事娇羞。

对比之下，那信天之游，岂有此理！要唱就要唱得十里八里不长耳朵的东西都能听得心花怒放，要吼就要吼得千种万种不长脚的东西都能翻身跳上崖头。那躲在几片花枝招展树叶下面的勾当，算什么天生尤物？更别说用三座山的翠竹，四条沟的青藤，将要说要唱要拥有的情与爱藏得密不透风，简直就是将陕北不当陕北，将敢爱和敢不爱的信天游当成了偷鸡摸狗！将天生尤物视为天下无物！

凭着来历不明的模糊记忆和脉络清晰的刻骨铭心，在晴天朗日之下探索寻找与之相符的陕北，及其最能体现陕北情境的黄土高坡。在梁家河村口，见一家小店售卖当地小米，那金晃晃的样子，与心中所想的高天厚土的陕北终于联系到一起，禁不住上前购得几袋。付过款，填写好快递地址，再听小店主人用当地方言说几句家常话，到延安已经两天，到延川也有半天了，心里面总算生出来到陕北且身在陕北的几分踏实。双手捧起黄小米，任由它们从指缝间嗖嗖流过，还没有听到信天游，就听见有声音在说，这样的黄小米，这与黄小米模样差不多的黄土地，这与黄小米一道生长在黄土地上的信天游，才是弥漫陕北，铺陈陕北的天生尤物。

像黄小米那样令人折服的还有青山之下，绿水之上，一种名叫土窑洞的居所。在梁家河，北京知青住过的土窑洞深处，岁月的烟熏火燎还在，光滑得能照见人影的地面，忽忽闪闪地透露些许往事,最深处的硕大陶缸,仍在散发着陈年老酸菜的强烈味道。当年住这土窑洞里的年轻人,肯定有过关于黄土高原的斩钉截铁说法,这才有许多钉子一样钉在洞壁上的东西。还有诸如身体不适、情绪不佳时,打出来的喷嚏那样的喷溅物,至今仍旧狠狠地镶嵌在肉眼看不见的洞顶土壤缝隙中。在延川的第一站,到梁家河就是到梁家河,并不存在那种到梁家河是为了再到郭家沟的关联。只不过到郭家沟之前,确实先到了十几里之外的梁家河。梁家河那里往来的人很多,郭家沟这儿只有孤孤单单的一行人。两地之间,有一条越来越宽广的道路,更有一曲向天悠然的信天游。这样的时刻,青山绿水之间那些平平淡淡的好处也能显现出来。当年诗词歌赋一齐咏叹西北边地,意在军威国威,得到的回应是用烈酒也滋润不开的苍凉枯瘦。山青了,水绿了,处处是伙伴,物物为知交。如果还有孤独,就不只是柴米油盐等居家过日子的问题了。

到郭家沟时,在沟底走上一阵,正在判断左边山坡有我们要去的土窑洞,或是我们要去的土窑洞在左边山坡的对面?犹豫之际,右边山坡密林中传来一曲电声音乐。听得出来,其中一句,曾经在《人生》中由砍柴的孩子将他们的高老师唱得不知怎么应对。不久之后的某个时刻,得空想起来,在这已经看不见塬,看不见峁,看不见梁的绿色环境里,宽厚的植物赋予黄土高原以崭新形象。山水改变,山水的声音也会改变。歌词还是那个歌词,旋律还是那些旋律,当它们随风飘扬时,受到太多树叶的抚摸,得到太多树枝的托举,还有太多树干的支撑，叫信天游的无法信天，也无法随心所游。只落得与小曲小调为伍，也就无法成就那顶级的天生尤物。幸亏那用喇叭悠扬唱着"哥哥你不成材，卖了良心才回来"的右边山坡不是此行的目的地。我们专程找来的地方，静静地安放在左边的山坡上。否则，高加林曾经一次次经历过的失望，就会重新来一次小小的轮回。

从梁家河的一眼土窑洞，到郭家沟的两眼土窑洞，给人的印象不是沿着秋风打扫干净的十几里山路走过来，而是透过彼此土窑洞深处底色相同，气韵相同，质地相同的境界，由着那专门用来钻透云天的信天游打头阵，从厚厚的黄土深处穿越而来。郭家沟的两眼土窑洞还在郭家沟村口，所不同的是听闻信天游的换成了我们。当初听见信天游的那个人，准确地说，是那位描写一群砍柴的小孩冲着他们的高老师唱着信天游的路遥，变身为铜像，与两眼土窑洞一起，矗立在村口。

由郭家沟沟口，到郭家沟村口，只有一条拐着迷你型之字的弯路。沟口杨柳青青，村口杨柳依依。假定路遥将自己家的两眼土窑洞虚构为高加林不得不归来的那个家，与高加林年纪相仿的路遥，一定是将自己在沟口与村口听到的信天游，写给了高加林。一九八二年的文学，远没有达到后来越来越多、越来越让人目不暇接的婀娜多姿，偏偏是对待文学十二分认真的路遥，第一个将早前想要登上大雅之堂就得大雅，想要风情万种就得流于大俗的信天游，写得如同天生尤物。还有那叫巧珍的女子，活脱脱就是用信天游塑造的天生尤物。

有那么一瞬间，感觉十分强烈，《人生》是一部小说版的信天游，是小说天地中的天生尤物。

站在如今与陕北大地相匹配，同样焕发为绿水青山的郭家沟高处，用短短一个小时和两眼越来越著名的土窑洞相守。同行的众多同行，一改谈笑风生的天性，你默默看来，我默默看去，难得听到有人的动静，甚至连拿起手机四处拍拍的时尚习惯也都临时收敛起来。如此场景不是用沉默二字就可以形容的。静静地走完两眼窑洞，大家不约而同地站在后来修建的小小门楼前面，竭尽全力地往远处看。看归看，沉默的样子仍旧没有改变。或许是某种感应，对面山坡上的电声音乐知趣地消失了。

一阵秋风来了，远处的树影刚刚摇动，山沟里好像真的响起那句信天游。

"……哥哥你不成材，卖了良心才回来！"

《人生》所写的这一句，当初随着那本杂志来到车间后，那一页上的黑指印格外多。看过的人都说这一句不太像信天游，与之类比的"年轻人看见年轻人好，白胡子老汉不中用了"才是真正的信天游。有经常在外跑采购推销的师傅级的工人，还用诱惑的语气说自己在陕北听人说，那种唱"毛眼眼"的句子才是真正的信天游。言下之意当时只懂了一半，以为其是在说，信天游不会讲大道理，不知道还有另一半属于隐私一类的意思。在《人生》中，这一句是不是在陕北黄土地中真实流传的原生唱词，根本就不是关键。见过太多因为行文需要，由写作者自行编创出似是而非的民谣，假托放羊老汉名义说得天花乱坠。路遥不是这样，他突然写下这一句，是因为连他自己都没法把控，心里的一群孩子突然就在同样存在于心里的山坡上唱了起来。

路遥这么唱，不是刻意谋划。

路遥要笔下的高加林听人这么唱，也不会是刻意要那么做。

既然他们也是黄土高原的一部分，他们想唱的和唱过的，当然会顺手选择黄土高原上的天生尤物。

不能用心，必须用情去想。信天游所唱，卖了良心才回来，与村言俚语所说的浪子回头金不换毫不相干。往大的方向去看去想，在人生那里，即使是那些被称为浪子的人，岂止要晓得回头。人生岁月里，免不了要历经黑白颠倒，歧途曲折，一旦有了如此经历，也没有什么好遗憾和好谴责的。

人可以犯错，人生不会犯错。

人生所走过的都是人生之路。

人一旦选择了某种人生，这人生就成了唯一可行的轨迹。那些选择了人生，还要对人生横加指责的人，才会犯大错特错的错误。

信天游之所以成为信天游，就在于只唱人生不唱人，只唱情爱不唱恨，只唱来龙去脉，不唱是对是错。

这也是往日说一千，道一万，也找不出理由证明适合人类居住的黄土高原，在信天游里是如此令身在此中之人不舍，又令无数远在江南者夜夜相思的情结所在。

信天游是用陕北数不清的土窑洞盘旋共鸣而萌发的。

《人生》作为小说，从郭家沟屈指可数的两眼土窑洞中破壁而生，是否也是一种信天游？

假如是鄂西《龙船调》，赣南《斑鸠调》，广东《小桃红》，苏南《茉莉花》，就算那些小学生个个吃了豹子胆，也不敢冲着自己的老师，来几句应景的歌唱。如此一些地方上的民歌，或是爱憎分明，或是妩媚迷离，越是好听，越是容易使得困顿之人变得更加困顿。那群朝着高老师如此歌来唱去的小学生，选择了唯一正确的信天游。在这群不谙世事的孩子们心里，用信天游做的答案非常清晰明确：没有做错事，没有走错路，还会轻轻重重地跌上几跤，这样的《人生》是最了不起的人生。天下最倔的那位老汉，数落天下最倔的儿子，预言他会跌跤，到了真有疑似跌跤的状况发生后，回头再看，那些话根本就不是什么预言，而是在毫无症候时就已经开始表露的深刻抒怀。在相关症候变为事实之际，那些话又成了真情依旧的脉脉牵挂与宽慰。《人生》中的人生，一切都是为着毅然决然远离土窑洞，小路可以往复，大路不禁来回，在时光之中，所谓轮回不过是一场天大的笑话。高加林兴高采烈地大踏步离开过土窑洞，后又一步步顺着去路回到土窑洞。不要以为全部人生一如从前，至少当事人已学会平静地换下三节头的皮鞋，换上巧珍亲手做的布鞋，没有重复早前一半是故意地往自己腰里扎上一根草绳。"'多好的娃娃！那心就像金子一样……金子一样啊……'德顺老汉泪水夺眶而出，顿时哽咽得说不下去了。高加林一下子扑倒在德顺爷爷的脚下，两只手紧紧抓着两把黄土，沉痛地呻吟着，喊叫了一声：'我的亲人哪……'"这一声喊叫，分明是要让从头到尾只是听别人唱信天游，将自身置于信天游之外的高老师，换一方式吼出内里积压多少年的信天游。

在陕北，在黄土高原，用信天游来回答，永远都是对的。

普天下的真理，一旦与信天游结了缘，就会放之四海而皆准。

"细细想想，迄今为止，我一生中度过的最美好的日子是写《人生》初稿二十多天。……分不清白天和夜晚，浑身如同燃起大火，五官溃烂，大小便不畅通。……人，不仅要战胜失败，而且还要超越胜利。"路遥后来为自己的成名作写的这段话，充斥着为了挣脱尘俗生活的原动力，也洋溢着是为了更好地回到尘俗生活的梦想。身心如此不堪，仍视为最美好的日子，由此可见，人生中那些不可改变的苦难，是另一种形式的美好表达。

一九五七年，"小时候把罪受尽了"的路遥，为了能够上学读书，心不甘，情不愿地接受了被生父生母假装走亲戚，其实是送给别人抚养的事实。在且把他乡作故乡的小学里，本名王卫国的少年给自己取绰号"王喂狗"。人生之苦，往往有着一扇不经意的小小窗口。《人生》中的人生，那扇窗口正是书写者路遥给自己所取的绰号。这种其貌不扬，漫不经心的窗口，多数人希望成为外界了解自己的一种捷径，只有极个别人能够做到将其用于自己对自己的观察。二者之间的不同，在文本中的表现也大不相同。将如此窗口当成别人需要的前者，肯定会在文本中继续大肆渲染。后者则持续地反其道而行之。如同路遥的《人生》，字里行间最痛苦的描写，也就是高老师的民办教师位置被人顶替，高老师不再是高老师了，也开始往腰里扎着一根草绳，装束成叫花子，每天早上扛着一把老䦆头，去山上挖麦田塄坎。

与梁家河那一眼土窑洞略有不同，郭家沟村口的这两眼土窑洞，最外面的门脸是陕北地区整体退耕还林时新修筑的，与重焕发出来的绿水青山勃勃生机有着自然而然的般配。放在过去，普通农家的土窑洞能达到如此模样，全家老少一定会将自家的日子当成共产主义社会来过。在土窑洞的最深处，才是从梁家河到郭家沟往昔里疙疙瘩瘩的生活。

"王喂狗"一类的绰号，当不得路遥的代名词。相反，信天游百分之百是陕北的代名词，是一扇有意敞开，让人看破陕北人文奥秘的窗口。在《人生》的字里行间，信天游的每一次歌唱，都是因应那些血肉做成的心灵，只要自己心知肚明，别人听没听见，听没听懂，不说是毫不相干，也是在其次的其次。

路遥自己的生活，并非这窑洞门脸，一副云淡风轻模样。

那个为了能够好好读书，宁肯自嘲为"王喂狗"的小学生，以全县第二名的成绩，考上县内唯一的全日制中学。临报到那天，郭家沟这里的养父斩钉截铁地丢下一句话，这学肯定不能上，天王老子说了也没用。在同样一贫如洗的家庭，能让孩子读完小学已经是天大的不容易。一心想着继续上学的孩子唯有面向各方哭天抢地，历尽千难万险，好不容易进到中学校园，接下来一天到晚都要面对的饥饿，又成了无法抗拒的天敌。路遥曾经写过，上小学和中学时，因为饥饿，而在土地上疯狂地寻觅酸枣、野菜和草根。一九九二年，路遥病危时，仍念念不忘上中学时偷吃西红柿的情景："我突然看见路畔的园子里，一株西红柿上结着一颗淡红红的西红柿，就静静地盯了一会儿，看看左右没人，便扑了过去，抓住那颗西红柿就跑，一直跑到山背后的水渠里……当我确认没有任何人发现时，两口就将那颗西红柿给吃了。"在有信天游的黄土高原上，饥饿的天敌身份更容易得到验证。那个为自己划定不可以沾染"偷窃"嫌疑的好学生，为了果腹而在四野里寻觅时，总是绕开瓜果地、庄稼田，最终还是没能抵挡住一颗西红柿的诱惑。纯粹的饥饿是一回事，因为饥饿而改变生存方式，才是人生最后时刻，最为痛苦的事情，越是前后身份有如天壤越是如此。

一九八五年秋天，路遥不是在郭家沟，甚至不是真正待在陕北，而是栖身关中盆地和陕北高原交接处的铜川某煤矿医院二楼会议室，搭一张桌子铺一张床，开始写作日后为自己的文学之路带来更大荣誉的《平凡的世界》。与《人生》写作带来的欢乐截然相反，文字还是那些熟悉的文字，人生也是每分每秒都属于自己的人生，写作过程却变得格外苦恼，其中最为苦恼的事情，竟然是一只日夜为伴的老鼠。按照路遥自己的说法，煤矿上的老鼠数量多得惊人。他入住工作间后，两只老鼠也追随而来，一到晚上，就开始大肆打斗，床上桌上，处处嬉闹，彻夜不停。好不容易灭掉一只，剩下一只成了精通兵法的战神，任何捕鼠方法都不怕。无奈之际，路遥想出一个办法，每天晚上从食堂里多拿一个馒头，放在门后给老鼠做口粮。吃饱喝足的老鼠，也晓得安于享受，不再争做这间屋里的主人。时间一长，人鼠之间竟然变成相依为命、惺惺相惜，天下人都知道鼠目寸光，那间屋子里的老鼠，却能用黑豆一样的小眼睛，同人类进行某种交流。这个故事的可信度也许不成问题，若有问题一定出在人对老鼠的一厢情愿。天下老鼠，最要命的是夜里磨牙，越是吃得好长得快，磨牙动作越是厉害，说是一个馒头就能解决老鼠打扰的方法，只能是姑妄听之。

相比老鼠与馒头的故事，郭家沟老家与煤矿医院的差异才是关键。

在煤矿医院落笔的新作，从一开头就显得与早前的《人生》大不一样："1975年二、三月间，一个平平常常的日子，细蒙蒙的雨丝夹着一星半点的雪花，正纷纷淋淋地向大地飘洒着。……空荡荡的街道上，有时会偶尔走过来一个乡下人，破毡帽护着脑门，胳膊上挽一筐子土豆或萝卜，有气无力地呼唤着买主。……就在这时候，在空旷的院坝的北头，走过来一个瘦高个的青年人。他胳膊窝里夹着一只碗，缩着脖子在泥地里蹒跚而行。小伙子脸色黄瘦，而且两颊有点塌陷，显得鼻子像希腊人一样又高又直。脸上看来才刚刚褪掉少年的稚气——显然由于营养不良，还没有焕发出他这种年龄所特有的那种青春光彩。"触感之精到，笔墨之细腻，将小到不能再小的生活肌理，毫发毕现地表现出来。如此迥然不同的手法，在史称《平凡的世界》前奏的《人生》里，丁点用武之地都不曾有过。

不在黄土高原，就看不透黄土高原。不在黄土高原听信天游，就听不明白黄土高原何以传遍信天游。不在黄土高原听明白信天游的流传形式，看了黄土高原也是白看，听了信天游也是白听。

曾几何时，在整个延安地区都算得上风云人物的"王军长"、延川县革委会的"王副主任"，一夕之间就变回到"王喂狗"，灰溜溜背着铺盖回到郭家沟。赶上打坝修水利，身为"王军长""王副主任"和"王喂狗"的路遥，选择了最苦最累的崖上挖土，陕北的冬季，地冻成了生铁，镢头挥得老高，再狠命地挖下去，也只能砸出一个白白的印痕。这个还叫王卫国的年轻人，硬是自虐那样，虎口震得流血了，也不肯放下几斤重的老镢头。郭家沟到底是郭家沟，在风高夜黑的土窑洞里，又决定让这个心高气傲刚刚被从县城里踢回来的年轻人，变身为拉大粪的，趁着天色未亮，拉着粪车，去到县城，将公共厕所里的污秽一车车地拖回来。如此相较轻松的劳动，是郭家沟头一回给予的幸福。当然，在郭家沟，最最幸福的事情，是之后颤颤巍巍地当上村小学的民办教师。

真实的人生中，有被路遥硬叫成"干大"的人。于是他跑到那个叫"干大"的村干部面前，哭着说，我想上学，你给我想想办法！"干大"真的想了办法让他能够去学校报到，却过了报名期限，他只好再在"干大"面前哭泣，说学校已经不收我了！"干大"于是专门跑到学校，终于让学校破例收下这名学生。

多年以后，有了一则事关路遥的传说，当然传说中的叙事主角另有他人。传说中的这位叙事主角到陕北来，在下榻的酒店大堂，被蜂拥而来的人当成蜂王那样团团围住。忽然间，从门口进来一个其貌不扬的老汉。刚刚还在围着传说中叙事主角的那些人，像潮水一样轰轰隆隆地跑开，再将那位老汉围绕得更加紧密。传说中的叙事主角大感不解，孤单地待了一阵，好不容易逮到一个人，好奇地问那老汉是谁，怎么有如此大的魅力？被问的人回应说，那老汉什么本事也没有，这辈子就只会硬挺，送了两个人上大学，一个是郭家沟的作家，另一个是梁家河的知青。传说中的叙事主角明白过来，也赶紧跑过去同别人一样使劲地围观起来。一九七二年的路遥，被推荐上大学得益于时任延川县委书记的这位老人，不仅力排众议，还亲自到延安大学当面说明并保送。路遥后来给这位县委书记写信，说他给了自己"父亲无法给予的支持，母亲无法给予的关爱！"

当初路遥上大学过程之惊险，注定成为藏得很深的潜意识。

有深藏不露，就有偶尔露峥嵘。

《人生》中，正值春风得意的高加林突然被退回农村时那几句："他麻木地立在脚地当中，甚至不知道自己现在在什么地方。他后来只听见老景断断续续说，他曾找过县委书记，说他工作很出色，请求暂时用雇用的形式继续工作；但书记不同意,说这事影响太大,让赶快给他办清手续,让他立刻就回队;还听说他叔父打了电话,让组织把他坚决退回去……"其中该深藏不露的,一点也没有露出来,该偶尔露峥嵘的也露出了全部峥嵘。在藏与露之间,本该有种东西像绿叶之于大树,像羽毛之于苍鹰,像白云之于蓝天。在小说里,这至关重要的东西叫细节。在郭家沟看人生,遍地都是细节。回到《人生》里,想找到一个独一无二的细节,竟然比登天还难。

比如为了爱情,路遥将本来能够离开郭家沟,进城当工人的机会,让给了初恋的姑娘。那位被深爱者身份一改变,就毫不犹豫写下了绝交信。"那时,我曾因生活前途的一时茫然加上失恋,就准备在家乡的一个水潭中跳水自杀。结果在月光下走到水边的时候,不仅没有跳下去,反而在内心唤起了一种对生活更加深沉的爱恋。最后轻松地折转身,索性摸到一个老光棍的瓜地里,偷着吃了好几个甜瓜。"在陕北,没有人在冬天穿白衣服的。那一阵,一反常态穿着白衣的路遥,说了一句话:"我在为自己戴孝!"新我送别旧我,新人迎来旧人!似这般惊世骇俗的人生经历,化入《人生》,变成处事不惊的轻描淡写,而由高加林握着前来宣布断绝恋爱关系的黄亚萍的手说:"现在让我来真诚地祝你和克南幸福吧!"说完就把自己的手从黄亚萍的手里抽出来,转过身就往门外走。

真正的爱情从不会估价而售!然而,生活中早已估价出售过太多爱情,现在和将来爱情的有价交换市场生意也不会彻底萧条。能写人的不肯写，不能写的人在那里大写特写，还觉得不过瘾，最后变成滥写。从郭家沟这两眼土窑洞里走出去的路遥，该不是觉得由自己这种苦水泡大的人来写苦难，太没有挑战性了！反而是吃尽苦头而不写艰苦，如此心性纠缠，天人交战，才可以将自身才华极大化地施展出来。

站在之前从未来过的郭家沟村口，他乡遇故知那样想起多少年前一段往事：上中学时，学校让写一篇忆苦思甜的作文，要求必须是自己家里的事情。那天晚上，自己拿着纸笔，让一向与我们生活在一起的爷爷，说说自己所受过的苦难。爷爷盯着油灯上的灯花，整个夜晚一声不吭。凭我如何说，如何闹，甚至威胁说，明天交不上作文，老师会罚站，会点名批评，也没有丝毫作用。性格刚烈的爷爷曾在不经意间说过，他的母亲是老家一带有名的讨米婆，并且硬是靠着讨米要饭，将几个孩子拉扯大。临到吹灯睡觉时，爷爷才哼了一句，表示那些事，没什么好说的！

在过来人的心里，过去的那些事，有不好说的，有不想说的。

已经留在心里的，就让其长留心里。已经淡出记忆的，就让其淡出记忆。忘记过去，如果是为了轻装前行，自然不会被看成是背叛。

孕育《人生》的两眼土窑洞，坐落在郭家沟村口的阳坡上，阳坡深处有一股清清的溪水，流出沟口不到一里，就会汇入文安驿川上的文安驿河，过了这条放在南方谁也不会太在意的小河，就是当地人外出闯世界的大路，在大路上方，是一条横空出世的高速公路。

砭上砭下，到处是与两眼土窑洞相邻的故人随手种下的南瓜，眼看着就要断季了，还在一边开着灿烂的花儿，一边炫耀那些如同狗头金的南瓜果。种在低处，偏要将果实挂得高高的葫芦，已经老得做不成蔬菜，还像风铃那样显摆在风中，等着变得更老，更枯瘦了，才能派上用场，最重要的用途也就是被锯成两半做成舀水的水瓢。如果主人懒得搭理，就会在接下来的霜露雨雪中悄然朽掉，等到春雨来时重新化入泥土。几株努力指向空中的鸡冠花，对应着一片竭力往四周铺陈的牵牛花，各有各的鲜艳，感时的伤永却出奇一致。在郭家沟这里，凡是绿色的叶子，比那娇嫩的花儿更敏感于秋意，花容还没有失色，叶子就已经先一步开始往根茎里收藏春夏以来所获得的能量，尽快丢掉可能空耗时光的叶绿素。那与槐树种在一起的向日葵，被树的蓬勃苍劲衬托得不成体统，习惯俯首低头的不堪花盘上，除了难堪，还是难堪。如果这花盘不是向日葵的脸庞，而是向日葵的耳朵，得幸有如此巨大的听力器官，听一听从土地窑洞里盘旋而出的信天游，肯定会是另一番模样。

土窑洞前，架着一盘磨得光溜溜的石磨，土窑洞洞门两旁是称之为洞壁还是墙壁，对于从江南来的访问者，不如跳过这个问题，将更多的关注对准那些挂着的镬头、铁锹、锄头、木犁等，以及那把铡磴略有腐朽的巨大铡刀，如此就是两眼土窑洞主家的全部生产资料。那个从民办教师岗位上被生生拉下来的高老师,以及从县城里活活踢回来的"王军长""王副主任",都曾用虎口上的血染红过这些生产资料。

变身铜像的路遥,雷鸣电闪都不眨一下眼睛,背对自家土窑洞,站在村口,紧紧盯着郭家沟外的文安驿川。

那里有自两晋时期开始筑城以立郡县的古镇,镇内仍旧完好留存有古驿站石窟三孔,作为当年拥有驿马九匹,马夫五名,铺司兵六名的官府正规急递铺,随便一片土石,都能感应到千百年来,往来于秦直道上的马蹄踢踏声,所传递的边关战事、山野匪祸、水旱灾荒、天地祥瑞等等动静。而作为文安驿塘,这种封建王朝最小的军事驻防单位,守兵五名的意味,在文学里可以形成多种多样的象征。

文安驿川,正是那种县志中赞叹稷黍稻的坟衍原隰之福地,不用发愁小麦、大麦、燕麦和荞麦长不长,不用担心小豆、大豆、豌豆和扁豆收不收。杏子、桃子、李子、老梨、胡桃、文冠果,秦椒、番椒、地椒、金针菜、燕儿菜、扫地菜,诸如此类本来就不需要太操心的瓜果蔬菜,想横里长和想竖着长,在地上攀爬和往空中舒展更加随心所欲。但凡小县,均有八景九景十景之说,从文安驿川到延川,所谓双峰横黛,瞿塘晴雪,石潭擂鼓,铁门天险,谷口流霞,延关飞渡,平川烟雨,柳院书声八景,故土人文,若是有用,会事半功倍地生发许多亲切。东峰山、钥匙山、印台山、官道山、青眉山、玉皇山、神圪塔山,以及在《水经注》都有名列的秀延水,想与长江三峡比试的小瞿塘,《太平寰宇记》所言,于石缝中涌出,有雄吼之声味甘美,可济一方的五龙泉,等等。在那个初时只是一心想进延川县城的年轻人眼里，郭家沟土窑洞再多几眼，也装不下这一出窑洞门就会扑面而来的许多美好。实在装不下的东西，也还有办法可以应对，最为奇妙的是那春秋笔法，真正是那无敌神功，只要一出手，就不会不立竿见影。顺治年间编撰的《延川县志》，对本地风俗有言："人勤稼穑，俗尚鬼神，不崇侈靡，颇习章程，性朴少文，质任自然，差有三古遗风。"最后一句是批评此地缺欠伏羲、文王和孔子三个时代的风尚。到了道光年间，续编的《延川县志》将这段文字略做修改，最后一句变为："男耕女织，并有三古遗风。"很奇怪的是，接下来另起一段说："延属民有一病，曰'惰'。流水可以灌田，而惰于疏浚；闲田可以树木，而惰于栽植；女惰于蚕织，男惰于经营。"再至民国年间的《延川县志》，此一段后面，又新添一些句子："延川崇山峻岭兼地滨大河，土性干燥，栽桑固非易易，然郊野原隰、山陬之间，亦间有宜桑者，但延民狃于旧习，喜于喂蚕而懒于种桑。"之后的解释文字别有意味："闻延人之谚曰，栽桑务柳，不求自有。延人未尝不知树木之利也？推其缘故，盖勤者栽之，惰者忌之；弱者植之，强者坏之。"就连县志这种近乎八股以不变应万变的文本，尚且可以在不经意时，用春秋笔法写写别具意味的细节，向来灵活机动，先锋敏锐的小说，却视这种便利为无物，实在是说不过去。

为什么小说中的人生很深刻，却看不到也读不到本该画龙点睛的细节？

念念如斯，不忘故乡，却只字不写如斯细节，当然是另有关键。

这样的关键，一定产生于特定时间，特定环境里。相比郭家沟，那种张嘴就来的所谓关键，只是逆生长一样偶尔迸出来的一朵野花，虽然是正常生长的一种过程，却与正常的生长的关系不大，并非正常生长所必需的至关重要节点。

在郭家沟用区区一个小时，来体察足够一生的《人生》，只要有了别样的发现，就不会唐突。

没有谁说，要在郭家沟待上一小时，也没有谁说，在郭家沟的时间不要超过一小时。郭家沟村总共不到二十眼窑洞，大家像是各怀心事，又像是无所事事。一如沿途所见，现时的郭家沟，同样赶在深秋到来之前，让自己显得更加苍翠欲滴。刚巧，这时候天上下起了小雨，而且是南方男人特别喜欢的那种。一般小雨，雨滴会绵密如雾，容易挂在头发和睫毛上，更容易粘在脸颊上，黏黏涎涎，即便是久旱盼雨的时候，也会弄得人心烦意乱。郭家沟的这场小雨，雨滴略显粗壮，密度较为稀疏，还很有节奏感，每秒钟会有三五雨滴落到身上有触感的地方。在这小雨中站上十分钟，湿润有了，还不会丢失干爽。男人喜欢，女人也会喜欢。就好比信天游，听的时候心情无比悠长，不愿意思索，也不想做决断。听过之后，该远行的继续远行，该归家的继续归家。

突如其来的小雨，属于黄土高原新生的绿色万物。

小雨中的最后十分钟，属于埋伏在这十分钟里的小狗。

村口有一小块菜地，一只土黄色中华田园犬，还是小狗模样，却早早做了妈妈，带着两只刚刚生下来的小狗，在茄子与辣椒的植株间嬉闹。见有人来，小母狗丢下还没有满月的小小狗不管，只顾上前来与一群外来者套近乎。两只小小狗都是一样的黑白相间颜色，小母狗不在，它们更加自在，各自寻了一只与身子大小差不多的土坑躺进去，四脚朝天地撒欢打滚。菜地的空间很小，两只小小狗在各自的小天地里玩得越来越"嗨"，似这般与自己游戏，是世界上最开心的方式。无论如何放浪，那没有丁点章法的八只爪子，外加短短的两条尾巴，都不会与近在咫尺的茄子辣椒发生碰撞。小小狗很聪明，出生不到一个月就明白了，游戏时也不能过于放肆，只要稍有越界，那些和小狗差不多大小的紫色茄子，那些比狗爪子和狗尾巴更粗壮的通红辣椒，就会劈头盖脸撞过来，让小狗们不得不中断开心与快乐。如同人和人生，知道痛了，知道苦了，就要努力做些改变。如果不想也不能发生改变，就不要视小小狗为无物，而要学小小狗，早些练好本领，反过来视硕大的茄子与辣椒为无物。十分钟一到，小雨还在淅淅沥沥下着，有车来接我们。小母狗明显不舍得让这一天里仅有的外来者就这么离去，自带亲热没完没了地与一条条将要踏入车门的腿脚绕过来蹭过去。人群渐次回到车内，车门冷冰冰地关上后，头一次做妈妈的小母狗，终于失望了，孤单地站在车门外，盯着缓缓驶离的汽车。

这一幕是要提醒人去想，高加林的人生里难道没有见过一只狗吗？

那位塑造高加林的"王喂狗"，难道没有见过比这只小母狗辈分更高的太奶奶级的小母狗吗？

几只大大小小的狗模样，使人联想起《人生》，早先获得全国中篇小说奖，却因为篇幅达洋洋十四万字，后来又进入长篇小说之列。虽然不算浩繁，也还足够宽阔，天上地下，国际国内，家事政务，无不涉及。按照一般小说路数，信手将谁家的狗写上一笔两笔三笔，以狗通人性的生活常识，这样的文本自然更加会丰富多彩。路遥一反常态，满怀喜悦地进城，一身落寞从城里回来，只字不提这人类最亲密的朋友，无论是无意之举，还是有意为之，都足以成为由表及里，进到《人生》深处的隐秘捷径。路遥年少时给自己取的绰号，其中酸楚与痛苦，好不容易消减了些，何苦又要由自己再刨出来，强化成新的痛点？心性中的这类潜意识，完全有力量屏蔽掉相关细节。如果就此武断认为是那唯一的原因，还是缺乏完全令人信服的理由。

在小说常识中，每到诸如此类的节骨眼上，应当毫不吝惜笔墨，不将各种修辞技巧运用到极致誓不罢休。

一部《人生》，既不浓墨重彩地剖析失意，又不入木三分地描写饥饿，还不愿意呼天抢地地渲染失恋，如此行文方式，简直是对文学史的冒犯，是对小说课的不屑。

郭家沟于路遥，路遥于《人生》，那些具体的细节全是痛点。非要不说成是痛点，一定会是比痛点还让人感到疼痛的剜肉刀子。那些只知道痛，不懂得刀子厉害的人，往往会放肆写来，这才有那人所不知的现象：天下最爱写官场的往往是那些不曾得享有权有势官职的小吏。那些动不动就与风月情事的，绝对不是风月场上的老手。从没有过正式情人的孤男寡女，才会汪洋恣肆水流千里一般来写妻妾成群。

不要相信苦难与贫困，不要相信苦难与贫困成就了这位立志走出郭家沟的少年及其《人生》。苦难不是好事，贫困不是好事！这两点是绝对的，是不容置疑的！苦难和贫困绝对不会成就任何人，包括那些人称天才的年轻人！用人生来写的《人生》，用《人生》来写的人生，苦难越多，坠入深渊的可能性越大，由谷底翻身的可能性越小！《人生》中的人生，每每使得不同出身的人为之动容，是其小说文本有所描述的苦难与贫困所做不到的某种东西。果真苦难与贫困有着世人所说希望的强大魅力，《人生》的各个关键处，一没有入木三分的细节，二没有惟妙惟肖的细节，三没有推波助澜的细节，四没有醍醐灌顶的细节，反而是千篇一律地一笔带过，很显然，在文本的设计者心里，苦难与贫困的位置只在其次而非主要！真正对这一切有着重要影响的是高蹈在包括苦难与贫困在内尘俗生活之上的某种东西！比如理想，比如那与理想有着相似性的经典本土文化，在陕北、在黄土高原，在梁家河和郭家沟广为流传的信天游！

除了信天游，还有什么能够行之有效地表达对自然主义的浪漫，对历史主义的浪漫，对现实主义的浪漫，对现代主义的浪漫呢？

除了信天游，还有什么能够行之有效地消解少年时期似乎看不到尽头的苦海，青年时期似乎屡战屡败的绝境呢？

活神仙与活菩萨，人人都是假的。

信天游里唱的那些，事事都是真的。

"鸡蛋壳壳点灯半炕炕明，烧酒盅盅量米不嫌哥哥穷。""五谷里数不过豌豆圆，人里头数不了我可怜。"由小学生唱给高老师听的"哥哥你不成材，卖了良心才回来"，是深爱着他的那个女子隔着梁，隔着峁，隔着塬，仍然是面对面说话还嫌远那样要说的心里话：哥哥终于回来了，自己不是恨得咬牙，是爱得心疼。

痛不欲生的失恋，饥寒交迫的苦难，非是《人生》抛弃细节描写的真正原因。

光秃秃的黄土高原上，无处不是坦坦荡荡，用不着细节，也留不住细节。

当江南用各种各样民歌唱出各种各样的细节时，信天游所歌唱的内容唯有黄土高原。反之，黄土高原的唯一细节是信天游。如此才是用平常俗众目光看不出《人生》细节的深层原因。天下之事，最难最难的是爱到不能爱和不能爱也要爱，还有苦到不知苦和知道苦也得苦下去，此中种种，足以概括一切的苦难。黄土高原上的日常人生，也莫过如此。《人生》果断舍弃这类表面情形，精准地找到被表面情形所遮蔽，又用表面情形加以装饰的信天游，将陕北大地上无所不在的信天游，化作无所不在的细节，在字里行间弥漫开来，从而达到了经典在经典化过程中所要求的独一无二性。换句话说，《人生》是将人生当成仅有的细节来处理。

中国古典悲剧在二十世纪八十年代后，一直深受批评界诟病，认为那不是真正的悲剧。那些依据莱茵河、塞纳河与阿尔卑斯山风情建立起来的悲剧理论，对中国社会最悲惨的生活也有个团圆结局的理念十分不屑，认为那是自欺欺人的哲学，完全不顾普通中国人所秉持喝凉水还长肉的终极乐观态度。"天下农民一茬子人哩！逛门外和当干部的总是少数！"正是如此哲学，给了《人生》的人生底气。背离了信天游的黄土高原得另当别论，对信天游充耳不闻的人生自然当不得黄土高原的人生。从这个意义看，《人生》又是深得信天游全部奥妙与精髓，将黄土高原上的全部人生，用微不足道的胸襟，津津乐道的情绪，让自己的笔尖游刃有余地处理成小小细节。

《人生》中的人生也好，人生中的《人生》也罢，沧海横流之下，都不过是其中转瞬即逝的细节。像信天游那样，管他心胸外面是什么，将自身那些用十头牛的力气帮忙使劲也想不通，可以独自一人张嘴唱得出来的人生纠结当成信天游，唱在羊儿吃过草的山坡上，丢进羊儿要吃的青草里，再从羊儿肚子里放出来，归还给将来要放牧许多羊儿的山坡上。信天游没有细节，信天游之下，漫天满地抒发心声，落到哪里，哪里就会有细节生长开来。

《人生》的莫大贡献，是在不断地提醒，人生就是那信天游，太舒服了不行，太痛苦了也不行。读得进去，也读懂了，天生尤物，比比皆是。

《人生》之前，文学从无信天游。

《人生》之后，文学再无信天游。

《人生》之后的延安是新的延安。

《人生》之后的黄土高原也是新的黄土高原。

离开梁家河,离开郭家沟,离开延川县城,离开气壮河山,同时也是天地之间吊诡至极、寓意至极的乾坤湾,天上下起久久不见的滂沱大雨。这样的雨放在江南,一年当中也难得有几回,在以黄土高原著称的陕北,在以干旱缺水闻名的陕北,如斯好雨,对人间是乐事,对故旧是洗濯。江南之人身在陕北,见证如同身在江南的滂沱大雨,不等于世俗所说的造化弄人。梁家河的小河也有小河的乾坤湾,郭家沟的小路也有小路的乾坤弯。那时的黄土高原,八里十里见不着青枝绿叶,闭上眼睛走上半小时,再睁开眼睛来看,旁边的景色,脚下物什几乎还是先前的样子。现在的黄土高原,十里八里全是青枝绿叶,闭上眼睛小睡半小时,醒过来再看看,车窗外风光,远远近近同样是青翠欲滴模样。这样的乾坤大转弯,发生在历史时空中,是天地之间属于亿万人的人生。

即便是现在,读着旧县志将黄土高原上的人写成不爱栽树的文字,也不可以哑然失笑。

时光在(二十世纪)七十年代和八十年代,几乎等同于静止,至少这二十年间,绝大多数人和事,放在七十年代初至八十年代末都能成立,不会出现大的时空与小的细节无法匹配的现象。二〇〇〇年代以后,三五年就会出现生活场景的莫大不同。前些年,在黄土高原看陕北,在陕北看黄土高原,来过的会加深印象,没有来过的会似曾相识。这几年,延安及其延川当地人都会不时地表现出深含喜悦的迷茫,草一年比一年长得亦深亦厚,树一年比一年长得且高且密,水一年比一年流得更清更远,风一年比一年变得又柔又顺。还有一点,信天游一年比一年唱得又少又不太好听。黄土高原变了,信天游也变了。新的人生境界中,冒出新艳细节,需要进行新的人生处理。"我的亲人哪……"《人生》最后的那一声呻吟,正如文本中为高加林所写:"亲爱的人!我要是不失去你就好了……"最是留恋的人间至亲不会离我们而去,那些感觉到一去不回的东西,原来就不该长长久久地伴随我们。那种比天还高的黄土,那种比绝望还让人绝望的荒芜,就算有信天游唱彻其间,该让它们告别时就应当让它们走得远远的。而将满目苍翠确认为陕北黄土高原的换一种写法,是差不多四十年后对《人生》的重新认识。相比大大的陕北,大大的黄土高原,完全彻底地变化为绿水青山,《人生》之后,这一带再无类似风格的经典,才是人间正道,也是《人生》对人生感召的真正意义所在。

细节如同天生尤物一般美妙。

然而,如果没有环境相匹配,美妙如天生尤物又如何?

二〇一九年十月十六日于斯泰苑

去南海栽一棵树

认识陈忠实是在海边。

那是二〇〇三年十二月底,俗称圣诞节的日子里,一百万字的长篇小说《圣天门口》初稿终于完成了,带着闭关数年间对家人的亏欠,携妻子和女儿到海南岛休息。本意是想悄悄地不想惊动朋友,一家人离开海口时,才发短信给蒋子丹,说自己来了,不想打扰她,但还是知会一声,现在去三亚了。谁知蒋子丹马上来短信和电话,她正在三亚陪着陈忠实,还有李国平等人。且不由分说,在我们一家到三亚后,硬是接到与陈忠实等人同住一家酒店。原计划私下的家庭休闲变成了公开的文学活动。印象很深的是,女儿见到陈忠实后非要喊爷爷,我不同意,让喊伯伯,女儿又不同意,觉得陈忠实比爸爸老很多,只能喊爷爷。实在没办法只好由她去。那天我们搭乘警备区的交通艇去一座没有对外开放全部由部队驻守的小岛,从满是贝壳的沙滩码头上岸后,一队被海风吹得黑亮的年轻士兵在木栈道上列队迎接,冲着走在最前面的陈忠实齐声喊道:"首长好!"背着一只黑色单肩包的陈忠实一时没有反应过来,陪同上岛的警备区政委在他身后小后提醒一句,陈忠实才像有点羞涩地大声说了一句:"该干什干什么去！"惹得跟在身后的我们想笑又不敢笑。那座神秘小岛除了军人再无他人。动物也只有两条狗，一条是公的，一条是母的，士兵们给这两只狗男女取了一对中华民族永远公敌的名字。我们如此叫着两只狗，两只狗马上跑过来。陈忠实也学着叫，那两只狗却不大听他的。大家就说笑，陈忠实的陕西话很深奥，它们听不懂，正如这个世界与中华民族为敌、喜欢当汉奸的某些人听不懂我们的善意。

岛四周的海却懂得一切。女儿在环岛的沙滩上，欢天喜地地捡着贝壳珊瑚，大人们面对深蓝的大海时唯一的选择是沉默。天水茫茫，巨浪无边，那些不同于别处的海水，仿佛看得见年年月月台风刮过的痕迹。一般人上不了这岛，上了岛后任何人都要种下一棵树，这既是责任，也是纪念。我们一起在岛上的人工树林中合力栽下一棵树那次，是这辈子栽树事例中最神圣的，能在祖国的最南端，栽下一棵将个体荣耀与民族兴盛紧紧联系在一起的命运之树，实在令人激动，也令人感慨。只是女儿还不到五岁，不懂得人间还有比快乐淘气更为紧要的庄重与庄严，硬是从一脸严肃认真的部队首长那里拎过那如黄金般珍贵的淡水，用自己的小手浇灌给小树，弄得在场的官兵们不知如何是好。半年后，陈忠实成为我们一应作家的团长，率队重走长征路，从南昌出发，翻过贵州境内的梵净山后，我们在住处的院子里，面对一棵小小的红枫叶树，突然说起在南海的小岛上一起种下的那棵树，还有我那淘气的女儿。女儿的情况我当然尽知，但是那棵树，那棵我们一起栽下的树，我们一起种在国土最南端的那棵神圣而庄严的树，虽然相隔只有半年，那些摧毁力超乎想象的风雨对我们栽下的那棵树有过何种的滋润？那里的海涛对我们栽下的那棵树有过怎样的侵袭？我们共同的想法是，只要那棵树能活下来就好。

二〇〇六年四月二十日在汉口百步亭又见到陈忠实，之所以要特别提及这个日子，是因为那天他从东湖边归来，冲着我发了一声感叹，说东湖哪里是湖，完全是海！屋里的人很多，陈忠实是看着我说的，他一定是又想起南海空阔无边的波涛，还有被波涛团团围住的那棵由我们四只大手栽下去，再由我女儿那双小小手浇水灌溉过的杳无音信的树。多年之后，我才想起，在那一刻，我本当要回答一句的，却没有回答。也是在这次见面的前前后后，因为《圣天门口》的出版，我接受了不少于百次的访谈与采访，我多次说过自己读书的真相，却没有一家媒体如实登载过，原因也是为了我好，害怕我这大实话一出来，会得罪一排人。我说过这样的话，当代中国作家的作品我读过三遍的只有《白鹿原》。那次见面后刚刚二十天，陈忠实就寄来我代朋友索要的他的书法："胸中云梦波澜阔，眼底沧浪宇宙宽。丙戌书古诗原下陈忠实。"这样的诗句也是海一样的情怀了。当陈忠实说东湖是海时，我本当要告诉他，《白鹿原》的文气像海洋一样！

为人当胸怀江海！生长在滴水如金的黄土高原上的陈忠实，慨叹东湖如大海时，是用自己的心胸装着宽广的海洋。

二〇〇八年元月七日正好是周一，我在西宁参加由《芳草》杂志推出来的青年作家龙仁青的作品研讨会，早上九点整，正是北京那边的上班时间，忽然一连串地接到中国作家协会几个朋友的电话。几位一上班就分别收到由武汉市钟家村邮局寄出的匿名信。经历"文革"等种种运动，他们普遍痛恨写匿名信的行为，也不相信匿名信，所以才告诉我当心小人。元旦前后，中国作家协会颁布了第七届茅盾文学奖评奖条例，面对与此相关的不正常的文坛躁动。我只能说无聊，甚至连无德都不想说。话虽这么说，心情还是相当不好，曾经很自信，这辈子没做什么能遭人泼污水的事，却还是遇上了。原本打算回家的，便改了行程，第二天去了九曲黄河第一湾的循化，忽然发现黄河之水也能如此清澈。所住的循化宾馆二〇一室，隔着两堵墙就是十一世班禅参拜十世班禅故居时住过的二〇五房。那天下午，我们一起前往十世班禅母亲的家。接下来的一些事情，当地人评价说，是非常吉祥的。于十分复杂的心情下，我写了一首歌不是歌，词不是词的文字："雪山想念天鹅，哈达想念卓玛，彩云一样梦幻的姑娘，是雪莲中的雪莲。酥油灯点亮千年高原，吉祥湖畔开满花朵，啊雪莲中的雪莲，你的眼睛是我的错，你的泪水是我的错。草原想念羊群，白云想念情歌。羊圈中生下你的阿妈，是卓玛中的卓玛，小小女儿要牵苍老的手，忧伤的爱禁不起祝福。啊卓玛中的卓玛，你的泪水是我的错，你的眼睛是我的错。"写完成之后，也不知为什么，忽然想起来发短信给陈忠实。陈忠实不会发短信，他马上来电话，说自己高原反应严重，一直不敢来这些地方。听说我们回程要路过西安时，他很高兴，还特别说，很想见见与我同行的朱小如，他那一声说，多年不见朱小如了，不知有多少情怀在其中。

二〇〇八年一月十日从西宁飞西安的航班一再延误，一直到十八点二十分才起飞，到西安后，正在取托运行李，女儿来电话，祝爸爸生日快乐。也在三亚认识的李国平已等候多时，陕西省作家协会办公室主任杨毅亲自驾车。到了市内，径直去餐馆，陈忠实率红柯、周燕芬和李清霞等已等候多时。

见面后我将在西宁机场买的一盒雪茄送给陈忠实。见面不一会儿，陈忠实就主动提及《圣天门口》，他用那天下独一份的陕西话，说起马上要评的第七届茅盾文学奖，并说《圣天门口》肯定会如何。可以肯定陈忠实说这样，不是关了一盒雪茄的原因，在陈忠实眼里，天下雪茄都不如被关停的宝鸡卷烟厂出产的七元钱一盒的雪茄好。借着高兴，我先说，第四届时，我的长篇小说处女作《威风凛凛》就与《白鹿原》一道入围初评的前二十部。接下来我再将前几天有人写匿名信的事当众说了，形容这是前途险恶的凶兆。陈忠实闻听哈哈大笑，然后说了两个字：喝酒！一杯酒喝下来，陈忠实再次冲着我笑，这一次笑却是意味深长。二〇一一年八月，《圣天门口》之后创作的长篇小说《天行者》获第八届茅盾文学奖之际，想起当初陈忠实的笑声，顿时明了个中滋味。

说话间，朱小如透露今天是我的生日。陈忠实连忙让李国平安排，人在旅途，遇上这样一群好朋友，既吃上了寿面，又吃了蛋糕，一位在西安很红的民间歌手，追着陈忠实而来，也顺便唱了一首生日歌，真的很是惬意，一时间就将那匿名信的不快丢到九霄云外。在西安的第二天，李国平带我们去陕西省作家协会转了一圈，得知陈忠实的办公室是当年"西安事变"时，张学良用来关押蒋介石的地方。我也找到机会难得大笑地说，这就对了，这样的房子只有像陈忠实这样的人住在里面才镇得住，别的人待在里面怕是要出问题的。二〇〇八年十月二十八日下午，从北京传来第七届茅盾文学奖终评结果的消息，在许多打来宽慰的电话中，让我既觉得意外，又觉得感动的是陈忠实。妻子和儿女们正在一起吃晚饭，陈忠实的电话来了，在话筒里长叹一声，说简直不敢相信，前些时，他还在《西安晚报》的访谈时，预估《圣天门口》最有可能获奖。陈忠实也不知如何说好，只是一声接一声叹息不停，就这样说了近十分钟，而不肯放下电话。那样子就像是陈忠实自己犯了错，明明公开对记者们发布了个人预测，而今又没有兑现，陈忠实说："这叫我如何与记者们说呀！"到头来反而是我劝他，说自己的作品，一定有写得不好的地方，让人揪住了，而当初敢于替《白鹿原》担当的像陈涌先生那样的人又没能出现第二个，出现如此结局也是可以理解的。这一次，我算是又与陈忠实合力栽下又一棵树，只是这棵树是无形的，用肉眼看不了，用文字也难叙述，但她是文学的风骨气韵，更是人格的清洁爽朗。

曾经收到一封电邮，落款是陈忠实，内容则是推荐某个青年作家的作品，粗读一遍发现不是那回事，再细看信又发觉多有不对，比如对方称我为"您"，这显然不符合我与陈忠实一向交流的话境。于是打电话过去问。陈忠实没有直接表示什么，只是说曾向一些青年作家推荐我编的杂志，却从未推荐过具体的作品。换了别人可能会不高兴，发发脾气也是正常的，陈忠实在电话那边不轻不重地说了几句，就将此事一笔带过，再没有表示要追究对方一类的意思。如何对待这种成功心切，时常使些小手段的青年作家，陈忠实又像在海边栽小树一样，在风狂雨暴的季节，重要的是呵护。

二〇一二年五月二十六日，我开车去甘肃参加一个文学活动，要经过西安，途中约陈忠实，到西延路上的一家酒店小聚。我们刚到，陈忠实就来了，还令人惊艳地带来一箱白鹿原出产的樱桃。正是收获高峰季节，那樱桃特别红艳，而我又是格外喜欢樱桃口味，一口气吃下许多，甚至还约有机会去白鹿原，坐在树下吃那樱桃。陈忠实很高兴，历数陈世旭、刘兆林、舒婷、张炜等朋友，都去他家原上吃过樱桃。第二天一早，我开车继续去往兰州。天黑前，到达兰州城外一处度假村，一帮当地与外地的作家先到了，在那里美美吃着烤羊肉，喝着鲜啤酒。我将自己吃剩下的半篮红樱桃拿出来，初时无人动手，待我说起这是陈忠实在白鹿原上亲手摘下的红樱桃时，不知从哪里伸出来那么多的手，眨眼之间就抢得精光。吃完以后还有人盯着汽车后备厢，以为那里面还有。

二〇一四年八月十九日，杂志到西安办一个活动，那天西安城内发生一件令人啼笑皆非的事情，有两拨人在同一酒店喝酒，因为口角进而互相打起来，其中一方打了对方的人后，发现被打的人是区委要员，打的人是个小官员，也没有人逼他，自个主动下跪道歉，而那区委要员也下跪请对方起来，等等。大家说笑话时，我给陈忠实打电话，告知自己来了西安，因为日程太满，只有第二天中午有空，问能否见面聊一下。陈忠实稍一迟疑还是同意，找好地点后，告诉他，他说自己会准时来。回头再给李国平打电话，要他届时也到场聚一下。李国平听后，一连两遍问是不是明天中午，还说老陈中午有午休习惯，是绝对不见任何人的。听我也说绝对不错后，李国平很感叹，说"你的面子太大了"。这是他认识老陈以来，头一回见他中午出来见朋友。李国平的话说得很严重，我想想也觉得太严重，为什么要生生破坏他人多年养成的良好习惯呢，第二天早餐后我发短信给陈忠实："中午就不打扰你了，你先好好休息，我们在酒店吃过自助餐后赶着去华山看看！"那天上午我有讲座，九点三十分结束时，陈忠实刚好来电话，说过遗憾，又约下次见。中午李国平来小坐，说起来才知，老陈情况不太好，陕西省作家协会党组正要向省委报告，让老陈到医院仔细检查一下。那一刻，我们的心情突然沉重起来，当然，也更加觉得，自己主动取消的本该是中午的小聚，不管成与不成，于情谊是何等珍贵。

二〇一五年七月七日，我去北京参加中宣部一个活动，在八大处报到后，正在无所事事地乱串门时，红柯拖着行李进来，三言两语之后，便告诉大家，陈忠实患口腔癌了，正在做化疗，吃东西很困难，完全靠鼻饲。我心里一着急，明知自己没办法帮忙，但还是请红柯回西安时，带去几句话。几天后的晚上九点，红柯来电话，他将我托转的癌症靶向治疗方法转告给陈忠实。陈忠实要他一定代表示感谢，这时候还有朋友惦记。红柯当时在电话里说，老陈对治疗很有信心。

再往后，与知情的朋友打听，也说情况恢复得不错。却不知，再得到消息时，自己只能写沉重地上一句："西去永西安，大道送大贤！"那天也是从游泳池里起来，得到消息，人着实有些不肯相信。时间不长，电话就不停地响起来，都是媒体的朋友，心知他们的意思，却不愿接听，我很清楚自己心里还没做好接受这一事实的准备。直到终于可以面对时，我终于接听了一家媒体记者的电话，刚刚开口，说"我知道你是为什么事"，接下来本要说陈忠实三个字，只是这名字还没说出来，自己已泪流满面哽咽着半天说不清一个字。

二〇〇九年十一月六日，陈忠实曾打电话，要我给他寄一本《天行者》，他说他当年也当过民办教师。在《天行者》的扉页上，有这样一句话："献给在中国大地上默默苦行的民间英雄。"这句话用于陈忠实同样不错。二〇一六年四月七日下午，在江西于都红军长征纪念碑前，我代表重走长征路的作家们发言，开头的一段话是说给陈忠实的。我说十年前重走长征路时，陈忠实是团长，十年后再次重走长征路，陈忠实身患重病无法成行，有于都这样曾经庇护过十万红军的偌大福地，希望于都将太多的奇迹赐予一些给陈忠实，希望能庇护长征精神的最好诠释者陈忠实平安长在，养好身体再当团长，再与我们一道继续这将政治与军事的长征融合为文学精神的长征。

这时候，我记起那些撒在兰州城外的来自白鹿原上的红樱桃，按照童年的经验，那些从嘴里吐出来的红樱桃核不可能全部入土发芽，但也有足够的比例让这些来自白鹿原的红樱桃长成小树苗。正如南海小岛上那棵由不同的手共同栽的树，有天地护佑，一定可以长成祖国最南端的最坚强的硕大之树。

我不记得南海上那小岛的名字，也不记得与陈忠实共同栽下的那棵树的名字，更不记得那位同意我的不懂人间艰辛的幼小女儿亲手将一桶如黄金贵重的淡水浇在小树上的军人的名字，但是我无论如何也不可能忘记，白鹿原和大别山、东湖和南海、南海上不知名小岛上不知名的小树和在兰州城外被朋友们一抢而空的白鹿原上的红樱桃，她们都有一个共同的名字。

用我的长江边故乡的话说，男人的泪水是金贵的，因为她是南海上那能浇灌初生树苗的淡水，因为她是那被人生酸甜苦辣泡过的醇酒，因为她能够结出苍黄莽莽的北方大地上灿烂的红樱桃。天下文学莫不是在南海种下一棵树，天下人等莫不如艳丽的红樱桃，好看固然重要，还要做得到在北方黄土高原上也能好看，也能作为他人的生命营养。

二〇一六年六月六日于宜昌

文学血统与世界之心

汉学家文学翻译国际研讨会已经第四届了，我还是第一次参加。李敬泽副主席在致辞中提到，这次会议的三个议题：翻译的权利与边界，当代汉语的扩展变化及翻译的新挑战，可译与不可译——国际书写的困惑，可以是文学翻译永恒的话题。会议正式展开研讨之前，我曾猜想，汉学家与中国作家们从何种角度进到这个伟大的话语中。来自西班牙马德里自治大学的达西安娜·菲萨克女士第一个发言，便出乎意料地从一个小到不能再小的角度进入其中，并引起研讨会期间持久的热议。达西安娜·菲萨克女士开门见山地谈到中国人名用拼音方式翻译，很不好，无法传达中国人的姓名中包含的广泛的意义，而且用拼音很容易出现雷同。在我和来自荷兰的林恪先生为双主持人的第二组，这个话题讨论了近两个小时，并迅速诞生一位插话女王——来自德国的郝慕天女士，为这个话题奉献了不少思想火花。中国人的姓名是中国文化最基本的表现，没文化的人给孩子取名往往是最直接的狗剩和狗蛋等，有文化的人给孩子取名，则会考虑多重寓意，包括名字好不好念，是不是朗朗上口等。所以中国人的姓名，是中国文化的基本单元，更是一个人文化命运的起始。不要说帝王将相的名字是非常有讲究的,就是作家莫言、苏童等,也在开始写作后,就有意识地不再用太过平常的名字,而使用更有意蕴的笔名。这种名字,还可以扩展到千百年来的各个王朝的年号,看上去姓名只是一个简单的符号,实则大不简单,只有几个字的姓名,对任何一个中国人来说,是睁开眼睛就要面对的文化熏陶与心理警醒。

文学翻译一定要始终保持在特定的文化下面。有这样一个关于中国的百万富翁父亲和美国的百万富翁父亲与儿子谈自己拥有的财富的故事:美国父亲告诉儿子,说自己有一百万美元,接下来会马上说,这些钱是我挣来的,与你无关,你的钱要靠自己去挣。中国父亲对儿子说自己有一百万人民币时,一定会加上一句,这些东西老子生不带来,死不带去,往后都是你的。表面上是一个关于财富的故事,实际上十分准确地表现了中国文化与其他文化的一大区别。中国家庭文化是以"仁""孝"为主轴的,不仅是晚辈对长辈的生生死死承担责任,更有长辈对晚辈的喜怒哀乐所承担的义务。(二十世纪)六十年代以前,鄂东大别山区还流行一种风俗,孩子生下来后,家人会将胞衣埋在后门,待孩子长大成人以后,长辈会将那个地方指给他看。这个风俗在客家人中也有流行,客家人是将婴儿的胎盘直接埋在自家厨房的门槛下面,无论孩子长大后走多远,都会记得与自己同在的另一块血肉还在家中埋藏着。中国文化讲究血浓于水,血脉相传,与中国文化相关的东西只有放在血脉之中才能体现特定意义。西方对人的研究,往往会从医院与教堂的出生记录开始,中国文化中对人的研究是从地方志和家谱开始的。抛开血脉传承,就事论事的价值判断是没有意义的。文学之所以被称为一切艺术之母,就在于文学承载着我们不能或缺的文化血脉。

技术性问题总是暂时的,文化才是作品的深刻所在。中国太大,中国文化也太丰富,所带来的文学文本也千千万万,这让中国作家作品的如何选择翻译成为一个问题。长春本地的作家胡冬林几乎不为外界所知,但他的成长与写作方式却很独特,十几年来躲在长白山中,认识两百多种鸟,一百多种动物。在教科书和相关电视科普节目中,从来都说水獭通过水中交配进行繁殖,他却第一个发现雌雄水獭会在雪地上完成一场风花雪月事。诗人雷平阳谈到,有译者曾想翻译他的诗歌,另外一位译者却从中阻拦,说雷平阳是体制内作家,不能翻译他的作品。这个问题我自己也有体会,二〇〇八年五月汶川地震时,中国作家代表团正好在韩国访问,在座的朴宰雨先生曾当面对我说:"我知道你,你是主旋律作家。"姑且不论这类判断是否准确,将西方的政治性选择作为文学翻译的标准,是对中国文学的大不敬。

来自奥地利的青年小说家科内莉亚·特拉福尼塞克说:"对德语国家的读者来说,中国作家作品仍然被理解成是政治的,几乎只有符合读者预期的中国形象的文本才被接受,西方读者期待看到能认证他之前的预期想法的作品,这包括与自己相关的能引起共鸣,或者是能让自己感到震惊和同情的作品。这就是为什么许多有品位的、值得一读的中国文学作品得不到关注的原因。要消除对中国文学的泛政治化兴趣，需要一个新的翻译环境，挑选文本时要考虑的是：作品是否能得到国际读者的认可，阅读作品时是否有美的享受等。总之，我们不应该过多地考虑政治因素。但是，我们如何才能做到呢？我们生活的真实世界是充满政治的，我自己就不能超然于政治。翻译中国作家作品的时候，我使用互联网，网络世界也是政治的。因此，我的翻译工具也是离不开政治的。"

科内莉亚的观点很有针对性，可能会让一些人觉得不舒服，但我是深表同意的。莫言先生说："翻译文学所遇到的困难，看起来是来自语言，但其实是来自文化。"中国文化有主流，中国文学也有主流。二〇一四年出版的长篇小说《蟠虺》中有这样的一段闲笔：春秋战国看似天下大乱，实际上仍存有强大的社会伦理底线。公元前五〇六年，吴兵三万伐楚，楚军六十万仍国破。吴王逼随王交出前往避难的楚王。随王不答应，说随国僻远弱小，是楚国让随国存在下来，随国与楚国有世代盟约，至今没有改变。如果一有危难就互相抛弃，就算吴国也与随国签订了盟约，随国又能用什么来服侍吴王呢？吴王若将楚国灭了，楚国与随国的盟约也就不存在了。随国自然会像服侍楚王一样服侍吴王。然而，眼下随国是断断不能将楚王出卖给吴王的，否则，不仅随国将无法取信天下，就是吴王也会因为威逼随王，让品行高贵的随王变成背信弃义、卖身求荣的小人而受到天下人的耻笑。随王一番大义凛然的话，让吴王觉得理亏。史书上特别着重提到，吴王羞愧满面地引兵而退。此处的羞愧也体现出一种大义。

春秋大义是中国文学一直以来的主流。对春秋大义的传承是中国文学的灵魂所在。

一部文学作品，哪怕只能拯救一个人的灵魂，也远比逗得十万人无聊痴笑来得重要。能让一座城市狂欢的文字，很快会被这座城市当成垃圾扔掉。经典文学之所以被称为一切艺术的母本，就在于文学是用我们的母语创造的，文学承载着我们母语的全部精华，成为我们不能缺少的文化血脉。经典文学能给阅读者接种文化疫苗，使我们不会轻易受到化装成文明符号的病毒的侵害。对社会公众来说，一部好的文学作品，应当是抵御伪文化的卓有成效的免疫抗体。对中国文学的翻译来说，也应当如此。作为主流的汉学家应当让自己的翻译作品成为了解中国历史主流、中国社会主流、中国文化主流和中国文学主流的有效窗口，而不是偷窥中国社会毒瘤的猫眼，用中国话来说，这叫窥阴癖，是一种不健康的文化心理。

贾平凹先生在主旨发言中谈到，中国作家在继承中国古典文学传统上，因个性、习好、修养的不同分为两个支脉，一支是《三国演义》《水浒》，在我看来实际上是《西游记》《水浒》。一支是《红楼梦》。前一支可能好翻译，后一支可能难翻译。前一支容易出成果，后一支才最为中国人所推荐，是真正的中国文学经验。

莫言先生在开幕式致辞中谈到翻译的错译问题，有译者因对中国历史缺乏了解，将他的作品中的"八路"，翻译成"八号公路"。在文学翻译中很难避免不犯错误，就像莫言对错译他的作品的译者那样,作家要以宽容之心对待译者,译者也要心怀敬意处理原作的每个语言单元。

来自世界各地的汉学家们本着热爱与善意,真诚坦率地谈到新近兴起的孔子学院学者与传统汉学家们,在传播中国文学与中国文化过程中出现的磨合不顺当。如何才能实现和谐、合力,如何才能形成一加一,大于二,而不是小于二的效应,的确值得好好思考。

在铁凝主席的家乡河北省,著名女作家丁玲的长篇小说《太阳照耀在桑干河上》描写过的桑干河边,有个名叫泥河湾的小地方,于一九七〇年代出土了一只十万年前的古人类头盖骨。头盖骨上,有一只人工钻出来的小小圆孔。差不多同一时期,大洋彼岸的印第安人,也用工具在某个人的头盖骨上钻了同样大小的一个洞。考古学家经过考证认定,那是黄种人祖先和印第安人祖先,出于相同目的,试图将寄居在这些头脑中的灵魂取出来修理一番,除掉那些给祖先们带来病痛的魔鬼。古老的开颅术与现代脑科手术,相隔十万年,其目的还是一样的,没有丝毫改变。再过十万年,科学技术的进步,也许能使人类摆脱生与死的纠结。但是科学技术永远解决不了灵魂问题,对灵魂的追寻与守护,是文学永远也改变不了的主要责任。

文学是人类表达幸福与痛苦的关键。铁凝主席在开幕式致辞中说,如果回到二〇一〇年以前,中国文学现今的一切都是不可想象的,从莫言获诺贝尔文学奖,曹文轩获安徒生儿童文学奖,刘欣慈获科幻文学雨果奖,除了这些光照世界文坛的文学成就，还有国内文学事业的蓬勃与兴旺。如果要说什么，真的要感谢，这些年来中国作家协会在正确的思想方针指导下，对中国文学的发展与促进所起到的巨大作用。一九九一年我第一次坐火车到北京，这一次坐高铁到长春，同样是纵览中国北方大地，感受到的是天地翻覆。发生巨大变化的还有中国文学的国刊《人民文学》，也是从二〇一〇年以后，一口气办了英法德俄日韩西班牙等多个外语语种版本，这其实也是中国文学翻译走向世界的最快捷窗口与平台。

莫言先生由在中国乘坐高速铁路所体验到的快速谈到，什么都能快，文学不能快，文学翻译也不能快。在世界快速巨大的变化中，有一种东西从未改变，那就是被文学所守护的人类灵魂。在日复一日的人生中，在忽隐忽现的幸福与痛苦中，文学是人类替自己发明的伟大的表达方式。在我们生活中，能够拥有一部杰出的文学作品，读懂一部杰出的文学作品，不要说胜过那些日常珍爱的小宝贝，甚至比战胜某个情敌，赢得一场爱情，更让人荡气回肠。

十万年前的中国前辈与印第安前辈，将灵魂从头脑中取出来，修理掉属于魔鬼的部分，再归还原处，这种被付诸具体实施的想象，如今是由文学来实现的。从有文字以来，那些被人类长久传承的文学，便是人类认识灵魂、理解灵魂、记住灵魂的重要途径。世界各国各民族的文学都有其独立存在的光荣与梦想，在相互传播，相互阅读的过程中肯定存在形形色色的差异，重要的是通过文学的相互流传与交融，更加重视对方的存在，善待彼此的文化。

汉学家文学翻译国际研讨会才办到第四届,就表现出如此高水平,在座各位能看到第四十届的人恐怕很少,但大部分是可能看到第十四届的,相信那时我们再聚时,无论是各位汉学家,还是中国文学作品的翻译都会更精彩。

(此文系第四届汉学家文学翻译国际研讨会总结发言。)

二〇一六年八月十六日于长春松苑宾馆

小说的偶遇与沉潜

我一向不怎么写短篇小说。最近在编自己的文集，一共编了二十几卷，主要是长篇小说和中篇小说，短篇小说只有薄薄的一卷。我很佩服那些以写短篇小说为生的作家。我比较笨拙，对付不了这种过于灵动的文体。

我这辈子最不会吵架，也特别害怕吵架。万不得已必须上阵，对方现场感极强的唇枪舌剑，总是将我弄得瞠目结舌，找不到回击的语言。我有一位同事是位短篇小说好手，那年某直辖市办了一个奖金颇丰的青年文学奖，为了表示对该直辖市文学工作的赞美，就对媒体编造了一个我想调到该直辖市去的故事。这个无中生有的故事公之于众后，被本地主管官员看见，打电话来询问。我才知道自己竟然有此想法，不得已打电话问对方，说我们都十几个月没有见面了，何曾对你说过我想调到天津去？想不到对方一秒钟也没停顿，马上反过来斥责我说，你怎么一点幽默感也没有？弄得我一时间满面羞愧，无言以对。我这辈子还有一大缺欠，就是不会交际。难得有几个朋友，都是相处的时间长了，感觉到我这人还有某些可爱之处。给人当朋友和与人交朋友，就像当医生、律师，需要有资质，当医生的不能将没病说成是有病，当律师的要有本事将有罪说成是无罪。做朋友的人在一起喝喝酒，品品茶时，要有本事即兴制造出一些话题，让彼此有兴趣，相互之间觉得快乐，哪怕因此耗费不少时间，也觉得值。我没办法做到这些，究其原因，都怪自己不够灵动。

曾经忽发奇想，认为那些会吵架的随时随地让叙事灵感超常暴发的人，可以成为短篇小说奇才，那些人缘好，与任何人都谈得来，在同行中人见人爱的人，也一定是短篇小说高手。很平常的一些人和物，经过口吐莲花的叙事，马上变得多彩多姿。如此来看，我更喜欢长篇小说，也是由于个人性格在做选择。

李白说，朝辞白帝彩云间，千里江陵一日还，是短篇小说的感觉。杜甫说，无边落木萧萧下，不尽长江滚滚来，毫无疑问具备了长篇小说的架构。长篇小说是泰山经石峪的石刻，哪怕万水千山也掩不住。短篇小说则是书斋雅室中的扇面，需要有个圈子，近距离端详，面对面相互欣赏。短篇小说大师，本身就是人气王。李白的人气是杜甫比不了的，杜甫的如同长篇小说的诗歌体系，也是李白所无法做到的。

短篇小说写作需要非常灵敏的头脑。长篇小说体态笨拙，但也不是那种死脑筋可以做的，也需要机缘偶遇，心有灵犀才行。我在武汉的家，出门步行到湖北省博物馆只要十分钟。四月底，习近平主席与印度总理莫迪，在湖北省博物馆举行非正式会谈，主要新闻稿件的文字说，两位世界级领导人在博物馆观看世界闻名的曾侯乙编钟，所用的图片却是我在长篇小说《蟠虺》中作为重要素材的那件名叫曾侯乙尊盘的青铜重器。曾侯乙尊盘没有曾侯乙编钟的名气大。之前我也不知道这个宝物。直到某次再去博物馆，遇上一位懂行的人，拉着我去专门观赏曾侯乙尊盘，这才对其存在的特殊意义有所见识。当时一片空白的脑子，突然冒出一个念头，这可以写一部长篇小说。后来就真的写出来了。这两年慕名专门去看曾侯乙尊盘的人多了起来，与《蟠虺》出版后在读者中的口碑有点关系。曾侯乙尊盘比曾侯乙编钟更有文艺性，同时更有历史价值。不仅是全世界独一无二的器物，还因为它拥有独特的青铜密码：在青铜时代，欧洲的青铜器，都是用失蜡法制造的，中国的青铜器都是用范铸法制造的，这是由完整的考古证据链所证明的。迄今为止，没有人知道从擂鼓墩大墓中挖掘出来的独一无二的曾侯乙尊盘是用什么方法制造出来的。范铸法的捍卫者与失蜡法的假设者，争议了几十年，表面上没有引出爆炸性新闻，私底下学界种种心态暗潮汹涌。《蟠虺》的背景是曾侯乙尊盘。曾侯乙尊盘上的蟠虺纹是春秋时期楚地青铜重器上的典型纹饰。"蟠"是表示盘曲弯结的体态，成词用虎踞龙盘来表示吉祥，毛泽东曾用"虎踞龙盘今胜昔"形容南京紫金山。毛泽东喜欢用典，还喜欢将本来的典出按自己的想法做些修改，他说的虎踞龙盘，本应是虎踞龙蟠。至于"虺"，则包含中国文化中最为典型的两种表达。第一种解释：虺是小蛇，经过五百年修炼后变成蛟，再经过一千年修炼才能变成龙。第二种解释截然相反：虺是一种两头蛇，为了争夺食物，两个头相互撕咬，直到一个头将另一个头吞食下去。人生要修成正果与人生不过是弱肉强食，这两种不同的看待世界、看待生命的方式，也是全世界共有的人性缠绕。前者成就正人君子，后者荫蔽无良之人。

人生之事，可遇而不可求。那种自己找上门来的好事，一辈子能碰上一次就是莫大幸运，想要碰上第二、第三次，那就太贪婪了。长篇小说的来龙去脉，主要在于源远流长。二○一八年七月出版的长篇小说《黄冈秘卷》，得益于小时候常听爷爷说的一句话。在我的故乡湖北东部的黄冈一带，人们习惯将聊天称为挖古。

爷爷挖古时，说到家乡，常常随口说，黄冈人当不了奸臣，自古至今黄冈一带从没有出过奸臣。

如果挑剔，爷爷这话是有问题的，有点当奸臣也要有资格的意思。爷爷的话，小时候听，有点神秘古怪。等到自己年过半百，有一天突然记起这话，就像石破天惊！让人开窍一样地认识到，当我们说故乡时，实际上是在用最普通的方式，为内心世界营造一种品格。在一个人的心目中，故乡风范、父辈品格，可以看作是这个人自身的格调与形象。爷爷那个时代的黄冈人，日子过得再艰难，也要让孩子跟着教学先生上一阵子私塾。在文化上，黄冈大地不曾有过对自己孩子的刻薄。爷爷的母亲曾经是家乡一带著名的苦婆，之所以著名，不是爷爷的母亲守寡养活一群孩子，而是青黄不接时，不让自己的孩子出门乞讨，非要自己亲自去做。讨要的食物拿回家后，一定要在自家的灶台上重新做一遍，才端出来给孩子们吃。仿佛这些食物本来就是家里的，而不是别人的施舍。同时，也是告诫那些饿得嗷嗷叫的孩子，哪怕饿得奄奄一息了也不可以不劳而获。写《黄冈秘卷》时，我一直在心里惦着"贤良方正"这个词。"贤良方正"的出现，正是对应爷爷说过"黄冈人当不了奸臣，自古至今黄冈一带从没有出过奸臣"的那话。贤良方正的黄州一带，的确与众不同。从古至今，贤身贵体的君子，出了许多，却不曾有过十恶不赦的大坏蛋。从杜牧到王禹偁再到苏东坡，浩然硕贤总是要以某种简单明了的方式流传。如果没有想起小时候听爷爷说过的这句话，大概就不会有这部小说了。

在文学的流传中，有些文字免不了因为不知天高地厚而对故乡有所冒犯。走过的路长了，回头再看，才懂得，这些对故乡不够尊重的文字，被恬不知耻地当成天分，反过来正好衬托了故乡那海枯石烂也难改变的品格与风范。

长篇小说的自给自足特性，就像那些生态很好的自然保护区，是一个能够对抗外部世界而长久生存下去的优良小环境，有没有人气都在那里耸立着，有没有人搭理，都可以使人心无旁骛地写作下去。让大熊猫亿万年繁衍生息的四川省卧龙自然保护区一带，让雪豹自由奔驰的可可西里高原，还有湖北的神农架，不仅生存着金丝猴等一大批珍稀物种，更经常爆出野人出没的传说。只有这类独特的环境，才能让特立独行的物种自由自在地生长。一旦拥有了这些独特环境，世界上的人从上海到纽约、从北京到巴黎，是乘波音空客，还是自驾漫游，就可以不在乎。深圳写字楼和香港地铁站里的人是用4G手机，还是马上要用5G手机了，也不会产生根本影响。一部长篇小说，不包括构思与酝酿，仅仅写作就需要几年,甚至几十年时间,如果不是环境独特,自成生态,只是依附流行与时尚,从动笔的那一刻起,就已经在事实上被淘汰出局。长篇小说有着完善的生长体系,在这个能够游离于时代生活的体系中,笨拙的人也有足够宽阔的天地,让他创造出适合自身的文学经验。

(本文系第五届汉学家文学翻译国际研讨会发言。)

二〇一八年八月十五日于贵阳花溪宾馆

最是不胜回忆

——在"刘醒龙暨中国当代作家文学回忆录研讨会"上的答谢词

桂子山上的桂子虽然过了醇香的季节,依旧让人深情依依。这些年,频频出入华师校园,用一句夸张话说,自己已经能够记下每一树桂子的花香。还有这些年,因为必须道谢而说的感谢太多,大家也听得太多,千万不要觉得我所说的谢谢二字,是言不由衷的随口礼节了。

一九九二年中篇小说《村支书》发表后,第一次在华师校园召开作品研讨会,二十多年过去,弹指一挥间,当初在华师校园开会搞活动,总会下意识去后排寻找朋友与熟人,现如今后排坐的人几乎都是可爱却很陌生的面孔,一不小心,就会被其中某位用尊敬得有些吓人的称呼来称呼。当初自己去前排是为了向前辈致意,现如今自己却也坐在前排,偶尔扭头转向身后过来的年轻人也开始表现得浑浑噩噩。当年那位每发表一部短篇小说或中篇小说都会欣喜若狂的青年,终于有一点著作等身的感觉,就被出版社追着赋予全面忆旧的资格,反而不知欣喜为何物。

当然,实话实说,我特别喜欢这本回忆录,就像喜欢我们家前几年新添的那位让人爱到不行的小孙女。但我又特别不愿意接受唯老迈之人方写回忆录而带来的这种现实，就像当初在医院里自己手足无措地抱着刚刚出生的小孙女，听着别人在旁边逗趣让小家伙叫爷爷，顿时出现无边无际的茫然。就像自己还没有做好当爷爷的心理准备那样，写文学回忆录之前，我压根没有想过会在现阶段就开始用自己的回忆，录下自己的文学人生。如此才会有出版社三番五次邀请，自己三番推辞，四次婉拒，最后答应时仍犹犹豫豫。书写出来，也印出来，自己的喜欢全是真心的，半点犹豫也没有了。不只是像出版社那位美丽的编辑所声称特别悦人的马卡龙蓝装帧，还有对自己能够越过回忆录这道心理关的认可与自我赞赏。

一般人看来，当世之人，活得好好的，生命力正旺盛，特别是作家这行，明明还有更紧要的小说、诗歌等着去写，偏偏狗尾续貂、画蛇添足地写上一本回忆录，完全是没事找事，没麻烦找麻烦，除了与自己过不去，实质上的好处几乎没有，还有可能一不小心露出破绽。情况的确如此，文学与科学不一样，科学成果总是像明珠那样光耀夺目，摆在那里不容置疑，科学家的劳动与收获也与文学不大相同，谁将哥德巴赫猜想解释清楚了，谁就是天下第一数学奇才。谁将经典物理与量子力学统一了，谁就是天下第一物理英雄。文学与文学家的诞生，不是作家自己说了算，不是编辑说了算，不是评论家说了算，不是读者说了算，不是官员说了算，如此等等，又都有生逢其时在一定范围里说了算的相对权力。

回忆日常人生比回忆文学人生更好处理。日常当中——对别人做了好事，人家就得遵循古训，滴水之恩，涌泉相报；对人家做了亏心事，就该负荆请罪，低头赔不是。文学人生中，见不到真正的坏事，最多只是不太妥当的事情，就连这些大大小小的不妥当，每一回，每一件，都能够找出堂而皇之和大而化之的理由。文学人生中最不好处理的是一段文学人生与另一段文学人生的际遇，明明做了一定程度的"好事"，常常弄得说也不行，不说也不行。所以又可以说，广东人民出版社策划出版的《文学回忆录》丛书，无论别人相信或者不相信，在我看来，本质上是给敢于应试的作家们，出了一道考验个人性情的试卷，表面上是文学考试，实际上是要动用文学背后的那些紧要元素。出自改革开放前沿的广东，这样的策划，注定会成为中国当代文学史上的精彩一笔。

一如汪政所说："文学的历史，过去都是由文学理论家书写的，作为写作者的作家，一般都是被动参与。随着时代的发展、作家的理论荷尔蒙极度爆发，有了作家的主动参与，文学史的书写方式已经发生了改变。"文学理论家的这种超然判断，对应作家本人回忆录中的每一句大实话，足以相映成趣。

在回忆的进程中，作家所写每一个字都会变成有灵肉的生命，嬉笑怒骂，喜怒哀乐地活跃起来。更有那些掺杂在文学作品的酝酿、创作、出版和评价过程中的各种人事，会百分之百因应熟人因素，变得复杂，棘手，在雕章琢句，下笔行文时，哪怕有要领也不能得。凡此种种，看似难以完成，然而，最最难上加难的不是如何言说记忆中的他人，而是如何用回忆的方式来书写自己，是在《刘醒龙文学回忆录》中，如何逾越"刘醒龙"这道关卡，完成"刘醒龙"五官与四肢模样，智力与情商指标，才是最大难题。在既往的文学经验里，作家的形象一半依附于作家的作品，另一半仰赖于理论家的评论。至于口口相传中的私生活种种，向来都是非主流的，与作家形象的生成关系不大。轮到刘醒龙来写"刘醒龙"，也即是自己给自己画像时，难于处理的是刘醒龙所熟悉的"刘醒龙"，与非刘醒龙们所熟悉的"刘醒龙"之间，是否存有大致认可的默契，是否能打造一道可以通达的路径。

在社会生活中，在以文学名义和以非文学名义的人际交往中，任何个人都不可能把自己最真实的面目展示给别人，其中有主动的和主观的因素，也有被动的和客观的原因。

如此一来，很多时候，作家将自己写得很真实，或者在那里力图真实地写着自己，到了别人眼里，反而会越看越觉得不真实。诚如各位想看到作家不肯对人言说的那些事，其中，肯定有些是很有趣的，可以脱离文本在茶余饭后独立流传的，特别是风花雪月一类，偏偏这些是不方便说出来的个人隐私。还有一种是所谓负面的，作家本人更不肯提及，甚至还会恼火别人指指点点。必须承认，一些相关"刘醒龙"的事情，没有在刘醒龙那里得到回忆。但我也必须更加坦诚地表白，我肯定没有做过那种自己永远羞于承认，毕生难以为人的事情。

看一个人幸运不幸运，不是看他有多么成功，而是看他有没有掉进坑里,万一掉进去了,那个坑是深是浅,只是掉进浅坑里也是幸运。再有掉进坑里能够爬起来,再再有掉进坑里没有爬起来却也没有受伤,再再再有掉进坑里受了伤但只是皮肉伤,这样差别,那样差别,这种比较,那种比较,都可以认作是幸运。只有这样认知幸运,才让我从几岁时起就记得小学音乐老师背越式跳高的与众不同,才让我在大别山深处的山沟里遇上小说处女作责任编辑,才让自己所谓成名作《凤凰琴》的编辑在黄州汽车站外第一次开口打听就遇上一位熟悉我的人,才让我在飞行遇险后突然明白写作的最高境界是与长篇小说的共生共长,才让我在平生唯一一次酩酊大醉时还能听明白有兄长谈及什么是文学中的正面强攻,才让我在遭受电击和突遇空难后能够恍然大悟用更大努力来提升自己的生命力。反过来,如果不对每一天的阳光雨露感到幸运,一心想着让天上掉馅饼,不定什么时候,头顶上就会掉下一颗炸弹。如果一心只想着要吃天鹅肉,不定什么时候就飞来一只钩嘴鹰。

作家写文学回忆录,也是一种坑,是读者与出版社合谋挖掘,甚至包括作家本人心甘情愿一起挖掘的一种坑。作为文学回忆录的作者兼主人公,掉没掉进坑里,掉进去的是深坑还是浅坑,掉进深坑与浅坑中有没有受伤,在文学之中,在文学之外,我都是幸运的。百善孝为先,论心不论迹,论迹天下无孝子;就人性恶与人性善的相互挣扎来说,这副对联的下半联,写得更直观。一般人都不会引用,我也就不引用了。仅仅上联也能表明,人世人事人心,从来就没有消停过。

用回忆录的方式进行自我书写，或取舍，或抉择，有像天一样大的挣扎，也有像蜘蛛捕猎一样的困惑。我很庆幸自己过了这一关，把不会让刘醒龙脸红，也不会让刘醒龙痛苦，更不会让刘醒龙心虚，让刘醒龙自己信得过的"刘醒龙"写出来了，唯有对得住自己，才有可能考虑是否对得住外部世界。

二〇一九年十一月二十三日于华中师范大学国际学术交流中心

三十功名尘与土

——《凤凰琴》发表三十年学术研讨会答谢词

一个作家带着自己的作品回到故乡，这样的荣幸，不是所有作家都能做到的！

我喜欢这句话，热爱这样的文字，更赞美这种境界！每个人的人生都是一部以故乡作为开篇，无论后来的起承转合是辉煌还是寂寞，都将以故乡作为终结的作品。由于职业的不同，每个人呈现给故乡的作品也有所不同。有人驾驶火车轮船向着故乡汽笛长鸣，有人将自己在外面创办的实业轰轰烈烈迁回故乡，更多的人在外久了，带回故乡的是一身好手艺，或者是出门时孤单一人，再回来已是拖家带口，如此种种，都可以称之为献给故乡的作品。唯独文学与众不同，比如有一种情形，在那些足以等身的作品中，居然不晓得哪一部可以带回故乡！甚至于披着彩虹般的外表，进得家门后，才发现不过是两手空空。

从《凤凰琴》到《天行者》，在漫长宽广的岁月中，曾经错过一个个春秋，不是太重带不来，也不是太轻带不得，不是太美有所矫情，也不是太丑见不得江东父老，或许，一切的"不是"都不是，真正的关键是在等一个可以公告天下的时机，以及等待足以见证这一切的一群人。在座的师长、同人与朋友，正是这样的一群人，是你们宽容大度让我有所领悟，也有胆量告诉自己，哪些作品可以带回故乡，才能够与家乡的男女老少肝胆相照，坦然面对。

这两天，与各位相聚在一起，听到最多的两个词，第一个是"三十年"，第二个是"经典"。第一个词"三十年"，听起来很实在，没有一点歧义，也不存在任何不恰当的因素，任何人都能从中感受到青春易老，光阴不再，岁月无敌。第二词"经典"，却像是打翻一坛陈年老醋，令人闻之味道大变，喜欢也不是，不喜欢更不是。

三十年是一个计量单位，在人生中，所表示的是各种不同的空间。经典的出场同样各不相同，对某人某事是目标，对某事某人已是结论，或许对同样的某人与某事，既是目标，又是结论。

历经三十年风雨不一定代表经典的出现。

经典的意义不经过三十年筛选很难认定与淘汰。

三十年光景，让自己从一个血气方刚的男子汉，变成一天到晚有声音在耳边说，"多栽花，少栽刺"，甚至是"只栽花，莫栽刺"的老汉。所以，去年年底，头一次听到有关方面提议，举办重温《凤凰琴》的研讨活动，在一段时间里，自己一直是不置可否。前天下午，毕光明教授第一个来秀峰山庄，我去敲他的房，一连三遍，都不见有人回应。犹豫之下，忽然见到於可训老师出现在院子里，冒着小雨，闲庭信步，身边跟着一帮青年学者，到这一刻才感觉到这事是千真万确的。

当年一个普通的青年工人，因为比身边的工友们多一种文学梦，才一步一步地走到今天。三十年来，只要回到英山，这种无法将百分之百的真实百分之百地当成现实的感觉一直伴随着自己。三十年时光，过起日子来显得很长，对文学来说，只不过是极短的一瞬，灰飞烟灭时，哪里管得了曾经的呕心沥血。恰恰是时光如此这般且长且短，才显出经典作为文学终极目标的意义。

李遇春教授说："文学史是不以任何个人的意志为转移的，即使是作家本人也不例外……作品一经产生，它的命运就不再掌控在作家手里，当然最终也不会被批评家所操控，而是取决于文学史的选择。"从三十年前，武汉大学於可训老师用《一曲弦歌动四方》，中央党校常务副校长高扬先生用《凤凰琴的悲哀》带来的清朗舒畅；到十几年前，与山西大学王春林教授共度《圣天门口》出版之初的沉闷窒息；再到二〇二〇年春天武汉刚刚解封之际李岚清同志亲笔来信重提《凤凰琴》精神；直至这一次，晶明、义勤和粤春三位主席率先大势开讲，西子姑娘萧耳最后出场那鸟语花香般的言说，一百零三位贤良方正之士发表的贤良方正理念，诚如俊秀的杨晓帆教授所言，重温《凤凰琴》也是重温自己。人生要不断地重温，好的小说要经得起重温，谢谢各位用火一样的热情重新检测冰刀霜剑的锋利程度，用冰一样的严厉重新测试人间温情的美妙善良，用缜密的逻辑重新考验人性的复杂与人生的吊诡，用天然的感觉重新触摸生活的酸甜和生存的易难。

因为疫情管控的原因，这一次相聚不够尽兴，希望能有机会在不久的将来再次相聚！

谢谢从团风的巴水举水，到英山的东河西河，再到长江黄河五湖四海，所有一再赐给我动能的师长与朋友！谢谢无条件给我以关爱的亲人们！

二〇二二年六月二十六日于英山

一些尘埃

——《圣天门口》节选

一朵云正用洁白打扫自己的四周。云下面就是小教堂，悠扬的钟声从屋顶的钟楼里传出来，在秋日的晴朗中泛起种种难以捉摸的惆怅与寂寞，仿佛那是从大钟边缘无限延伸而去的波纹，不用等到钟声消失，怀念之情就会油然而生。天空很干净。一些碎片般的东西在飘，样子也是干净的。天气好得不能再好，仿佛有一层薄到极点马上要融化成水的冰覆盖着，淡淡的！淡淡的——不仅要有教养，还得有合适的勇气，才能认出这是介乎所有已知蓝色之间的另一种蓝。说这种淡淡的，丝毫用不着画蛇添足，只要稍稍触及蓝，譬如说淡淡的蓝，便是狗尾续貂。只需抬手指向天空，或者努努嘴扬扬睫毛，说声淡淡的就恰到好处。说声好淡呀也行。仰望长空，只要不是有意胡扯，绝不会以为那意思是指炒菜时盐放少了。

天空淡淡的，这样的天气一年中只有几天。俗话说秋高气爽指的不是它。所谓秋高气爽，是所有人都记得，不需要特别的教养、不加区分就能察觉、试图将分隔两端永生永世不能相逢也不想和解的夏季和冬季调和在一起的日子。多数时候，夏季的风只会贴着天边走，除了那些高处的树梢会摇晃着迎合，低矮处的东西和长得低矮的东西，只能遥遥地看着。冬季降临，地上的风都会变向，劲头也足了，一阵阵地贴着地面摸索，一旦找准人的脚背，便往上爬，直到能呛住喉咙。唯有秋天，风大风小都在人的腰腹上拂来抚去，裤肥衣宽道德严厉的女子也能显出婀娜身姿。浓浓的，不一定都是秋季。淡淡的，却是唯有秋季。人们一天到晚为衣食忙个不停，无暇发现这种存在。那些从来不必为温饱发愁的人，也好不到哪里去。只有少数懂了高贵的人，才能体会这种存在于细微间的巨大差别。

百折千回，纵横于群山之间的西河已经足够宽了，旱季到来后，水线从两岸同时后退，远不及雨季泛滥时的模样。那些挂在西河两岸因季节变化呈现出绛红色的河柳，不再披着洪水来时染上的泥灰，却无法摆脱那些纠缠不清的浪渣。这些从上游漂下来的东西，有被洪水连根拔起的乔木、灌木和在各种因素下腐烂的朽木，还有各种各样的草茎。当洪水越过传统的坡岸，冲进有人家的地方，产生的浪渣就格外丰富，有时候是一头猪，有时候是一只狗。今年的雨季，甚至有一头水牛被挂在两棵并排的河柳上，没来得及成为其他动物的美食，就被咆哮的洪水及其席卷而下的沙砾将皮肉啃得精光，被认出来的是它那成为浪渣，仍大致完整的骨架。淹死水牛的七月，大雨刚停下来，就变得酷热难当，有事没事都觉得闷，仿佛被不祥之兆所笼罩。这种预兆很快就在秋天里应验了。

一年当中的任何季节，西河里总会有无数鱼儿游来游去。有一种鱼儿最大也只能长到半根筷子长，不管河里有没有异样，这种名叫沙狗头的小鱼都会一头钻进细沙里。沙狗头鱼并不好捉，明明看到它在这片沙子里，几双手从四周插下去，小心翼翼地连沙带水地捧起来，上百次这样地动作，才会有一条沙狗头鱼被捉住。大人们不会去捉这些既不能煮着喝，也不能煎着吃的小东西，只有性情同沙狗头鱼差不多的孩子们一年接一年地乐此不疲。

秋来水浅，几个捉沙狗头鱼的孩子，在细沙中，抓出一只红色的毛线线头。如果是大人，必定会信手一扯，拿回家去给女儿或是妹妹扎头发用。孩子们不这样，他们好奇地顺着红毛线用手在沙子里一点点地往前扒。红毛线由几尺变成几丈后，好奇的人也从小孩换成大人。红毛线一直没断，它在沙子里穿行，横跨有流水的河床和没有流水的河床，停在一堆由杂草组成的浪渣旁。浪渣里有一只女人的布鞋，红毛线的另一头就系在这只女人鞋上。几天后，一个戴眼镜的男人带着几个自卫队士兵，陪同一个女人从下游一路找来。看到红毛线，戴眼镜的男人格外高兴。女人是上游王家垸一个富人的大老婆。富人结束逃亡生活领着新娶的小老婆回来，富人的大老婆受不了冷落，一边后悔不该留下来看家，一边带上丈夫从前专门派人上武汉买回红毛线，又请人住在家里一针一线织给她的毛衣，顺着河流往下走，想找个能淹死人的地方一死了之。按说，她所路过的鬼鱼潭是最合适的，但其过于阴森的模样让她有些害怕。一路走来，还没找不到合适的深潭。女人就有了新的想法。她将曾经心爱的毛衣拆了，还原成一根红毛线，跟着它从西河右岸往左岸走。心想，若是毛线能够笔直牵过河，自己就去县国民政府击鼓鸣冤。细细的红毛线竟然能够横跨西河。女人不相信，以为红毛线在半路上有断头，顺着红毛线回到出发的地方。从头到尾，从尾到头，红毛线都是完整的。女人确信这是天不让死，她用细沙将红毛线一点点地埋好，然后真的去县里状告自己的丈夫。西河流水不知有多长，这是它所见证的第一件离婚案。戴眼镜的男人是国民政府新任县长，他被红毛线感动了，大笔一挥，判女人赢了官司。从那以后，说西河只有女人的一件毛线衣宽的人一天比一天多。说西河是一根红毛线就能系住的东西的人也是见多不见少。所有这些都不能折损西河。

顺流相望总也望不到边的田畈，年年都在旱季到来之际，竭力地往河床上扩展。兴萝卜，兴油菜，兴麦子，兴土豆，任何从河床的潮泥中获取好收成的希望都不会被放弃。那些成年累月做粉丝，淘铁沙的劳作，更是水流退到哪儿就跟到哪儿，水流涨到哪儿才撤到哪儿。最夸张的是那为数不多的染坊，用的是最大的缸，烧的是最大的灶，将一匹匹织好的土布放进最大的锅里猛煮一通，再用木棍撬起来扔进河里，十里八里的流水，今天变成黑色，明天变成蓝色，后天又会是红色。与河流息息相关的田畈，随心所欲变化的动静能使山水激荡。一片绿色中有一块黄了。一片黄色中有一块绿了。五彩缤纷中有一块白了。这些跟随季节变换的颜色，比长翅膀的飞禽还会高扬，刚露头就呼风唤雨。

田畈是心旷神怡的去处。从开犁、耖田到插秧,女人唱歌男人和,男人说笑女人乐,没有一个月时间,从下游来的绿油油春风无论如何也铺不到上游。秋收秋播更是花费工夫。西河两岸,秋天的日子一向最多最长。并非秋天真有那样多和那么长,而是因为接下来的冬日悠闲,状态过于放松,不知不觉地让秋意随心穿越不同季节。几把镰刀在一丘透黄的稻田里割上几天,早已是司空见惯,就算再延长一阵也没人着急。特别是那些每丘超过三亩的稻田,莫看水稻长得与别处大同小异,镰刀一挥差别就大起来,而一旦到了六亩或六亩以上,这种差别就会更大。也不是存心偷懒,这么大的面积,应该是田王。"在田王身上多待一天就是一天的福气。"心情好时,雇工们更会说话。听着这样的好话,大田的主人还能说什么哩,工钱是事先说好的,秋天的雨又落不长,落雪更要到好久以后,再散淡也不会拖到那时候。田小了,男女挨得太近,旁人会说闲话,男人家里的女人,女人家里的男人,见了都不高兴。在大田里就没有这样的顾虑。一道田埂将一对两对或者多对男女圈在一起,又都默契地从中间开镰,说说话,唱唱歌,彼此一清二楚,其他田里的人想略知一二都很难。一年中最后的劳作有女人作陪,用上半个月二十天也不嫌多。有田畈必定会有大田。大田能将快乐的种子藏得深深的,直到春回大地重新开花结果。

对秋天的任何爱与珍惜,都比不过西河两岸的群山。一到秋季,那些高低不一的高峰大岭就显出各自的神奇。季节中春天最早来到山里,可转眼间,万仞千峰就将它推开了。

烂漫的山花也是这样，开得越早，被群山丢弃得越快。一朵花只能开出一种颜色。一片叶子在春天长一阵，夏天长一阵，长到秋天了，才开始辉煌，一口气变出绿的黄的和红的三种颜色；一些神奇的树林里还有紫的、蓝的共五种颜色的叶子。也许还有更多，因为太多了大家才会疏忽，懒得给予相应的关注。没有哪种花能够开遍整个春天。最艳的燕子红也不能例外，年年都是这样，必须等到春意到达顶点春潮涌到最高潮时，燕子红才跳出来将春天变得灿烂无比。然后，甚至还没有遇上一场风雨，就先自凋零了。叶子不仅能从头到尾经历开花的季节，还能深入冬天，映着冰，衬着雪。在大别山最深和最高处的天堂寨里，叶子是最丰富的，不得不飘落时，还要在地上铺成各种各样的美丽的层次。单从表面所见，甚至可以说那些山都是用叶子垒起来的。

紧挨着西河的矮山上，高大的阔叶乔木与针叶乔木混杂着生长在一起。在混交林的空隙处斜挂着一片片新垦的坡地，四周还镶着焦黑的烧荒痕迹。远处的高山上，阔叶的植物长到山腰就打住了，再往上全是马尾松。有马尾松的山不是最高的，最高的山是天堂寨，马尾松都长不上去，那种高度上生长着的全是油松。在针叶马尾松和针叶油松统治的山上，最好的季节不是春天，不是夏天，也不是秋天，而是霜雪即将降临的初冬。针叶的最下层变黄了，一簇簇地密集在每一棵树上，等着雪落前风起的时候。也许只要一阵风，<u>丝丝坠地的针叶</u>，就会将一座座高山染得金晃晃的。人们赶在初雪之前，带上竹筢子、绳子和冲担，不理睬那些习惯上会砍回去当作柴火的灌木，匆匆地顺着山路一节节地往高处爬，直到置身于落满山坡的松针里，才紧赶慢赶勤扒苦做，将地上的松针用竹筢子拢到一起，再用几根挺直的檀树枝或栗树枝做筋骨，砍几根葛藤，从上到下箍上三五道箍，捆成结结实实的两大捆，叫一声哟嘿，铆足力气挑上肩。冲担是男人用的，用冲担的男人才会如此将松针捆成与人齐高的大圆筒。女人将松针扒拢，不用学男人那样费劲，只需一抱接一抱地将松针堆到齐下巴高，再使劲往下压至腰间，然后将绳子两端连到一起打上两道结，双手抓住绳子，背起一大捆松针往回走，速度从不比男人慢。在高山上积攒了一整年的松针比任何时候都香，别的柴火能放在屋檐下就不错了，金光灿烂的松针从来都是存放在厅堂里的，无论有多拥挤，立春以前都会有它的一席之地。那是从当年往来年延续的一种吉祥。吉祥请到家，雪就会落下来。雪后的松针每一根都被冻得通红，那样的松针只是一种普普通通的柴火，无法享受金色松针的礼遇。

一蓬青果能把握秋风的劲吹使自身变红变艳，一条小蛇靠着从包得紧紧的老皮钻出来的本事长得令人敬畏，一棵大树适时地倾倒下来享受木匠的好手艺后还能让自己变成受人珍爱的桥梁。在群山和旷野之间，一条大河很容易就会找不见了。古往今来的西河载不尽两岸的事物的层出不穷。一颗玛瑙置身于满河的沙砾里，若非天命，谁能一眼寻得？淡淡的，就是这种玛瑙。不是天上没有，不是河里没有，看不见找不到都源于心里没有想到，在溢满河床的黄沙白沙深处，存在着关于玛瑙的故事。对于一条穿行了百里的大河，没有碧水沉沙之外的理想，无疑是莫大的悲哀。从新芽含羞到细叶扬眉，有了阳光雨露的经历，一片叶子就会产生属于叶子的憧憬。一粒粒的细沙也是如此，云水翻腾，山弯地曲，有水随水流，没水随风飘，一粒细沙必定是有与众不同的向往。天上也有云，地上也有云，万物如此，谁也无法例外。在天门口，人们喜好大红大绿。淡淡的，淡淡的，不提有关颜色的那个蓝字，这样的高贵难以被多数人接受。本来就如梦似幻的意境，更成了心怀高远的一种理想。

一些尘埃在天空飞舞。那是一群群成年累月忽南忽北总在迁徙的候鸟。大的是雁。雁飞得极高，又不在这一带落下，人们难得见到它的模样。好多年前，有几个女人在西河边洗被子，一只雁从天而降，溅起来的河水打湿了她们的身子。女人们不认识雁，以为是哪个放鸭子的人将死去的鸭子扔过来吓唬她们。那时候，雪大爷和杭大爷还年轻。雪大爷在书画里见过雁，杭大爷在六安附近的一座湖里见过雁。听说是雁，许多人都围过来看。那一阵，整个天门口人都会振振有词地同别人议论，雁就是野鸭子，野鸭子就是雁，飞上天的是雁，飞不上天的就是野鸭子。比较起来，那些小得像麻雀的候鸟，虽然年年准时在这一带出现，遮天蔽日地盘桓好几天，这么多年却没有人晓得它的名字。非得说起它们时，宁可用繁复的句子将它们叫作从北方来的雀儿。落雪之前，从北方来的雀儿在忙着觅食，只有天亮之后，天黑之前，才会一圈接一圈不断地绕着河谷盘旋。这些从北方来的雀儿喜欢在一天当中的几个固定时间里,一只挨一只地停在家家户户的瓦脊上,瓦脊上站不下,就站到那些早早落光叶子的桐梓树、木梓树,以及所有枝不繁叶不茂的树枝上,如同士兵们排着队就地休息。落雪之前,从北方来的雀儿,带给天门口一股鲜活的生机。一阵雀儿来,一阵雀儿去,在天门口空前的落寞里,半个月时间哪里算得上长!成千上万的雀儿飞走了,一声声叫得心惊肉跳的雁鸣也消失了。

一条红鳞斑斓被天门口人叫作鬼鱼的红鲫鱼,开始像太阳一样在水底闪耀着。溪流里的石头长着绿苔,长长的细丝在流水一遍遍的梳理下,俨然是女人刚刚洗过还没有扎起来的长发,一缕缕,袅袅娜娜地听任轻盈的鬼鱼穿梭其间。逆流而行的鬼鱼慢悠悠地游动,遇到啸水时才会使劲摆几下尾巴,一旦越过啸水,便回归悠闲模样。年年腊月都要垒坝拦水竭泽而渔的小溪,去年意外地没有干涸。那些受人喜爱的鱼类没有被捉去果腹,让人讨厌的鬼鱼自然活得更好。月亮悄悄地淡入天际,太阳正往山后落去,透明的溪水也暗淡了,鬼鱼在小教堂和白雀园前面那处最急的啸水上接连跳了几下,突然转身毫不犹豫地顺着水流方向快速游去,直到消失在两条溪水交汇时产生的大股啸水里。

有鬼鱼在是一种寂寞,失去令人生厌的鬼鱼,寂寞就变成另一种样子。就像对淡淡的,淡淡地理解,这样的寂寞也许就是无边无际的心灵的顶端,也只有站在这样的顶端,才能感到躺在丝丝怀里名叫一县的幼小婴儿,和躺在线线怀里名叫一镇的较大幼儿那囟门上的每一次搏动。所以女人们才会小心翼翼把握着自己的气息，唯恐伤及甚至毁掉能够在自己怀里成长得光辉灿烂的属于个人，也属于大家的世界。

一粒椭圆形的烛光挂在窗口上。面对黑夜，它格外小心地凝敛自身，偶尔随风摇摆一下，又赶紧抽身，将细小的身躯拉得纤长瘦削像柳叶一样钉在黑暗之上。越到夜深，天上地下睡意沉沉，仅有的烛光越是显得沉重。不是因为它企图照亮而又无法照亮整个黑暗，也不是它根本无意去为任何的黑暗做光明的启蒙，这种沉重的起因只能是烛光太亮，将自己照得过于清楚。没有烛光，夜晚纵然再黑，也无法理解黑的程度。有烛光，就不同了，一切变得昭然若揭。有烛光的窗口是那能称出黑暗重量的盘子秤，是能量出黑暗体积的大方斗。在没有烛光的黑暗中，声音的变化莫测，气味的捉摸不定，薄雾无休止的缠绕，还有阵风轻轻重重的抚摸，似乎都与某种神秘相关。有了烛光，情况便大相径庭。从烛光照耀下的黑暗里透出来的是由衷的恐惧，那些连火光都照不透的深意里藏着什么哩？没有烛光的夜晚并不黑暗，有烛光的夜晚才是最黑的夜晚。越是恐惧和颤抖，对良心、道德和仁慈的联想越是丰富，对罪恶烟消云散的渴望越是强烈。夜晚是一种无须怀疑的存在，黑暗却非如此。在更多更实际的情形下，黑暗只是心灵的一种状态。一株小草枯黄；一朵鲜花凋谢；一只黑蚂蚁被压在青石磙下面；一条红鲤鱼让吸血蚂蟥叮得全身发白；一只野兔一次次地逃脱猎狗的追逐，最终还是倒在猎狗的爪子下；猎狗又被躲在下风处的豹子盯上，只需它一个猛扑，凶猛健壮的猎狗就会成为更加凶猛健壮的食肉动物的美餐。不要说任何一种生命的消失，一盏灯被风吹灭，一颗流星划破天空，一条河流在旱季里干涸，一座山被野火烧得通体焦黑，都是引发黑暗的因素。从黑暗中派生的恐惧越多，冲破黑暗的渴望越强烈。只有走火入魔的亡命之徒才对死亡无所畏惧。如果还有认为死不足惜的，除非疯子不会有其他可能。在这片天地里，比失去太阳、月亮和星星的照耀而产生更甚于黑暗的东西，就是不断被放纵的凶残的杀戮之心。那些包裹在仇恨外衣里的杀戮，哪一回的根由不是为了夺取的贪婪呢？死亡如灯灭，失去烛照的黑暗所面临的不只是恐惧。在这块天有根、地有缘，风有来由、水有尽头，黑暗与光明总会产生分野的世界里，一粒烛光以它的警觉与敏感，守卫着那些用梦境中的甜蜜陶醉自己、睡得涎水湿透枕头、无忧无虑尽情享受的人。在长达百里的西河上，在名叫天堂寨的大山下，在名叫天门口的镇子里，有一个女人不分昼夜全心全意地延续着这粒烛光。许多时候陪伴这烛光的只有天际的孤星，也只有孤星才能体味她眼前微不足道缥缈难继的幸福。在忧伤中学会忧患，在忧患中长久地忧伤，才是一生一世陪伴到底的命运。透彻地理解这类忧伤，就会明白，一粒烛光就像经历不凡的贤哲。那满地繁灯，不过是些玩把戏的花拳绣腿，看上去热闹非凡，到不了半夜就会烟消云散。是真贤哲就不会走乡串户卖弄的花言巧语，宛如一粒烛光夹杂在万家灯火中，与贤哲同辉的意义是为了面对万籁俱寂万马齐喑万念俱灰。一粒烛光，所有灯火正旺时，它是亮着的，所有灯火熄灭了，它仍旧亮着，直到所有灯火再亮，直到所有灯火再熄,哪管周而复始,自身不做任何改变。

一只麻雀跳上窗台啁啾几声,天要亮了。整个夜晚都在空中巡视的猫头鹰,终于有机会跟在麻雀后面,悄无声息地隔窗望着那粒烛光。猫头鹰瞪着双眼,其实什么也没看见,但它明白烛光就在那里。猫头鹰飞走了,留下一股风吹在窗纸上,再也没有别的动静。

淡淡的,淡淡的,是根深蒂固的宁静。

小镇天门口

——《圣天门口》节选

天门口则是西河上的分界线，越往下游越没有讲究，兴街旺镇的各行各业，其位置和摆布都不讲顺序。但在天门口，这些都有不成文的习俗供人延续。从下街口进来的第一家是铁匠。闹长毛军时，守在下街口的铁匠是马鹞子的曾祖父，后来衰了，将铺面变卖给姓段的。马鹞子的曾祖父卖了铺面后，突然撞上桃花运，娶了一个到死也不肯说明身世的年轻女子做填房，第二年就生了一个后来成为马鹞子祖父的男孩。天门口的人曾经有挖古，这个男孩与年龄相仿的杭大爹简直如出一辙。为此马鹞子的曾祖父不惜抛弃祖业举家迁至县城，尽可以与天门口脱离干系。段铁匠家兴旺了两代也不行了，和马鹞子的曾祖父一样，说是衰，其实与生意无关，只因为当家的男人老了，还没有生出将来能抡大铁锤、对着铁砧一锤锤砸得火星乱溅的儿子。那一阵，有个六安人总来老段铁匠家走动，想将铁匠铺盘下来，改成接待过往商客的旅店。老段铁匠动心了，镇上的人都不同意，说西边阴气重，只有铁匠铺才能镇住。在小段铁匠的主持下，铁匠铺越来越红火，不到五年的时间里，又添了两盘洪炉和一副铁砧，来来去去总有两三个学手艺的徒弟。离天门口还几里路，就能听见叮叮当当的打铁声。春天的青蛙一叫，铁匠铺的洪炉就开始从早烧到晚，一天下来要烧几百斤木炭。不管扔进洪炉里的是些什么铁器，段家的女人都是一进一退地拉着风箱，让火苗直挺挺地向上蹿。隔不了多久，就会有人走进来，将手里拎着的各种各样的铁器扔在地上。这一带有铁犁铧的人家已经不少了，从犁身到犁铧全是铁的却只有一副。铁犁出现之前，铁犁铧是铁匠铺里最受尊敬的东西，它会摆在进门就能看见的地方，四周留着足以与其他东西保持距离的空隙，无论大人小孩从旁边经过，老段铁匠或小段铁匠都会大声吆喝，要他们小心点。那具仅有的铁犁地位更加特殊，来天门口的头一年，主人有心炫耀，吩咐家里的雇工将铁犁用轭头套在一头力大无穷的水牛脖子上，去犁那块紧靠竹园、为了避免犁铧被盘根错节的竹根打断一向只用锄头慢挖细翻的水田。铁犁的主人当众出了丑，却不肯将被竹根弄坏的铁犁送给老段铁匠修补，宁可派人到长江边的兰溪码头买回现成的零件换上去。一气之下，老段铁匠放下急着要做的事，带着小段铁匠和全部徒弟，关上门忙了三天三夜，居然打造出一副比买来的铁犁差不了多少的铁犁。老段铁匠打造的铁犁只存在了很短的几天，造犁的铁全是别人的，他必须将铁犁拆了，还原成先前的铁，替人家打造和修理各式各样的铁器。段铁匠会造铁犁这事同在头顶上炸响的春雷一样让人震撼。第二年开春，铁犁的主人就将铁犁送到铁匠铺里，要段铁匠帮忙看看有没有故障，免得开犁时出问题耽误季节。铁犁在段铁匠家里摆了九天,第十天上午主人来取铁犁,段铁匠对着所有在旁边打野的人大声宣布,铁犁好得像吃了长生不老药的男人,什么问题也没有。段铁匠家的洪炉一烧起来,能照亮半边西河。那些尖锐的工具不是烧红了就可以放在铁砧上任意敲打的,哪怕是打一枚只有半根手指大小、用于连接锄柄和锄头的铁楔,也要先将里面的钢火退了,才能做成想要的样子。给磨圆了的锄头加钢口,在用钝的镰刀上重新发出利齿,无一不是如此。退过火的工具再经过回火,所有敲敲打打的事情都做完了,还要最后进行淬火。回火、退火和淬火,洪炉里的火焰各不相同,什么时候该是暗红色的,什么时候该是红色的,什么时候又该是白色的,本是铁匠看家的本领,除了儿子不会教给外人。那个过继来的儿子娶亲不几年,就替段铁匠生下两个孙子。段铁匠一高兴,破例将所有观看火候的秘诀全都教给了身边的几个徒弟。

　　段铁匠的火,余榨匠的油。这句话往东传到隔壁的金寨、霍山两县,意思是说这样的人才是师傅当中的师傅。油坊的山墙与铁匠铺的山墙紧挨着。铁匠铺是段铁匠的,在油坊里说话算数的余榨匠只是大师傅,主人是住在上街的一户富人。很久以前修建油坊时,本是和主人的房子连在一起。油榨坊的修建方法有些特别,地基打好后,就得将准备做油榨的大枫树抬进来。再按规矩将四角和中间一共六根石柱竖起来,紧接着就开始上梁,铺好桁条、椽子,再盖上瓦。忙完天上的事,才轮到砌墙这类地面的事。前者是为了拦截从天而降的露水,后者是要挡住无孔不入的来风。这些必要的要求做到之后,才能动手在那棵两人合抱粗的枫树上，按照油榨的模样用刀削，用锯拉，用斧头砍，用凿子雕。开油坊的从来不多，不怕别人抢生意，不是开油坊不赚钱，关键是难得有八字硬得不能再硬的人。油榨是条被贬的秃尾巴龙。余榨匠后来伺候的这具油榨之所以从镇子东头跑到镇子西头——有说主人八字不够硬的；也有说是被砌匠害了，盖瓦时在油榨上面偷偷留了一道会漏雨的缝。油榨造好的那天晚上，外面刮起狂风，暴雨异常凶猛，连油布伞都撑不开，没人敢开门，哪怕只拉开一道门缝，就会有炸雷落在面前。闹了半夜，好不容易静下来，天亮后才发现，新盖的油坊被翻成底朝天，无脚无翅膀的油榨独自跑到现在的位置上。若不是段家的铁匠铺挡在油榨继续西进的路上，谁也不晓得它会跑到哪儿去兴风作浪。这也是天门口人要留下铁匠铺的最大理由。油坊有老少十几个榨匠，当大师傅的榨匠，一半由主人定，另一半还要听从其他榨匠们的意见。别的榨匠有本事也只是一两样，要么榨出来麻油特别香，要么榨出来的桐油特别亮。余榨匠本事高强，菜油、麻油、棉油、桐油、茶油、花生油，还有皮油和梓油，样样都能榨出上等货色。榨麻油和菜油要筛后炒，榨桐油和梓油既要蒸又要炒，其间舂碾炒蒸筛选风簸无所不能。在西河一带开油坊，最赚钱的是榨皮油和梓油，从树上柯下来的木梓筛干净后，先要上灶蒸软，这是第一道关，蒸硬了，出的皮油质地好数量却很少，蒸得太软了，则相反。在比人还高的蒸桶面前，余榨匠左转转，右转转，用巴掌拍一拍，用拳头捶一捶，再用段铁匠专门打制的铲子敲一敲，就会吩咐是继续烧几把火，还是得立刻将灶里的柴火撤了，开始往外取料。同一只桶里蒸出来的木梓,如何放进石碓里舂也有讲究。一般人想来,分出桶底和桶顶是有道理的,偏偏余榨匠有时候会从中间开始。舂好的木梓还要过一次筛,将里面的黑籽分到一旁,另选时间再榨梓油,留下那些白得像猪油的东西,重新上灶蒸一遍,然后套上模压成饼,趁热装到油榨上,抱起撞杠,一口气不歇地对着不断加上去的檀木楔子猛撞。随着装油的桶大桶小,渗出来的油冷却后,就会按装皮油的大桶大小凝固成一个个轻重不一的皮油。按照规矩,撞杠一停,接油的木桶就得移开,剩下来没有滴尽的不管什么油都归油榨的主人所有。为了留住余榨匠,住在上街的油坊主人将这份额外的油水全给了他。余榨匠一次也没独吞,哪怕只有一滴油,他也要分成十几份,一个榨匠都不会拉下。

　　轰轰烈烈的铁匠铺和油坊的对面完全是另一番景象。眼看着春天来了,桑树枝上冒出三三两两的嫩芽,家家户户的女人就忙着将隔年的簸箕和晒筐背到西河里洗净晒干,然后将用打湿的草木灰包裹着在墙上粘了一年的蚕籽小心地请下来,用棉絮包好,天气好时什么也不用管,天气不好就得放进女人的被窝里,像母鸡孵蛋那样将蚕蚁孵出来。蚕蚁要蜕四次皮才能长大,快的只需二十天,慢的得一个月。女人看到大蚕通体透亮时就会兴奋不已,虽然自己吐不出那根绵绵不尽的丝,却也像大蚕那样将头昂得高高的。大蚕很快就将自己裹进蚕茧里,等着女人来摘。女人一开始摘蚕茧,铁匠铺和油坊对面的几家人便格外忙碌。这几家的女人从不养蚕,她们从别人那里买来蚕茧,在家里砌一只专门的灶,架上一口大锅，从早到晚不间断地煮蚕茧。煮好的蚕茧被及时地捞起来，她们用手指一捋，就从那些比麻还乱的蚕茧上找出一根头绪放到缫车上，徐徐缓缓地缫成一卷卷的丝。最早会缫丝的女人是从黄州一带嫁过来的，女人带来娘家世代沿袭的手艺，并将它传给自己的后人。蚕茧上市的季节，这些人家不惜将人情用尽，也要赊账多收一些新鲜蚕茧，烤成干茧，以便养蚕的季节过后，还可以继续缫丝，维持一家人的生计。坐在缫车前的女人格外动人，不是滚烫的蚕茧逼得她们只能穿很少的衣服，也不是一首首好听的歌曲不时地从她们嘴里溜出来，缫丝女人的多情大部分缘于身心上无法排遣的痛苦。被烈火煮得又蹦又跳的蚕茧，从锅里捞起来后，为了不让它们变冷，还得连同热气腾腾的开水放在一只小木盆里，女人从蚕茧上找出蚕丝的头绪也好，蚕丝断了或打了结也好，哪怕再烫也得用手指去解决这些问题。缫丝时的女人越笑越忧伤，唱的歌越多越觉得悲凉。

从下街往上街走，在一片没有像样手艺的人家当中，夹杂着两户篾匠。一个是余鬼鱼的哥哥，另一个是余鬼鱼的弟弟。一年到头，几根长长的篾片像长了根的葛藤天天从门里伸到门外。师傅坐在一只小板凳上，徒弟坐另一只小板凳上，一人拿着一把篾刀，四只眼睛望着门外，看不出如何用力，手里拿着的篾片就会在所向披靡的刀口下，均匀地分出篾青和篾白。篾白是篾匠自己的叫法，别人都将篾白叫作篾屎。同篾青分开后的篾白除了当柴火烧，唯一能派上的用途就是编成篓子，用来装栗炭，运到山外去卖。这样的机会并不多见，烧栗炭的窑都在山沟里，附近就有更加结实的葛藤，用不着跑到山下来拿这些遭人嫌弃、只能与屎尿同伍的篾白。篾屎当柴火时，文不如松毛，武不如劈柴，放进灶里说燃全燃，说熄全熄，忽冷忽热，煮粥糊不了汤，蒸饭半生不熟，并容易将锅巴烧焦。篾匠兄弟年年都要为这毫无用处的篾屎吵闹几场。起因总是在几样固定的事情，要么是两家的篾屎搅到一起了，要么是这家篾屎太长伸到那家的地界里，过路人没细看就嫌数落那家不该挡路，那家吃不起冤枉就跳起来骂这家。吵也罢，闹也罢，出头的都是徒弟，手拿巴掌宽的篾刀，彼此的指尖都快挨着了，一个说要割对方的鼻子，一个说要割对方的耳朵。无论哪一次，都没有闹到无法收场的地步，该骂的话说得差不多了，这家师傅就会出面，做出一副要将自己徒弟拖回屋里揍一顿的样子，嘴里也不忘提醒对方，如此恶徒，再不管教，到头来就会出手打师傅。这种吵闹大都出现在没事做的季节。下一次再吵闹，先出面规劝的一定是那家师傅。隔着一条小街斜对门的两家同行，在生意上都有默契。一家做了竹床没卖出去，另一家绝不会再做竹床摆在外面；一家编的细竹席还在墙上铺陈，另一家要做竹席也只会做粗篾的；一家门口摆着烘篮、箩筐，另一家门外一定会摆上簸箕、筲箕。买主多的时候，兄弟俩会高兴地坐在门口，一边做事一边挖古。毕竟是亲兄弟，相互间从不做挖墙脚抢买主的事。闲下来时，买了竹子，劈成宽窄厚薄不一的篾片，泡在街边的小溪里，备着急时现用，才是他们暗暗较劲的时候。说劈竹子大家都劈竹子，看谁眼力好刀工也好，找准中线,一刀下去,所以竹节全开了不说,劈到另一头仍旧丝毫不差地落在中线上。说劈薄篾大家都劈薄篾,比谁劈出来的篾片薄得可以当成窗纸。说刮篾青大家都刮篾青,比谁能将篾青上深浅不一的竹粉刮得恰到好处,露出女人像肌肤上半隐半显的血管一样的颜色。争是争,吵是吵,买主从不嫌弃,有时候本不想买他们的东西,或者还没有想好要不要请他们去家里做篾器,听了他们的争吵,反而改变主意要买货或者当机立断发出邀请。

在爱吵爱闹的篾匠旁边住着一个姓叶的剜匠。与一天到晚说个不停的篾匠相反,剜匠是个有嘴不说话的哑巴。哑巴剜匠一个人住着一明两暗三间屋子,只要不同他说话,光看面相没有哪里觉得不顺眼。就因为一个剜字,让人想起剜心剜肝剜肺剜眼睛剜嘴巴和剜放荡女人上身和下身都些放荡之肉等等大不吉利的事,做剜匠这一行的人非常少。一条西河从成千上万人家门前经过,有些人会逆水而上,躲进山里,搭一架棚子,找到合适的树,砍倒了,锯成一节节的,剜成大大小小各种样子的瓢,挑着担子到离家很远、没有亲戚熟人的地方叫卖,敢于明明白白开铺子剜瓢卖的仅有叶哑巴。也是因为一个不吉利的剜字,当剜匠的人历来难于娶亲成家。哑巴剜匠四十岁时才找到一个肯同他一起过日子的寡妇。寡妇的胸脯一天到晚用布带子捆得紧紧的,仍然高得像偷了饭店的细米粑塞在里面。据说寡妇先前的男人就是被这副胸脯克死的。过了一阵有女人的日子,哑巴剜匠便又成了单身。寡妇死时,不只是两眼深陷,整个胸脯也塌成一只大坑,给她换丧服的人吓得吃了五服药才回过神来。为此哑巴剜匠将家里剜好的瓢全砸碎了，试着做别的事。半年之后，哑巴重新捡起老手艺。事实证明，别的事他做不了，再加上那些要瓢用的人，离开他就不知还能找谁。死了女人的哑巴，剜的瓢越来越精致，新剜的木瓢上多了一尊女人的雕像，看上去很像死去的寡妇。哑巴也怕自己的痴情惹得别人不高兴，除了自己用的那把木瓢上的女人雕像留着与寡妇相同的髻巴，所有卖出去的木瓢上雕刻的都是只有没出嫁的女子才会有的大辫子。每天里陪哑巴最多的是那把刃口弯得像初三初四的月亮一样的凿子。没有女人的日子里，哑巴将卖瓢所赚的钱大部分用来买酒喝，喝醉了就睡觉，偶尔有买瓢的人顺口提起要替其做媒，哑巴马上将凿子孤零零地插在木头上，打着手势表示，他已不想女人了，一个人将日子过到死时为止。

同哑巴剜匠相比，隔着几扇大门的木匠家要热闹许多。木匠通常都在别人家里做事，哪家要嫁女儿了，需要置几抬嫁妆，大到可以放六床棉絮或七八担稻谷、放下盖子在上面铺一床被子就能当床的睡柜，小到只能放几枚针几根线几只耳环几只戒指再加两只手镯的首饰盒，也只能点别人家的灯，用别人家的油。娶媳妇的人家更是这样，普通的架子床做好后轻易移不动，那种一进两重或三重的架子床更是只有拆散了才能挪地方。最大的生意是做新屋，所有主梁、桁条、椽子，以及门窗户扇等，都得在现场打造，一块树皮一片木屑都没流落别处才吉利。木匠动手之前，一定先要请人来一番祭祀："天上紫云开，诸葛孔明下凡来。不为刘备扶大汉，只为大汉选择良材。"木匠开始动刀动斧时要杀鸡祭梁。梁造好了，要抬到屋顶上架起来，更是少不得再来一场祭祀："东君今天起华堂，左边修得高，好挂乌纱帽，右边修得高，好挂紫龙袍。修大屋，如打三阳黄伞。修大门，好出状元榜眼探花郎。"木匠一喊，大家便跟着一齐喊，将粗大的主梁云一样平平稳稳地抬起来安妥。木匠师傅不常在家，家里照样会热闹。木匠的手艺好不好，最容易见出高低的是箍木盆、木桶。从放在房里的洗脸盆、洗澡盆、马桶，到摆在外面打豆腐的黄桶、杀猪用的浴桶，先看漏不漏水，再看箍了几道箍，还要看箍粗箍细。不管是桶还是盆，打的箍既小又少还不漏水的才是最好。木匠高兴时爱说笑话：论伺候木头的手艺，还是哑巴剜匠的最好，剜了成百成千的瓢，不用箍也从不漏水。木匠这样说话，其实是在自夸。给木匠当徒弟，说是三年出师，三年满了，不管手艺学得如何，也不管师傅是不是送了表示出师的全套工具，都得求师傅再带三年。同别的行当一样，徒弟带得越多，师傅的声誉就越好。木匠带了四个徒弟，先来的两个带在身边做事，后来的两个留在家里，帮忙种那不到半亩的一块田，还有砍柴、兴菜、带孩子等种种杂活。到了第二年上半年，后来的两个徒弟才能按木匠的吩咐，拿上一支废凿子，往那些箍好的木盆和木桶缝里塞锯木灰。若是木匠觉得满意，便会找些木料，让徒弟用锯和斧头加工成一块块粗坯。不到第三年的最后几个月，木匠是不会让徒弟碰一下刨子的。由一块块木头拼起来的木盆和木桶，做没做好装水一试就一清二楚。刨是最重要的工序，刨得不平，填再多的锯木灰也没用。三年学徒期满,当徒弟的必须如此做给家人看,那些从师傅那里偷了一些手艺的,也不敢露出所学的本事,聪明一点的故意显得很笨拙。望着漏得像筛子的木盆和木桶,师傅不会检讨自己教得不好,只会告诫徒弟,出去以后不要说自己的师傅是谁。徒弟也好,徒弟的家人也好,这时候就要说许多好话,求木匠再带三年。木匠顺水推舟,留下徒弟,还大度地表示,以后,他会在过年时,看情形给徒弟一个封包。木匠带在身边的就是这样的徒弟。对他们,木匠若是凶了一次,下一次必定会客气许多。徒弟们也异曲同工,今天惹木匠生气了,明天一定要想办法将木匠奉承得笑眯了眼。好几次,木匠喝醉了酒舌头没管束,就实话实说了:当师傅的若是不留一手,用不着老,就只有去喝西北风。若是不将徒弟多留在身边几年,拉大锯、抡斧头的事谁来干?若是还得自己去干,这师傅就不是人当的。

因为当家男人外出游乡找雇主去了,不少人家大白天也会半掩着门,街上闹出再大的动静,屋里的女人也不会将门完全拉开,顶多将身子藏在门后,探出半张脸看一下。她们的男人,或是补锅的,或是补碗的,或是补缸的,还有当补鞋匠、磨刀匠、油漆匠的,上半月走在西河左岸上,下半月又往西河右岸跑,只有睡着了才能安定下来。这些以游乡为生的手艺人中,只有剃头匠出门时心里有数。西河两岸,哪些人是半个月剃一次,哪些人是二十天剃一次,哪些人是一个月剃一次,哪些人是两个月或者三个月剃一次,他早就摸熟了,上一次剃头时,就已经约好了下一次,再去时,又会约好另一次上门时间。油漆匠的处境也比较好,下半年有许多娶亲嫁女的好时辰,从中秋前一个月开始,油漆匠的雇主就明显多起来,有时候一天当中就得跑来跑去地照应两三家。他们到处跑不全是找雇主,而是给东家的柜子做了头遍漆后,不能坐在那里等漆干,要赶到西家给已上过一遍漆的架子床上第二遍漆。与剃头匠和油漆匠相比,其余匠人完全靠运气。谁家锅烧炸了,谁家碗摔破了,谁家缸碰裂了,都是天上的鸟儿边飞边屙屎,猜不出什么时候落在什么人的头上,碰上了是运气,碰不上也是运气。正好碰上了,人家说不定还要将就着先用一阵。手艺人中,要数当裁缝的过得最快活,既可以在家里搭座台子,等着雇主上门,又可夹着剪刀、尺子,拎着被炭火烤得黑不溜秋的熨斗,去雇主家里。不管在雇主家还是在自己家,各种布都要摊开当面用尺量清楚。从这一刻开始,裁缝就在谋划,如何才能省下可以悄悄地占为己有的一整块布。实在做不到时,也会从剪下来的布角中挑一两块稍大的揣进怀里。偶尔不小心露出马脚,裁缝也不慌张。有户人家在请裁缝上门做衣服的同时,还请了砌匠搭梯上房将漏雨的瓦翻盖一下。裁缝往怀里塞布,正好被房顶上的砌匠看见了。砌匠没有声张,顺手将一块瓦塞进怀里。下来后,砌匠故意摆弄着怀里的瓦,在莫名其妙的主人面前说,砌匠偷瓦,裁缝偷布,这可是天经地义的事。裁缝满脸在笑,说自己起早赶路不小心闯了风,放块布在怀里是想暖暖肚子。裁缝拿出来的布被女主人递回来,让他继续温暖自己的肚子。俗话说:裁缝不偷布,三天一条裤。在别的手艺人眼里,裁缝若不遭人嫉妒简直就是天下最不公道的事情。这一行从不受日晒雨淋，也不用出死力累得黑汗水流，一年到头脸上白净净的，说起来话也细声细气，若不是背有些驼，腋下又夹着那只包着剪刀尺子士林蓝布包，很容易错认成是饱读诗书之人。将布送到裁缝铺里的人，通常只会做一件衣服。如果是好看的女人，用尺子时，裁缝会在身前身后多转几圈。被请到雇主家里就不一样了，越是不好看的女人，裁缝越要撩，明明已经量过，还要找借口重来，三量四量，裁缝的手就在女人身上轻轻重重地摸起来。当裁缝的必须会风流。那双没有老茧、没有死皮的手拿着剪刀，笔直走像燕子衔泥，画弧时似蝴蝶采花，在布上裁出女人胸脯和屁股的模样。裁缝心里记得量好的尺寸，眼睛仍旧不停地往女人身上打量，裁剪好了，还要用手在女人模样的布面上来回拂几遍，并将这一带最出名的女人拿出来与之评价，说出来的都是能让人心动的词儿。做到这步就收手的裁缝是老实和本分的，刁猾一些的，天寒地冻时也要哄得女人将上身的棉衣解开，左手拿着软尺塞进女人右胳膊下面，右手伸到女人的左胳膊下，将软尺掏出来，相同的动作还要在腰间和屁股上各做一次。懂得分寸的裁缝这时候不会用自己的手去碰女人——量胸部时，裁缝会让两手各出的两个指头，钳住女人的内衣上下左右轻轻地摩擦几次；量屁股时，则用软尺紧紧勒在上面，左转半圈，右转半圈；临到量腰部了，蹲在地上的裁缝嘴巴正好对着女人肚脐眼，只要出气粗一点，凉风就酥酥地穿透上下衣裤处的缝隙，环绕在女人若隐若现的细腰上。包在棉衣里面的女人身子本来就是热乎乎的，被裁缝"举轻若重"若即若离地反复触摸之后，女人会热得不想立即扣好棉衣。裁缝的眼睛，也将闪闪的光芒照在女人身上。将女人撩得口干舌渴，三天做完的事就能拖成五天，玩也玩了，钱也赚了，凡是好裁缝至此也就风流到顶了。那些不懂得何时收手、何时收脚的裁缝，只要一挨到带着粉香的肉，女人腰一酥，身子就会横着倒下来，不得不伸手抱住时，两个人就只能睡到一起了，这样做往往得不偿失，搞不好会人财两空。

在天门口，还有两样不叫手艺的手艺。秋后的夜晚，轰轰响的油坊和铁匠铺休息时，各家各户的纺线车才有机会发出嗡嗡声。轻柔的纺线车声将躺在摇篮里的孩子哄睡着了，那些没事做像苔一样坐在屋里的男人，也难抵挡一阵阵挂在眼前的睡意，头一低就打起鼾来。摇着纺线车的女人也能双手不停地睡一会儿。只有女人家那快要长大的女孩子，一刻也不肯合眼，坐在树墩做的小凳子上，半只脑袋偎在女人怀抱里，一只眼睛盯着反转一阵、顺转一阵的纺轮，另一只眼睛则随女人扬一下、松一下的手臂不断起落。女孩子不时地哀求，要女人歇一歇让她纺几下。有时候有回答，有时候没有回答。没有回答不是没有听见，而是不想回答，这样的声音，哪怕睡着了，女人也听得见。女人纺线的棉花绝大部分是从富人家里称来的，一斤棉花一斤线，将棉花纺成线还回去时，仍然要用杆秤，少一两棉花就得赔一斤米。将五斤棉花纺成五斤线，才能从富人那里得到一斤米当工钱。女孩子纵然从没摸过纺线车，也不会将棉花弄没，这也是不可能的，线没纺好，可以从亭子杆上将线拆下来夹在棉条里再纺，一点绒都不会损失。女人担心的是发棉花给自己的富人。上街的富人都不高兴女人用他们的棉花教手艺给女孩子。女人偶尔会将线纺得太粗或太细，原因不在女人，都是棉花没弹好，或者是将弹好的棉花做成棉条时某一部分松紧不匀造成的。女人手里出现这些问题时，纺线车的嗡嗡声同正常时一样，听不出任何不同。在女孩子手里就有区别了，夜深人静，不和谐的声音一传就是半条街，瞒不过任何人。很多时候，女孩子说话只是表明内心的渴望。她明白，一旦富人听见纺线车在乱响，纺完到手的棉花后，要看女人纺线就得上别人家去。女孩子学会纺线大都在出嫁前一年，这一年，家里哪怕只有三分地，也会兴上十几棵棉花，花红絮白，结半斤棉花或结两斤棉花，对女孩子都是大丰收。纺线车一摇，就将自己摇到婆家去了。纺线车一转，就将自己转成坐门后将乳房让孩子用嘴含着一嘬就是几年的女人。女孩一旦变成女人，曾经轻盈优美比唱歌还动听的纺线车，就成了没完没了的叹息。做梦一样的纺线车流传得很广，天门口下街人人都会打草鞋才是流传得最广的。不问男女，从能在地上爬开始，家里的人就会塞一把没有用石磙碾过的稻草在他手里，聪明一点的孩子，三岁就能在草鞋耙上为自己打草鞋了。五岁时，打出来的草鞋就能够与大人打的草鞋一起堆在门口，等着别人来买。一双普通的草鞋，穿上半个月前掌后掌就没了；在稻草中夹进一些旧布条，或者黄麻，或者白麻的，能穿一两个月；全部是布条、黄麻和白麻，沾了水赶紧晒干，一年下来也不一定会破。那些自己打给自己穿的草鞋也差不多如此。因为天门口的草鞋，大多是女人打的，一年到头总有人来买。买草鞋的人还硬要说，天门口的草鞋既养脚又耐穿。那些散住在小街上的簰公佬，每次放簰总要带几提草鞋放在簰上，有时候也卖到外地去，更多的是用来送给那些在水上行走的同行。余鬼鱼就曾扳着手指算账，那一年他一个人就往外带了八十几提，每提十双，共计八百多双草鞋。

　　天门口人家的山墙是风水龙头，是一家一户接阳气的高台，也是后世后代出人头地的指望，哪怕只高一片瓦都不行，一家高多少，另一家就会低多少，这是哪怕打人命也在所不惜的事。打输了，就算变鬼也不能使对方如愿得逞。家境再富，相邻的山墙也不能比别人家的高。从下街往上街看，以紫阳阁和小教堂为界，下街房子山墙全是一般高，迎街这面也整齐得像是一刀切下来的，区别之处都在背街一面，家境宽裕的在自己家两道山墙延伸而来的界线之内再砌几间房子，左邻右舍都不会干涉。上街人家比的是房顶上的阁楼。做阁楼的材料一律用既轻又结实的杉木，门扇上的龙雕得好，窗户上的凤画得好，四角上的飞檐对称安放着朱雀与玄武。富人家的阁楼是用银圆堆起来的，实际上一点用处也没有：春季招雨淋；夏季太阳格外晒，从四周黑瓦里冒出来的热气下半夜还不会散；秋季太干燥；冬季一开门窗，四面的风像四把尖刀往身上钻。对于富人，阁楼之所以必不可少，是因为可以站在上面冲着整条街大声欢笑。

二十四种白云

——《圣天门口》节选

要在被西河河谷和以天堂寨为主峰的连绵群山所限制的天空中认识这些白云,雪柠用去了能在蝴蝶翅膀上飞翔的全部年华。记得柳子墨最早对她说,薄云是一个郁郁寡欢的男人,科学地说,应该是层积云,它看似层层叠叠,其实十分稀薄,只能下些毛毛细雨,并降低日照,给人以凉爽。在天门口,它的样子很像喜欢蹲在街边挖古的那些人。随后,雪柠就认识了外表蓬松极易识别的积云,正常的积云如同一朵棉花,当它有足够的厚度,上面就会变白,而底部则是灰色的。积云是一种征兆,每每会在寒潮到来之前,作为冷空气的潮头而出现。在有风的环境里,积云很容易被吹碎,这种样子,很像麦香。丝丝和线线则是那淡云,又叫淡积云,它在天空出现时,总是平缓而宽大,并将不多不少的小云片高举在云端,这样的天空格外蓝,天气也会极佳。一年当中,最能表示天气正常的是中云,其实就是中积云,只要它不变化,天气就会好下去。中云是直直的,其高其宽大体一致,在清晨,它会尽一切可能靠近地面,然后随着太阳的升起而升起,升得越高越不会产生重大降雨,所以雪柠喜欢用它比喻圆表妹，希望圆表妹在以天门口为背景的天空中，不但位置高不可攀，还能变化出人生的高贵。条云则是顺着风向平行排列的，当一些条云同时出现，它们就会情不自禁地在地平线上汇聚，随着风将前面的云带走，另外的云就会在后面形成。条云也会被吹散，那时候它们就会形成云线或者云环，所以条云是很好的风向标，而且代表着不变的风向，所以它太像段三国了。塔云又叫浓积云，它的高度总是大于宽度，那些不同寻常的高耸兀立，清楚地表明斯时斯地强劲的气流正在上升，不仅会有对流，而且还会在这种不稳定的状态中越积越多，产生大雨或者暴雨，如果是在冬季，又有条云和积云相配合，一场大雪落下来，厚厚的，可以用尺来量。每逢有塔云出现，雪柠就会在心里想，这就是那个让天门口天翻地覆的人。她所指的是傅朗西，在心里她还觉得，销声匿迹的傅朗西对天门口的重大影响还没完。当年深受傅朗西赏识的杭九枫，则是各种积雨云中酷似敲打一切的匠人少不了要用的铁砧的铁砧云。作为雷暴天气的源起，铁砧云形成时，受到上升气流的影响，顶部变得十分强劲，虽然不大却很完整，一旦形成了，大雨倾盆算不了什么，往往还伴随着冰雹、雷鸣电闪，甚至是龙卷风。秃云也是一种积雨云，只是没有铁砧云顶部那样的形状，落下来的雨也是有限的，在天门口，像秃云的人不少，最合适的却是林大雨。还有一种积雨云叫毡帽云，一般只会出现在春夏两季，它是有雨将来的信号，就像一个经过河滩走上西河左岸的人，最先看见的是那顶冉冉升起的毡帽。在天门口，应该说只有冯旅长符合此种特征。

叫乳云的样子非常好看，当越过中天缓慢下落的太阳向上照射过去，其美其妙引人入胜。这种形似女人乳房的云，其实是令人生畏的，在它的身后如果没有龙卷风，一定会有大雷雨，除了阿彩，再没有更像乳云的人。无论是上街，还是下街，多数人是那火成云。那一年保安旅、自卫队和独立大队联手对日军小岛北旅团发起的梦幻之战，一场人为的森林大火烧起来后，天上立即起了浓浓的火成云，最终化作一场暴雨，成就了身处国难之中的那一大批人心中的梦想。柳子墨在日本留学时，曾经专门研究火山爆发带来的火成云所形成的气象变化，并被作为学长的小岛北嘲笑过。小岛北只是针对性很强地研究中国的气象，他没有料到在大别山区也会有火成云出现。一切的不变是暂时的，长时间里都会变化万千，一闪一闪之间就换了模样，能够将所有的云纠合在一起，既不打雷也无闪电的唯有雨云。雨云其实就是那种暗无天日的天空，它是阴暗的，灰茫茫的，这样的日子总在不间断地落雨，让人看不到日月星辰。雪荭以为雪柠会用侉子陈来做比喻。雪柠却摇摇头，雨云是每一个人，从天门口上街到下街，从西河左岸到右岸，当人人都有差不多的想法时，才能像雨云一样席卷整个天空。侉子陈只和飞云差不多，是那些高高在上的各种云团抛下来的残云，只不过常在有雨的冷风中出现，又离地面很近，才会有喧宾夺主的误解。在温暖的夏季，阴森恐怖的高层云是一件终日在田野里劳作的女人身上的蓝褂子，经过风雨及骄阳的侵蚀后，本来的蓝已经变成了灰，这种灰蓝色的旧褂子一旦铺上天空，云的丝朵片等等形状全消失了，碧空如洗，见不到任何纹理，也没有任何结构，在若隐若现的云层相对薄弱之处，阳光会如丝如缕地直射下来。然而，这不是那种让人欣慰的信号。相反，这种难得一见的灿烂后面，蕴藏着捉摸不透的旋风和狂飙爆发的暴风雨。雪柠说，高层云是董重里和常天亮的说书，是那说书中从女娲到孙文的过程中的所有人所有事。雪柠由高层云说起高积云，层层叠叠的高积云，是空中最为夺目的景色，一排排，一圈圈，一片片，一弯弯，散开时看见的是蜂房，聚拢时又成为群山，哪怕目睹那涣散也是不真实的，哪怕有感受其密不可分也是徒有其表。高积云形不成雨雪，只与日冕与彩虹有关。雪柠说高积云像梅外婆，马上又不认为高积云是梅外婆，至于缘由，她要雪荭自己去想。雪柠将梅外婆、梅外公，以及爱柩之后雪家所有的人称为荚云。那是一种空气流经山顶时，产生出来仿佛是特殊豆荚的特别的云，即使是风力非常之大，也会保持着自身不变的位置，它不是风雨的预兆，也不是晴爽的特征，仅仅是与云不尽相同的又一种云，充其量是在告诉那些仰望高山的人，在他们觉察不到的高处正刮着很大很大的风。说起鱼鳞云，雪柠想起当年柳子墨暗示的那句话：鱼鳞天，马尾云，大轮船，不远行。梅外公读懂了，仍旧慨然赴死。在往事面前略显沉重的雪柠，提起几乎被人忘记的马鹞子："只有马鹞子才配得上与鱼鳞云成为一类。"在此不算古老的谚语中，与之匹配的马尾云，正好暗合了同马鹞子打斗半生的杭九枫，这种卷曲形状的云，在云层边缘出现时，总是明火执仗不加掩饰地昭告四方，坏天气来了，不要风也有风,不要雨也有雨。还有常守义和杭天甲,在天门口,涉及他们的日常话语越来越少,可他们就像只要有带雨的云出现,就必然会有的棉花云和城堡云。棉花云的底部是破碎的,上面有着长长的棉花绒,却远不如长在绿色田野里的白棉花自然而和谐,棉花云的杂乱无章是天造地设。与之相反,城堡云的滞重让人觉得已被拒之千里之外。同城堡云不同,棉花云一起来,马上就会落雨,城堡云虽然也与雨水休戚相关,却没有棉花云那样雷厉风行,城堡云的兆示不会在明天兑现,所隐喻的暴风雨,总是在未来三天左右才会到来。浪云也是可以顾名思义的,它是天地间那些无形之物层波动时的产物,却只能安居最稳定的那一层,它不怕有空气上升,却会在空气的下沉中消失得无影无踪。在合适的环境下,浪云很像平静水面上微微泛起的波澜,一如经不起屈辱的杨桃,在最后的晚霞之中,短暂地美妙过,灿烂了,宛若笑语地吐露出一种湿润。位于第二十二位的卷云是董重里。那是一种由细小冰粒组成的云,外表纤细超薄,白天的阳光和夜里的月光轻易地就能穿透其形,发出许多奇妙的晕圈。像董重里的卷云,有时会随着雷雨的消散,落魄一样抛离在远处,有时会出现在尚未形成的雷雨之前,这是夏季时的情形。一旦到了寒冷的冬季,这样的卷云总是无一例外地预示,有长期的雨或者雪正在到来。西河上空的云在涌动着发生着剧变,天空似乎臃肿了许多,在色泽阴暗的云层之间出现了一面面幡一样的白云。"来得正好!"雪柠轻轻叫了一声,"雨死了,白云才会举幡。"这就是幡云,称它为雨幡,是因为有雨从过高的空中下落时，还没来得及到达地面，就已经蒸发了，重新返回到早先的云雾状态。既然有了那么多的比喻，谁又是天门口的幡云呢？常娘娘算一个，紫玉也不能忘记，麦香、荷边、细米都可以算在其中。在雪柠数遍这些人之后，雪苤又将小岛和子补充进来。雪柠没有特别地表示，慈善的目光中先是肯定，后又否定。小岛和子还可以与乌拉、娜塔丽娅、邓裁缝、于小华和华小于一起成为胭脂云。那是太阳西落时所发生的粉色光芒与云层交相辉映的结果。那些在白与灰之间变化着的云层，或动或静之际，不由自主地分出了深浅厚薄，明明是因为浅与薄，才使太阳或者月亮突然冒出来，映入眼界的却是无边无际的深厚，所以胭脂云上总有一种知羞知耻的晕圈，总有一种知其不能为而为的光辉普照。

"薄云、积云、淡云、中云、条云、塔云、铁砧云、秃云、毡帽云、乳云、火成云、雨云、飞云、高层云、高积云、荚云、鱼鳞云、马尾云、棉花云、城堡云、浪云、卷云、幡云、胭脂云。"

雪苤重复着雪柠说过的二十四种白云，同时将那些不肯放下的历史教科书放在一边，拿过一沓放了多时的招工登记表，一笔一画地认真填写了，然后正式参加到气象站工作中。

地理属于情感

——《一滴水有多深》节选

我是个成熟的男人。用我的某一部分经历来看，成熟的男人会情不自禁地为某种不可改变的伟大现实而悲哀，同时还拥有一个可以安心在枕头上做梦的家。不过，我总以为成熟的代价太大了。那天，我丢下手中笔，独坐在自家的阳台上，正起劲地享受着难得的思维空白，一个亮光在思想的最深处冒出来。随之没来由地想：人其实永无摆脱听命他人的可能。因此人才如此珍视自己的情感。

我们的居所靠着碧波万顷的东湖。窗户外面，罕见地生长着许多树木。在过去的很多夜晚里，都能听见这些树木发出一阵阵的林涛声。我很喜欢这林涛声。每当它响起来时，因年龄增长而变得静谧的心中就会涌起让人激动不已的美妙的灵感。为此我时常在太阳刚刚升起或者刚刚下落的时候，沿着熟悉的街道，走向树林的深处，而与这些树林融为一体的时刻也是城市最美丽的时刻。

在绿叶如茵的季节，地平线上的太阳从树林对面透过来，四周光影灿烂色彩迷离，一个人置身其中，就像琥珀里那只一亿年前的小虫。那个专事命运安排的人指派我在冬季来到人世。这种时节，首先是白杨与垂柳的叶子变黄了，随后就轮到被我们叫着法国梧桐的悬铃木叶子与绿色告别。在落叶乔木中，最后让叶子枯黄的总是枫树。在这些卷入城市生活的林木中，还有一种树叫旱柳。这树的名字是童年留给我的记忆。旱柳长在乡村生活的山路旁，从前的姑娘们爱用它来打制装嫁衣的箱子。旱柳长在城市里却无人认识，它那长长的花穗被空气中的粉尘染得黑黑的，样子也不大招人喜欢。城市的人们只当它可以净化空气，只当它是一树绿荫，当它枯黄了就再也无人注意。黄叶飘飘，宛如生命在翻动着画页。每逢这样的早晨与黄昏，就能看到所有正在告别不再岁月的树木上，所有行将逝去的黄叶，还有在黄叶下眺望的人，全都成了地平线上绚丽的太阳。

有一天黄昏，在记不清走过多少次的树林里，出现一处没有草茎灌木，也没有苔藓地衣的光秃地面。地面有几尺宽。它在树林的边缘露出一点模样，好像身后还有羊肠小路蜿蜒。

那是一个我从未发现的路口。

或者还应当说，只有像我这样在城市外面生活许久的人，才会将城市里如此细小的地理叫作路口。

曾将自己在这一带的行踪努力地回溯过，终归没有想起什么。但也没有认为这是自己的粗心大意。这样的路口本来就应该属于城市。城市的路口都有醒目的红绿灯，都有无论白天还是黑夜都能老远瞧见的指示牌。就是一条小小巷子，都会在进出口钉上一块老大的铭牌。只有乡村的路口习惯地藏在地理与植被的背后。从记事开始，很长一段时间里，自己就一直是这么对待乡村地理：哪里有小路，哪里有山径，从哪儿能够滑进捞小鱼儿的深涧，从哪儿可以爬上有小兽出没的山崖。一切都像是生长在自己的基因里，无须刻意做什么，只管迈动双腿就能达到想达到的目的。

山野里最年少的东西都有百年以上的岁数，人的寿命再长，面对它们时仍然是幼稚小儿。自然是这个世界最伟大的智者，只要与它相处，一个人就会不知不觉地强大起来。我一直心存如下判断：如果没有乡村与自然的教诲，人一定没有力量在城市里面对那些灰头土脸的摩天大楼。

黄昏的太阳一如往日，满树林的黄叶正在努力地炫耀着最后的辉煌。铺满落叶的湖滨大道见不到别人，与幽静的夕阳做伴，心中纵然有一千种滋味也难说得清楚。在楼群中待了一天一夜以后，猛地见到树林后面的东湖，情绪总是免不了要暗暗惊讶与激动。东湖大得像一个海湾，望着水面无边的地方，感觉那里应是它的出海口。让我很难将身后那些鳞次栉比的楼群与眼前烟波浩渺的湖水连在一起。大自然的鬼斧神工竟会鱼龙混杂到要与人类的雕虫小技息息相关，每每想起这些，就会为人的拙劣而脸红。追究起来，正是它使自己一次次地徘徊在这条路上。

还是那个黄昏，一个从乡村来的男人冲着我大声说：喂！到新华路怎么走？

从乡村来的男人迷路了，找不到他要去的地方。他的话非常直率，没有先生小姐或师傅老板的导语，一上来就直截了当地表达自己内心想法。他一路上问了四个人，结果越走越不像先前走的路。要去的新华路在江北，这儿已是江南。两地间的距离，就是坐公共汽车跑也得一个小时。

我只好告诉他，他这样问话，在城市里会被看作失礼，别人有可能故意指错方向。

从乡村来的男人说，他知道这一点，所以总是往别人所指的相反方向走，结果还是走错。他还说自己刚来时，也是问路，在街上拦住一个女人叫她小姐，结果那女人当众回骂，说你老婆才是小姐。女人还想用高跟鞋踢，被他一个侧跳躲开了。后来他又冲着一个男人叫老板，没等他说出后面的话，那男人就吼起来，说婊子养的才是老板。从那以后，他再也没有在城里问过路。今天被逼急了，本打算买张交通图，一问价，却要五元钱，他舍不得花冤枉钱，这才又开口问路的。

从乡村来的男人其实很聪明，我将他要走的路线说上一遍，他就记得清清楚楚，然后招手拦住一辆从面前经过的公共汽车。公共汽车走出几十米又停下来。那个从乡村来的男人半个身子吊在汽车门口，车内像有人在将他往外推。我赶过去。车上的人说出的理由，其实也就是乡村里的人在旷阔自然面前养成的那种一切都有些随意的习惯。我告诉车上的人，这个从乡村来的男人正在汉口最繁忙的街道，整修最最臭不可闻的下水道，这种苦活即使是在乡村中苦惯了的男人，也只有极少数干得下去，所以他们不应该为着一点借口嫌弃这些人。车上的人不作声了。从乡村来的男人却来了骨气，不肯坐这趟车了，要售票员将钱还给他。男人拿到车票钱后，跳到马路上，瞅着远去的公共汽车，恶毒地说，明天开工后，他就带两块砖头进下水道里，不出三天，江汉路就会漫成臭水沟。从乡村来的男人决意不再坐公共汽车，他要一路走过去。一个人走在路上不会有那么多的管束。

听着步步远去的声音，我感到那口音很耳熟。这种因素使我在他消失之后还想着要寻找他留下的踪迹。结果，我发现了从前一直没有发现的路口。事情的起因就是这样简单。路口就在一排大树下。只要我在过去的时光里，稍作留心就会发现，我却将它一直留到现在。这有点像男人都曾经历过的邻家女孩：天天从她窗前经过就是没能看见，等到经历了太多以后，站在自家门口稍作喘息，蓦然遇上时，禁不住懊恼先前所有的胡闹。

从未走进过的路口前面，有几棵法国梧桐和白杨没有去数，我只数过那三棵土里土气的旱柳。在乡村，这样的树被叫作臭柳。

臭柳或者旱柳们紧挨在一起，不仅像路障，连路本身都挡住了。

紧挨着路口有一扇门。小时候听过传说，只要围着有灵性的大树转上几圈，大树就会变成一扇通向宝藏的大门。在思想和肉体都成熟的今天，我仍旧喜欢神话。神话仍旧是我情感思维的一部分。但我已不再把那些奇怪的门当作通往幸福的捷径。轻轻地推它时，生锈的门轴发出一阵撕裂般的声音。有门的地方就有路。门后的路绕过湖水一角，悄悄地伸向湖心。一群过冬的大雁在水面上无声地掠来掠去，间或有一两声叫唤撞上心头,我清晰地感觉到,在心灵最深处有一种东西回应了一声。这种感觉让我在继续行走时略事迟疑。这样的地方会有什么事情发生哩?我的决定让我的脚步仍旧向前。这是我人生的性格。很多次在面对同样的问题时,我总是宁可冒险选择前进而不肯寻求稳妥而有所后退。我一向认为自己在任何意外面前都能坦然面对,虽然不全是心如止水,被称作波澜不惊是丝毫没有问题的。自从来到这座城市以后,荣也荣过,辱也辱过,就连乘坐的飞机都摔碎过,还有什么不好经历的!不停地往湖心走去时,一阵风从大雁的翅膀下刮过来。看得见先是水面起了涟漪,紧接着空气簌簌地颤抖起来。眼前的林子整齐地低下树梢,将一阵涛声惊心动魄地掀起来。我的心弦顿时绷得紧紧的。

在居所里,听惯了这片树木发出的涛声。许多个夜深人静的时刻,这林涛穿窗而入渗透到我沉睡的心里,通体有一种洗浴之感,醒来时还能记起昨晚的收获。过去的日子里,也曾在别处痴迷地用全身溶入这林涛。此时此刻,林涛一响,除了肉身以外,在血液与神经中漂移的东西全都不由自主地升腾起来。听得见连绵不绝的林涛声里,有一股特别坚韧特别沉郁的力量,它将林涛撕成一丝一丝如细麻,又将这些细麻一丝一丝地拧成一股绳索,然后凭空而下,连接起天地四方。有片刻间,我怀疑自己的听觉神经是否在哪个部位出了问题。因为唯有松涛才有如此撼人的力量。城市里可以有林涛,这已经是城市生活中不争的事实。城市也会偶尔容下了一两株松树,由于不能成林海,也就发不出松涛声。这也是不争的事实。

一座城市是一个地区里人的欲望的总和。

所以城市里家家户户的门总是紧闭，不想他人窥见自家可能的奇迹。

路口后面，那扇虚掩着的门，是否成心想藏起这个城市的奇迹，等着在哪天给我一个意外与惊喜？

在城市里行走，万万没有想到，那最不可能是松涛的声音，的确就是松涛。

在童年的乡村，自己曾早早地将风声分成林涛与松涛来听。乡村中世世代代的人总是听着林涛与松涛，笼统地说一声：起风了。隔一阵才又说是南风或是北风。起南风时，南坡上的阔叶林会响。起北风时，北坡上的松树林会响。有一天，我对他们说出林涛这个词。乡村中人虽然正经读过书的人不多，能背诵《三字经》，能讲得出完整的《水浒》和《三国演义》，能将《增广贤文》熟记到凡事脱口而出的人，几乎每个村落里都有好几个。他们不说林涛，但能理解林涛的意义。隔了不久，我进一步将松涛从林涛里分出来。因此松涛的出现，有人才预言，我将肯定可以进城做事。林涛和松涛这样的名词，不是我创造的。我只不过比别人早几天读到描写它们的文章。

对林涛与松涛的辨别其实并不难。松树是针叶。一簇簇针状的叶子，理所当然地将扑进自己怀里的风，梳成数不清的细丝。这些细丝拂过松针，宛如一束马尾摩擦着二胡上的银色的琴弦。针叶树种在童年的山中只有松树和刺柏。那些随处能见的太多种类的阔叶树，遇到风时，大大小小的叶子一起摇动起来，就成了那位从武汉来到我们乡村的女老师所弹奏的脚踏风琴中的簧片。这样说并非有意夸张，阔叶林涛与松涛确实存在着二胡与风琴的区别。

十二岁那年，曾读到了这样的警句：诗不是人的全部营养，食物也不是人的全部营养。

在读书期间的所有假日里，我必须成天上山砍柴以缓解家中收入的窘迫。在乡村这样的孩子有许多。大家都会在夏季还没过完时，就将附近山上的灌木与茅草砍得精光。以至冬季来临后，这些孩子必须结伴走上二十里，沿着羊肠小路爬进深山，才能找到可以砍割的柴草。深山里，阔叶林早就在霜雪的打压下，秃着期盼春天的枝条。它们几乎不再发出声音。只要涛声一起，必定是松树在风中呼啸。在沉重的负担下只有松涛忠实地陪伴到底，除了是诗歌吟唱，还是孩子们的呼吸吐纳。

生活在乡村，没有哪一天能够离开山。一道大别山脉，数不清多少山山岭岭。

一座城市有多少高楼也是个数不清的问题。站在任何一条马路上望见的都是高楼。不同的是，若能登上那座最高的楼，还是能够发现城市的边缘。山里则不一样。我曾经多次站在名叫天堂寨的大别山主峰上向四周眺望，不但无法望见山的尽头，就连脚下的最高点也好像比远处的山矮半个头。除了那些高达数十层上百层的高楼外，城市的多数高楼没有正式的名字。通常人们叫它一号、二号、十七号，或者三栋、四栋、十八栋。乡村的那些山也不是常有名字,一旦有了名字那后面肯定伴随着一段动人的故事。譬如留给我最深的乡村记忆的小镇,出门不到五里的那座貌不惊人的黄土岭叫作军师岭,离去不远的一些山峰分别叫作鸡鸣尖、仙人台、离书坳。还有一些听起来简直匪夷所思的山名:倒挂金钩、兔子归窝、美女显羞。相比之下,那些叫作佳丽广场、财神广场的著名大楼,便显得太没内涵了。在武汉只有一座楼能与乡村的山名媲美,那座楼叫黄鹤楼。如果没有这段"昔人已乘黄鹤去,白云千载空悠悠"的千古绝唱,如此巨大的城市,只有财富流传,真是太可怕了!

冬季到深山砍柴的半路上有一座山叫乌云山。

山腰上有一棵千年古松。每次砍好了柴,饥渴交加地往回走时,并不是盼着望见家门。只要抬头,心里就会想怎么还看不见那古松。从望见古松再到瘫坐在古松下,才敢在心里长长地呼一口气。坐在古松下,迎着夕阳,望得到十里外的家门。这样清明的天空,就是刚被雨洗过的城市也只能望洋兴叹。古松树冠如华盖,在它的荫护下,山里所有的风雨都浸不透一个人疲惫至极的身子。我见过古松用全部的树冠顶着白雪的样子,那时它差不多就是我读过的所有童话与神话里神仙的样子。在仿佛总也走不完的山路上,我确实梦想过,有一个法力无边的人来赐予美好的生活。古松在雪里的形象被同伴们说成是老了。同伴们还进一步引申说,凡是老了的东西都会死去。同伴的话竟然一语成谶。那场雪融化后不久,古松在挺立了一千年后,怦然倒地。一些手执利斧的男人，像弑父一样屠杀了它。现场我没有赶上，我只看到满地木屑。那些木屑白嫩嫩的。在我拥有自己的孩子后，每一次触摸到她的肌肤，我都会想起古松最后的木屑。苍劲的古松化作碎片，给世上留下经久不灭的婴儿奶香，和生命早期的娇媚。我将那些木屑收拢起来，小心翼翼地装满一只竹篓。因为这些木屑，家里整个冬天都弥漫着松脂的清香。一千年长成的古松并不是说砍就可以砍的。前去阻拦的人无法反对要砍古松的理由。那个领头的人用一种引诱的语气说，城里要盖一座最高的楼，没有这棵树做龙骨大梁，高楼就盖不起来。那天发誓要与古松共存亡的人不少于两百。他们轻而易举地就被这番话征服了。

进城的那一年，我还牢牢记着当年古松被砍倒时大家说过的话，他们想到城里最高的楼上看看，做成龙骨大梁后的古松是什么样子。我在城市里走动了很久，真想替父老乡亲寻找一个满意的答复。最终结果是我的放弃。我寻找越多，答案越荒谬：古松在城市的高楼面前，正好应了那句话：英雄无用武之地。楼房盖得越高，越是不需要大树派用场。我只能选择遗忘而不再去面对古松到底做何用处的真，城市是乡村毕生的梦乡，我没有权力打碎它们。

那个时代的孩子对城市的经历几乎一样。最早知道的城市是北京。北京印在语文课本上。老师在教识字课时，大声领着我们朗读说：北——北京的北。随后又说：京——北京的京。在北京之后，莫斯科作为与苏联社会帝国主义意识形态战争的附属物,曾经充斥在所有的文章与话语里。那时候听到的全称是莫斯科当局。排在莫斯科后面的城市是纽约。美国的首都华盛顿进入我们的知识视野是很久以后的事。纽约能排在华盛顿前面,得益于华尔街上的金融风暴和曼哈顿黑人聚居区里的骚乱,那些迹象曾经被说成是美帝国主义行将灭亡的特大喜讯。乡间公路上因此出现欢欣鼓舞的游行示威,支持黑人兄弟们的抗暴斗争,并拼命地跟着别人一道诅咒华尔街的后台老板们。三十年后,我站在华尔街上,最早关于纽约的这些东西在记忆里情不自禁地跳了出来。我对自己幽默地一笑,然后拉开架势,以正对着华尔街口的教堂为背景,拍摄了几张能够证明自己曾经与华尔街同在的照片。

这样的过去只配成为现在的笑谈。

武汉不一样,一旦进入个人生活,便成为心中永远也解不开的情结。这不仅因为它离老家最近,还因为那一年母亲进城求医,记忆中是武汉医治好了重病的母亲。

多年后从乡村来武汉,没有街头浪迹的经历,始终影响着我对城市的了解以及对城市的感情。

城市是人趁上帝做梦时,匆忙发明的一种专门供自身享受的东西。

白天,每一个人都在忙得不可开交,城市便总是灰头土脸的。城市的美丽属于夜晚。在一万种灯光的投射下,每一个人都会在它的妖娆面前身不由己地放弃自持,在心里拾起最轻松最能感动自己的幻想。城市在世界中的位置节节攀升,源于今天的人几乎将力量都使在城市的身上。在温情脉脉的感动中，城市不动声色地夺走了一批又一批人的精神资源，使其更能和谐地共存于物化的旋律之中。

湖上的风在大雁的翅膀下刮得更猛了。

迎着风，大步紧走一阵。我已经很久没有见过能让心里产生怀想的松树了。松涛声忽然间变得缥缈起来，好像经不起北风的搜刮，一下子逃逸到高空。我没有停下。从前的经验一下子苏醒了。我意识到松林就在眼前时，一棵五十岁左右树龄的松树便真的出现在我的眼前。不管是在高山大岭，或是在田野湖畔，天下的松树全都一样，只要有上几年树龄，松树就会凸现出与世上繁华格格不入的性子。南方最冷的日子正在来临，可是我的周身如同火一样发烫。当我的手触摸到松树的身子时，一种震颤顿时横亘在胸腔里。松树有一大片，每棵都很粗壮高大，落下的针叶在地上铺出一片金黄。在松树林的深处，一对情侣正在忘情地发泄着他们的爱情。城市爱情不在乎有人打扰，何况眼前的松树有足够的尺寸作为屏障。松树没有人来人往地抚摸，这使它的周身粗糙如初。那种滋味进入心里，眼前立即闪动着乡村被风霜磨砺过的面孔。久违的松树通体散发着一股浓烈的松脂香。在目光平齐处，有人用小刀刻出一只心样的图案。图案上面布满一滴滴的松脂。刚刚凝固的松脂软软的，手掌搁上去，还能被粘住。几个不大的气枪弹孔，被松脂塞得满满的。松脂凝固后都会成为坚硬的结晶体。

在劳动中爱过的乡村男人，最会形容那些浸在汗里的乳房。他们说那是一块还没干透的松脂，粘上手就扯不下来，好不容易扯下来，十天半月还能闻到嫩腻的肉香。我将手紧紧地搁在松脂上，耳边又能听见那些大大方方地裸露着雪白而饱满乳房的女人，在田野里发出的放浪的笑声，以及男人由衷的惊呼。

乡村的孩子，曾经好久无法理解成年男人，为何将身边最美丽的女子，叫作五百瓦电灯泡。被叫作五百瓦电灯泡的女人是位赤脚医生，一年里难得见到她下地干几天活。只有在双抢与秋播最紧张的时候，她才出面收获稻谷和播撒。她一出现在田野上，男人就像疯了一样，每个人都要大声叫上十次，说五百瓦电灯泡都有了，今晚搞夜战吧。轮到生产队长说话时，他总是说：好吧，大家想搞夜战，那就搞吧！五百瓦电灯泡被成年男人们叫了几年后，孩子们才晓得，这话是瞎子三福最先说出来，以此形容赤脚医生那对像是许多松脂堆起来的乳房。老家有电灯是此后十年的事。我和所有的孩子一样，无论如何也想不通，生下来就看不见东西的三福，竟然能将电灯泡这种东西与女人的乳房联想到一块。

男人一旦有了对女性身体最美丽地方的深刻体验，自然会惊叹瞎子三福所形容的美妙：性感的乳房确实能让男人眼睛变成五百瓦电灯泡。

在成为男人之前，我曾经盯着瞎子三福追问过几次。每一次问时，他都要我上山爬树，给采些松树上的结晶体。

三福告诉我，这种结晶体就是松香。

三福能拉一手动人的胡琴。没有干部和党员的时候，他还会替人算命。眼睛白得像乒乓球的瞎子，常说我二十岁以前一定可以进城做大事。我已经记不起来，自己喜欢三福，究竟是因为爱听他的胡琴，还是爱听他的恭维，但我从未细想过他为什么要对所有孩子说类似的话。关于城市的模样，三福有时候会说，九十九个垸子连成一片就成了城市。有时候他又说，城市是将世界上最好的垸子拼在一起。三福还让我给刚从城里来的一个"右派分子"弄过这样的松香。"右派分子"也会拉琴，他拉的琴与三福的胡琴不一样，很像半只葫芦。"右派分子"将它叫作小提琴。他没有像三福那样用松脂作松香。"右派分子"经常收到城市里寄来的钱，他用这些钱到镇上去买回各种各样的东西，包括真正的松香。"右派分子"在三福的隔壁住了三年，他们之间很少说话。别人都认为"右派分子"瞧不起瞎子。三福却说他们是在用琴声交谈。"右派分子"在冬天里也要到深山里砍柴，我与他在古松下碰过面。他的柴担比我的柴担小。但他没有在一个少年面前害羞。他说他的才能不是力气而是智慧。"右派分子"经常手里捧着一些我们从未见过的东西，一个人站在家门口出神。遇上心情好，他也会将这些城里人用的东西给我们看，并讲给我们听。乡村的人都对"右派分子"夹在红色塑料封皮笔记本中的电车车票感到好奇。"右派分子"从位于汉口六渡桥的家里，到武昌水果湖单位上班时，每天都要买这样的电车车票。"右派分子"说，城里的人，都有一大堆这样的车票。还说城市离不开他，要不了多久就会请他回去。三年后，"右派分子"真的被人请了回去。

三福在"右派分子"离开乡村的前两天同其干了一架。起因是"右派分子"发现三福一个人悄悄地摸进他的屋子，并将一样东西塞进荷包里。"右派分子"于是堵在门口高声叫捉贼。三福不许"右派分子"说自己是贼，循着声音上前揪住"右派分子"，要撕他的嘴。"右派分子"不晓得老家流传的秘诀：同瞎子打架，千万别让他揪住。一旦被瞎子揪住，要么是他将别人打死，要么别人将他打死，除此之外他是不会松手的。眼看着"右派分子"要吃亏，生产队长赶来了。生产队长威胁说不再让三福"吃五保"了，三福这才松手。生产队长也认为三福拿了"右派分子"的钱或者粮票，三福执意说没拿，但又不肯让别人搜身。三福说不让人搜身时，一双瘦得只剩下几根青筋的手，像吃了朱砂的公鸡的爪子一样颤动着。生产队长不敢拢身，就要"右派分子"自己上去搜。"右派分子"也不敢。最后仍是生产队长想出办法，让人将像五百瓦电灯泡的赤脚医生叫来。赤脚医生往三福的面前一站，三福就变得乖巧无比，任凭一双白白胖胖的手，从荷包里搜出那张我们曾经见过的，从汉口六渡桥到武昌水果湖的一路电车车票。"右派分子"百思不得其解地问，自己屋里什么东西不好，干吗要偷早就作废的电车车票。到这一步时，生气的是生产队长，他大声地警告，不许"右派分子"再说偷呀贼的，不然就要扣发他的基本口粮。生产队长还说，既然这张电车车票已经无用了，那就送给三福。当着大家的面，生产队长让赤脚医生再次伸手将电车车票放回那只荷包里。

　　上高中时，瞎子三福也走了。三福是自己将自己勒死的。

死之前，三福胡琴上的里弦突然断了。三福随后忧郁地说过几次，他连琴弦都配不上一对，活得真没意思。我对他说，如果我在二十岁时真能进城做事，我要给他买一把最好的胡琴，并请他到最好的剧场去演奏。三福说只要能到城里去，哪怕在街头拉上几曲，也能心满意足。我又说，如果二十岁时进不了城，我就要将他仅剩的一根琴弦扯断。三福听了直笑。后来他突然问，不晓得天堂里有没有城市？还没等到我回答，他又说，其实城市就是天堂。几天后的一个夜晚，三福从胡琴上卸下那根仅存的里弦，勒在自己黑瘦的脖子上。三福死后，那张电车车票还放在上衣荷包里。电车车票上有一个用红铅笔胡乱画出来的8字。"右派分子"说过，红字是车上售票员画的，8是售票员号码。车票画过红就不能再用了。大人们埋葬三福时，将那张电车车票好生地放在他的衣袋里，并且不无羡慕地嘱咐死去的三福将电车车票揣好，若是弄丢了，只站在城市门口，就太可惜了。

我从松树上抠出那实在不能叫作松香的松脂，放在掌心里慢慢地碾磨。

乡村之事，一想起来，眼眶里就会湿润。

有几分钟我像瞎子三福一样什么也看不清。

那些将叶子丢光了的白杨、旱柳和法国梧桐不声不响地立在风中，做出一副互不招惹的样子。

松涛紧一阵缓一阵。

从松林深处传来恋人们的声音。

他们也会说松涛。他们要松涛为爱情做证。

不管是男人还是女人，只要不合时宜地老在什么地方徘徊，总会在人的世界里引起别人的警觉。那两个人觉得我打扰了他们，一股窥视的目光老在我的身上绕来绕去。我不得不回头用自己的目光堵着他们的目光，直到他们离开松林。

放在以往，这样的心情，我非得仰天长啸才能排解。

日子也不用退回太多，三五年就行。如今我对自己有了新的发现。我的胸膛开始变得像一只酿酒的坛子，世事放进越久，回味起来越醇。或者说像一棵松树，活到岁月最深时，方才悟得人生的各种滋味。一个人不是时常能与历史与现状的契合点遭遇的。一旦这样的幸运降临，任何形式的欢呼与呐喊反而都有矫情之嫌。

在我准备在松涛里待到天黑时，那对恋人悄悄地转了回来。

这一次，他们一直走到离我不能再近的地方。被爱情燃烧着的女性总是如此美丽，那个女孩用满是柔情的语言说，她认识我，她在电视里面见过我，她从精巧的坤包里取出笔和纸要我签名。我用她的纸和笔写了一句与城市有关的话，并落了款。那句话的准确意思已经想不起来了，我只记得自己最后写的几个字是：题于东湖松树林。美丽的女孩实际上也不在乎我的题词与签名。她甚至没看清我写的是什么就匆匆地抬头，说她周围的女孩都喜欢我的小说，都在等着读我的新作。她眼里放射着一种比爱还要迷人的光泽，仿佛身后不存在另一个男人。男人被自己的女人逼得非说话不可。他说他只听说写诗的人喜欢自杀,写小说的人应该比诗人实在。他还说像我这种地位的人日子应该过得不错。听得出来,这话的弦外之音是怀疑我有轻生倾向。当我发现在女孩美丽的温情后面同样存在着与男友相同的揣测,心里立即冒出一种近乎恶毒的念头。我准备告诉他们,在这座城市里自己拥有不少物质上的优越。这些念头最终没有形成语言。我只说自己不喜欢吊死鬼的样子,如果死亡不可避免,我会选择一种可以保持住自己形象的方法。

这是我在这座城市里不多的几次幽默之一。其余时间,我总是认真地想用自己的举止与行为来影响城市。

所以我活得很累。

所以我需要每天早晚从居所里出来,到树林里走一走。

我没能在松林里待到天黑。这一点,在不经意间与乡村经历形成一致。

山里的树,一到晚上就变成了黑森林,就是在黑暗与光明面前生活得毫无区别的瞎子三福,也不敢去黑森林。那个美丽的女人不知是在对谁说:天好黑哟,走吧!我就跟着他们离开了湖畔松林。女孩说她要晓得我的住所在哪里,日后她在同事朋友面前炫耀时,可以用我窗口的灯光做证。我蓄意将他们领到院子里生长着几十棵高大乔木的住所外。在将自己的窗户指给他们看时,窗口有种鲜艳在冲着外面灿烂地绽放!身旁的女孩小声嘀咕起来,她看见那份灿烂是一束鲜花。男人当即附和,说的确是鲜花!并说如此美丽的窗口后面一定有个更加美丽的女人!我再次为他们的目光短浅感到深深遗憾。鲜花在我的窗口绽放，一定是因为我的妻子。我深爱吃着轮船运来的粮食，喝着水龙头里自来的水长大的妻子，她是我在上帝那里为自己定做的生命的另一半。一个夜夜都在梦见乡村的浪漫男人，一旦非常清醒地爱上一个为城市而生的女孩，同时也被那女孩所爱，他的人生就会变得完美丰富。虽然他们对我心爱的女人表现出了足够的尊敬，我还是要指出他们的欠缺。他们应该看得见我的窗外有一株高大的香樟，并且另有众多的稍小一些的香樟紧紧烘托着我们的房子。

同松树一样，香樟属于原野。年轻的城市承受不起它们一不经意就活上数百载的福禄。香樟长在高楼下绝不是城市的骄傲，相反它应该是乡村的奇迹。也就是说城市不管往前走了多远，总也丢不下乡村给予的血脉。香樟生长在乡村时只是一道风景，在城市里则成了一种纪念。窗外的香樟已在泥土上与天空中生存二百年。万里长江每年夏天都要汇集七万立方米每秒的流量，汹涌奔来武汉。在年复一年洪水的摧残下，这座千年名城能幸存多少二百年前的物什？洪水是个来去两匆匆的野物，它席卷了所有无根的东西，有根的大树责无旁贷地成了城市的中流砥柱。

那么多的树，那么大的树，竟被人熟视无睹。

然而，那些花枝，还没招展，就让人兴奋起来。

树木不是为花生长的，这是哲理之一。

花只是树木在不同季节里的不同表现。这是哲理之二。

城市是什么？城市是一个被男人宠爱着的少妇。它的骄横,它的媚哆,都是男人千姿百态地想象的后果。乡村是在生活的酸甜苦辣中从年轻一直泡到年迈的母亲。

香樟茂盛的样子极像穿着孕妇衣装的女子。红透的花儿像风中的松树树冠那样在窗口动情地摇晃着。那是康乃馨。是所有安心下来居家过日子的女子的最爱。从康乃馨身上感受到无拘无束的神韵,会令人记起原野间那些漫无边际地尽情开放的烂漫山花。一个人埋在地理中的情感越深,对地理的建筑就会越高。时至今日我还在后悔,如果自己再有一次可以用生命来置换的爱情,就应当带着深爱的女孩到荒郊野外,用一双曾经熟练地砍倒柴火的手,当面从荆棘丛中采摘一捧她永远也叫不出名字的野花,再配以几枝松枝。让她抱着这样的花束,我再抱着她。我明白,这样的念头只是追忆似水年华,强调那一年我曾经选择了三枝玫瑰,本来可以登顶高唱大风飞扬,到头来只是快乐地轻轻哼了一支夜曲。

文学史上曾有外省作家一说。这个词概括了从里尔以外的小城小镇来到巴黎的一群法国年轻作家,和从西伯利亚乘坐肮脏的火车来到莫斯科的一群俄罗斯年轻作家。来到城市的最初几年里,外省作家的感觉老在我心头萦绕。很多次外出后踏夜归来,走在熟识的街道上却浑然没有感觉。看不见松树,听不见松涛,街上的植物只不过是为了观赏,和一个人的人生几乎没有任何联系。城市的情感,城市的历史,完全游离于自己的感官之外。一个人在成年以后才开始面对城市,无异于在对自己实行地理上的恐怖主义。地理可以超越,情感也可以超越——那是一个人强拧着自己的脖子做成的。经历城市最初的日子里，新的地理让我注定没有亲情，没有记忆，没有默契。甚至当我孤独地走在高楼的缝隙里，被街头飘来的一串萨克斯音乐所感动时，都不知道原因。

简单的道理有时候反而不太让人明白。我的运气好，能有机会及时弄清一个真理：人是要回家的。

在理想和梦境的城市里，人也不得不面对乡村小路尽头的老家。

在家的面前，地理毫无意义。

二〇〇〇年五月，有机会去了一趟美国。行程的最后一天，我固执地跑到洛杉矶市外的大海里游泳。不少穿着泳裤的男人在临海的街头徜徉，任凭招摇过市，也没有人多看他们一眼。从海里起来后，我也懒得换泳裤，随随便便地往上身套了一件T恤衫。才走几步路，就有人对着我窥视。经人提醒后，才知道窥视者以为我的T恤衫下面再没有别的纺织品。地理上的城市，就像洛杉矶海滨上身着T恤衫就能遮挡下体的泳者，不明不白的，反而更能诱发各色的欲望。

在天下所有能对人产生诱惑的物质中，城市是最大的诱饵。

宣布拥有一座城市与一座城市是否肯拥有你绝对是两回事。了解这一点，对所有经历着城市和打算经历城市的人尤为重要。

日积月累中，关于城市的感觉在我心中终于有了意义。这一点我一直在感谢爱情，还有那些在非艺术的环境里遇上的亲爱的读者。

一九九八年夏天，为纪念自己遭遇空难一周年，我开始写一首关于圣洁、关于情爱、关于信仰的长诗《用胸膛行走的高原》。当我趴在写字台上忘情地写作时，百年来最大的一场暴雨正在头顶上倾泻。那场雨下了三天三夜。在写作长诗之前，我就应该去送儿子到老家县政府设在武汉的办事处，搭乘长途客车，回老家度暑假。长诗写就后，暴雨还在下着。我将那沓诗稿从头到尾大声朗读了一遍，叫上儿子，出门在街边拦住一辆都快成为船的出租车。我们在六渡桥附近的一条街上下了出租车，顶着雨，低头一蹿，竟先进了紧挨办事处的一家私人药店。因为身上沾着雨水的缘故，我将拎着的包随手放在药店的柜台上。雨太大，当天的生意一直没有开张，药店老板的心情不好，他吼着不许我在他的柜台上放东西。我用城市的方言说，马上就会将东西拿开。我的不太流利的城市方言让老板一下子红了眼，他扑过来，抓起我的包，扔进门外的雨水里。在我愣着不知发生什么时，老板继续吼叫着，用标准的城市方言，讥笑我还没在这个城市里玩熟。我默默地走进雨中，从水里捞起自己的包。回望年久失修的办事处，就像看见了自己根底。

药店老板的轻蔑不是没有理由！我的确没将这座城市玩熟！那句话泄露的是城市最深的心机。城市在这一方面是不愿意拥有我的。

城市的这种秘密，就像瞎子三福怀里揣着的那张电车车票。

是城市就不在乎乡村。这场雨,它在一九九八年的夏天淹没了半个中国。城市四周,方圆几千平方公里的乡村一时间全成了泽国。一位在北京做记者的朋友赶来采访时,在出租车上问司机,如此岌岌可危的孤城,万一守不住了怎么办。司机平静地说,这么大的城市,国家是不会让它被水淹的,真有万一时,肯定会丢农村这个卒来保武汉这个车。我的朋友后来说起那位司机的心安理得时,愤慨地说了一句很难听的话。我劝他息怒,并问,有谁会在这种时候牺牲城市保护乡村呢?朋友顿时默然无语。

我不得不悲壮地认识到,在城市面前,乡村永远是一种宿命。

我经常得去取信件和开会的单位,正在解放公园路与建设大道交叉处。路口上一直有个电话亭。那个电话亭是我与尚在城市之外的儿子说话的地方。那天中午,阳光很灿烂。树荫下摆棋摊的人生意好得出奇。我挂断打给儿子的电话从电话亭里走出来,心里正空虚,一个中年男人大大方方地走到我面前,亲切地叫我一声:老弟!中年男人是安徽寿县人,说是到武汉寻找失踪的妻子和孩子,来了一个星期,带的钱都花光了,希望我能帮一把,给些钱让他吃一顿午饭。他还没说完我就意识到,自己又遇上了一种新的骗人把戏。不过我还是将他的话全部听完。在故事的最后,中年男人添上一句与故事无关的话。他说:我一眼就看出,你是这个城市里唯一肯帮我的人。我嘴里没有作声,内心却颇为惊讶。我默默地从钱包里找出一张五元纸币递过去。他接过纸币后,像是怕自己的把戏被拆穿，一句多余的话也没说便匆匆往马路那边走去。待站到有一条车水马龙的大道阻隔着的地方，他才回头用一种不舍的目光望着我。

这个城市里的乞讨者从来都是低三下四的，像他这样敢于将自己可能的施舍者叫老弟，并不完全是乞讨者的勇气与艺术。

我明白，在自己身上还有与城市格格不入的东西。这类东西不会因自己在城市里生存地位的高置，生活质量的良好而发生变化。就算是有一天，肉体化入泥土，它也依然存在。这东西不完全是情感，然而在日常人生中，我们只有用情感来形容它。

抛开情感，地理的常识会说，这个世界上没有与乡村毫无关系的城市。

然而，常识不全是真理。

在美国西部的戈壁上就有一座与乡村彻底断绝了联系的城市拉斯维加斯。那举世无双的灿烂夜空，除了用奇迹来形容，任何词语都不合适。拉斯维加斯是用人的欲望堆砌起来的：爱赌、贪色、奢侈、浮华，所以它能超越地理常识。天下又有哪座城市能摆脱这些超地理的东西？拉斯维加斯只是体现了城市的一种极致。每一个来到城市的人都说自己是来寻梦的。梦是拉斯维加斯们在夜空里万般绚丽的幻影。人将自己的所思所想堂皇地交付给梦，日常生活里的那些抱怨与指责，就没有了发言的权力。城市在收留许多梦的同时，也接纳了藏在后面的欲望。多数时候，人是无法拒绝荣华的。

无论在怎样的生活里，荣华的基础都是建立在物质的优越之中，荣华体现着物质生活的质量。人所拒绝的荣华，只是那些东西已经享受够了。没有深刻地体验过荣华的人，是不可能拒绝荣华的，特别是那些号称清贫的人。坦率地说，我不仅需要一定数量的荣华，甚至还要求荣华必须具有质量，否则我就不会答应那个美丽女孩要看我的窗口的要求。甚至也就不会来到城市。荣华不用达到贪婪的地步就能改造一个人。就连我都开始不能适应乡下老家的起居生活，每一次风尘仆仆地回到老家，住上几天，就开始数着日子，到离开时，心情已经有些仓皇了。

民间流传过这样的故事：从前人本是不死的，死的是蛇，人像蛇那样蜕皮。人在蜕皮时痛苦不堪，就想与那轻轻松松死去的蛇做生存方式上的交换。主管天恩的哪位，在人答复肯定不会后悔以后，安排了这项交换。不蜕皮的人很快就发现死亡已经临头，便毫不犹豫地后悔起来。所以说，人的本质是贪婪的，凡是没有得到的东西，人都想得到。为了能够得到，人会选择新的抛弃旧的。当新的东西到手后，人又会怀念旧的东西。从前，人是如此。今后，人仍将如此。

有人这样形容过自己：他是一个在路上徘徊的儿童，手里拿着一分钱，却忘了母亲要自己买什么，怎么想都记不起来，唯一可以肯定的是他要买的东西最多就值一分钱。城市是乡村为着自己的需要而建设的。最终得到满足的是居住在城市里的人。不过，乡村里的人看见了自己愿望近在咫尺，心里也有别样的满足。

在所有对宇宙黑洞的解释中，最生动的一段文字是这样说的：你去过舞会吗？你看到过男孩穿着黑色晚礼服而女孩穿着白衣裳在四周环绕着，他们手挽着手，然后灯光变暗的情景吗？你只能看见这些女孩。所以女孩是正常的恒星，而男孩是黑洞。你看不到这些男孩，更看不到黑洞。但是女孩的环绕使你坚信，有种力量维持她在轨道上运转。

这些文字用来形容城市与乡村也是合适的。

城市毫无疑问，是被男人宠爱着的女人。

人在城市里生活，难得到乡村去寻觅那纯粹的体会。如果城市的舞蹈越来越奔放，如果城市的笑容越来越妩媚，那就是说，乡村正在它的身边。没有乡村，独舞的城市就会成为倚门卖笑的那一类女子。

城市是欲望在地理上所能达到的顶点，乡村只是人的家园。

没有城市，人在想象发展时，会少了大部分动力。

没有乡村，人就要失去自身的安全。

与没有乡村经历的人相比，一个拥有过乡村的人，会比他们更加懂得如何去爱护城市。因为城市在城市人的心里首先是生活，其次才是梦想。拥有乡村的人思想正好相反：生活是第二位，梦想才是第一位的。这样的人会说：当我们在某一天听到松涛空前波澜壮阔时，并非风力增加，而是松树林比从前茂密。

彼为土，何为乡

我一直不敢在自己的写作中，对父老乡亲有半点伤害。在他们面前，我没有半点文化上的优越感。每当面对那些被风霜水土、杂草粪肥过度侵蚀的容颜时，内心深处总感觉自己占了他们的便宜。所以在写作时，能与笔下的那些人物平等相处，是我想象中的归宿与解脱。我一直不太相信在从事写作的这一群人中，有谁比乡村里的老农民更懂得生活和命运。他们是天生的社会学家、天造的历史学家、天才的哲学家和美学家。在乡村里，家家户户的老水牛都是大英雄，屋前屋后的老母猪全是大美人。这话没有丝毫调侃，我是百分之百地认同这些话。老水牛那毕生不改其志的劲头，比时下许多时髦学问家强。老水牛那只管耕耘不计收获的"牛格"，比那些只想收获不事耕耘的花花公子们的"人格"要强。比起那些人，得到好处越多，越爱在办公楼里骂阵，在现实生活中越是狂捞好处，越在各种场合上用"正义"的声音骂街，那老母猪心甘情愿地用一己之力，换得一户农家过上一段安逸日子，当然够得上"美人"级别。

上面这段话，是一九九五年秋天在一篇题名为《听笛》的文章中写下的。那时，自己还算年轻，定居武汉的时间不到两年，将这种貌似对乡村的偏袒诉诸文字，于情于理都说得过去。接下来的日子，越来越城市化——暖气空调的无所不在，使得乡村里最为敏感的季节与气候，在个人身上显得麻木不仁，公共环境不断改善，空气污染指数的大幅度下降，同样大幅度降低了对负氧离子富集的乡村的羡慕，自来水口感的优良，让碧水流泉仅仅作为乡村风景而存世。二十几年后的今天，日常生活中看上去早已与乡村绝缘了，重温当年的言说，赫然发现，自己的心境还是如此，丝毫也看不出今天的这个自我与当初的那个自我发生了哪些改变。不仅找不到变化，甚至还有油然而生的莫大庆幸：当初自己说的、想的和写的，没有太出格，没有走偏锋，重新读来，后来才不至于面红耳赤，自惭于世。

一直以来，乡村都是既浩大强劲又繁杂无常的存在。

《听笛》所写是对当时文学环境的有感而发。这些文字，并非刻意思考，也没有恨别鸟惊心那样的特殊思想，无非是凭着感时花溅泪的直觉有感而发。经历过风霜雨雪，走通了峭壁悬崖，回头来看，庞然大物的乡村，不是赵钱孙李以为其会向左便一定向左，也不是周吴郑王认定其会往右就必然往右。乡村太大了，大到地球上由人类组成的最厉害的社会，也无法把握其前行方向与节奏。乡村的太大，宛若地壳中的那些板块，比如台湾岛说起来是在向着祖国大陆漂移，每年只有几厘米的速度却是神不知鬼不觉。

文学中的乡村，属于鲁迅的是那个活着五行缺水的少年的鲁镇，属于福克纳的是小如一张邮票大小的小县，属于阿斯塔菲耶夫的是那看上去偌大的西伯利亚，实际上归结于叶尼塞河边的一滴水珠。

活在乡土文学中的乡村，科学地说，所表述的不是乡，也不是土，而是乡与土所代表如同大陆板块的那些，用世人难以知觉的方式缓慢且不可逆转的漂移。是乡与土的无限接近，又有着惊心动魄的沟壑，使其永远也无法彼此抵达。这种动态的态势，或许正是成就乡土文学经久活力的巨大能量。

现实中的乡村，大就大在一个土字，大在土地的生生不息，大在土地的无边无际，大在土地的宠辱不惊，大在土地的不废江河。反过来，现实中的乡村，小则小在体现社会认知的那个乡字，诸如乡里乡气，乡巴佬，乡下人，乡试，同乡，老乡和下乡，甚至人人都会说的乡情，也在一定程度上成为局限与落寞的代名词。

在文学的事实面前，说一部作品有些乡气，或者说过于乡气，那种判断是不会有问题的，肯定是基于艺术要素的感觉不怎么地。鲁迅、福克纳和阿斯塔菲耶夫的作品中，乡村无所不在，感觉里却是洋气得无边无际，同样是相对乡气而言的了不起的认可。

有些话是必须说清楚的，不能模棱两可，东也有理，西也有理。所以，必须强调得庄重一些：一切所谓的乡气，不过是一种脸谱，是一种品相，与乡土无关。然而，文学与现实中的普遍状况却是，乡气所指，乡土也在其范围之内。

乡土这个词，看上去只说一件事，本质上包含着乡和土两种概念。乡土里的乡是细小的感性，乡土里的土有着无限大的场域，乡土的意义是用细小的感性之乡，拥抱无限的场域之土。好比每一个人都要做的，用拳拳之心去接纳广大世界。做到这一点，需要用我们对告老还乡的乡，客死他乡的乡，乡音难改的乡，入乡随俗的乡，乡下脑壳的乡，上山下乡的乡，乡镇企业的乡，鱼米之乡的乡，还有近乡情更怯之乡，青春作伴好还乡之乡的天生敬畏，由衷尊重。在这些常见的表述中，哪怕是乡镇企业和鱼米之乡，有关乡的感性，都不是真正的情怀。

入文学越深，回望越远，越能发现文学的来龙去脉。二〇二一年秋天，团风县老家的乡亲们，放下传承了很久的地名与村名不用，用全是赞成票的一致决定，将《凤凰琴》小说的篇名改做村名。听到消息自己非但没有欣喜，反而惊出一头冷汗。稍后才暗自宽心，这些年来，在写作中从没有过对乡村轻蔑的无礼，更没有绝望的无情。在社会改革需要普通民众分享艰难的最困难也是最困惑的时节，还记得田野上的老黄牛，不管这世上无情无义无法无天到何种程度，老黄牛们的口碑都不会有丁点损伤。回到那些曾在《听笛》中说过的话，那时候硬着头皮说，不敢相信包括自己在内的从事写作的这一群人中，有谁比乡村里的老农民更懂得生活和命运，而称他们是天生的社会学家、天造的历史学家、天才的哲学家和美学家，那么改村名这件事，足以证明，或许他们并没有读过小说《凤凰琴》，但在骨子里，他们就是活生生的《凤凰琴》。天下的乡村，无一不是活在牛背上，老黄牛是乡村的精灵，更是乡村的审美的开源与结论。面对凤凰琴村的乡亲，再好的小说也没什么可以嘚瑟。从乡村中生长起来的文学，转过身来又以乡村的方式被乡村慷慨接纳，这样的乡，这样的土，聚到一起可谓是相互抵达的实实在在的乡土。

明朝人李渔曾说："凡学文者，非为学文，但欲明此理也。此理既明，则文字又属敲门之砖，可以废而不用矣。天下技艺无穷，其源头止出一理。明理之人学技，与不明理之人学技，共难易判若天渊。然不读书不识字，何由明理？故学技必先学文。……予尝谓土木匠工，但有能识字记帐（账）者，其所造之房屋器皿，定与拙匠不同，且有事半功倍之益。……粗技如此，精者可知。"

小说《凤凰琴》和村庄凤凰琴的关系，也是乡与土的关系。在乡土中，乡的所指，可以看作李渔所说学文时先要学会的读书识字，到了土的层面，关键是李渔所说的明理，在土的面前，不明理是不行的，没有半点矫情的土，是不以个人好恶为标识的历史、当下与未来，此理既明，那些免不了带有假设与推论的众说纷纭的乡，虽然不能真的当成敲门之砖废而不用，但一定要小心发挥，才不至于成为学技不精的拙匠。

在乡土中，乡的出场总是带着主观色彩，土则不同，不管有没有乡，土一直在场，因为土是有山有水，有草有木，有骄阳如火，有寒风如刀，有耕种与收获，有日日夜夜永不停歇的死死生生。这样的乡土之土，是我们的母亲大地。

其实，文学意义的乡土，乡与土是不可分割的。只是有鉴于某些人入了过分自我的乡，随了过分自我之俗，才生生地拆开来说。就像小区里半生不熟的人在说，如果感情太丰富不找个地方安放就会泛滥成灾那就养只狗吧！有些事，有些人，包括这里说的乡土，就是常被说成是这样的。没有谁能够将天下山水全部用钢筋混凝土进行改造，所以乡村的未来是天定的事。属于文学的乡土，也会拥有属于乡土自身的莫大生态。文学要做的，也是能做的，无非是用人人都会有所不同的性情之乡，尽可能地融入浩然之土。

二〇二二年四月十二日于斯泰苑

贤 良 方 正

闹眼疾一年多了，用眼之事，最适合看看非黑即白的拓片。前些时，偶然见到《东汉贤良方正残碑》，心中不免浮出一些念想。

老家黄冈在长江边，成长在大别山中的那段日子，在对爷爷教导的"贤良方正"四字有了悟性后，哪怕望见家乡的一块山石，也会觉得有不一样的文化精神在潜移默化。岁月漫卷，这被自己当成源远流长的家乡经典，是否必须源出于百代东坡，千年赤壁等宏大叙事，成了一个不大不小的疑问。

近些年，凡是能够点睛的句子，只要是外来的，再生僻也会有人像煞有介事地研究。反而是本土那些听得耳熟的文学，潜心弄通吃透的人极少，无师自通者太多。比如我喜欢从爷爷那里听来的"贤良方正"，虽然很长时间不知道出处，能悟出其中意味，便对付着学与用。

《黄冈秘卷》出版那年年底乔迁新居后，想着这辈子不会再搬家了，便乘兴写了几幅"贤良方正"，自己留下一幅，其余几幅分送给来家过年的大姐、弟弟与妹妹们。初到新居，加上老母亲带着全家二十几口人齐来祝贺，没空将其装裱挂出来。接下来的一年里，偶尔对着空白主墙想起来，自我提醒多少次，被忘记的就有多少次。如此又到春节，这一次确实下了决心，也不再忘记，要将这四个字装裱上墙，给大过年的添点气氛。传统节日，不可以少了传统。真的开始找装裱师傅时，那分明是浩劫的疫情汹汹袭来，人家已手忙脚乱地收拾摊子，闭门谢客了。

那四个字的家乡经典虽然又没有挂上墙，来自黄冈的消息，却高高悬挂在自己心头。特别是故乡人们顶着不亚于武汉的巨大风险，率先控制住的疫情，没有让"有可能成为第二个武汉"的预言一语成谶。这中间除了放心，更是感叹，黄冈民众，向来以"贤良方正"为文化精神，值此危难时刻，若不大显特显其文化魅力更待何时，若不大显特显其文化实力更待何时！

武汉"封城"战疫期间，忍着眼疾的不便与难受，断断续续地写了一些自己非写不可的文字，在这些文字的背后，一直站着逝去多年的爷爷，以及爷爷用他那特有乡音说出来的四个字。即便是百分之百写武汉，写爷爷生前不曾见着的高过汉口南洋大楼几十倍的高楼群，以及比旧六渡桥繁华胜过几十倍的新六渡桥，这四个字也坚定地驻守在字里行间中。像是命定的，直到我索性写了爷爷，并从爷爷开始，再到父辈三兄弟，还有我们这些正在困守的子孙，如何一代接一代，用不同的方式为武汉拼命。这时候，爷爷反而在文本中大度地退得远了，也散淡些了。这种为人做事的常态，也是"贤良方正"的日常体现。

武汉解封之后的第一个春节，自己终于将"贤良方正"

装裱好，在家中那面特意留白的主墙上挂端正了，字里行间的那些意义也高悬起来。有客人朋友来家，问此四字是何意思。自己就一遍遍地解释，此"贤良"指的是人心人性，此"方正"表示事情发生时一个人的行为动静。这不是望文生义，是自己联系家乡黄冈的山水地理、人文情怀做出的判断。

从爷爷开始，一连几代人，都曾在武汉拼过命，前后八十年，不尽相同的结果，正好印证了历史的轨迹。关于武汉"封城"战疫，政府方面在解除"封城"后，统一使用的是"取得了阶段性成果"，于一千多万困守孤城中人，但凡说起，不用胜利则不足以言表。自己这里也是如此，"封城"前一个星期，因为眼疾，曾满城里寻医问药。说不说死里逃生，是不是死里逃生，其实无甚意义，那样的时刻，能全身而退，庆幸都来不及，何必在乎其他。一千多万人，取得一千多万个胜利之后，自己重新开始跑医院，经历了这样那样的治疗，到头来拜医生们众口一词，赐得"静养"以为妙方。

静养之下，敲不得电脑键盘，刷不成手机屏幕，无法看书码字，唯一得到医生赞许的是用耳朵听书。第一次术后，还没出院，就开始在病房里听起了《红楼梦》，到第二次手术时，《红楼梦》早听完，《三国演义》也听了三分之二。实在没有想到，原本是无可奈何花落去，居然觉察似曾相识燕归来，冷不防听到一些句子与段落，禁不住心中一动，发现一些先前反复阅读也不曾有过的发现。其中又以发现"贤良方正"在文学中的位置，最是意外。这样的收获，也使得静养之下的身心，虽然没有做成别的事，也觉得相当满足。

二〇二〇年九月十日下午，临近黄昏，楼下的书房开始暗淡起来，躺在沙发上听了一阵《水浒传》，有点昏昏欲睡时，手机里突然迸出四个字。猛然间以为听错了，拿起手机往回点了几分钟，再听时还是那四个字。于是摁了暂停键，打开搜索网面，找出《水浒传》来，翻到《母夜叉孟州道卖人肉，武都头十字坡遇张青》那一回。果真发现当年爷爷用来形容黄冈人的"贤良方正"。《水浒传》第二十七回，武松杀了毒害兄长的一应仇人，阳谷县令行文押送武松到东平府。府尹陈文昭觉武松是条好汉，刻意替其脱罪减刑。于是有诗赞陈文昭"慷慨文章欺李杜，贤良方正胜龚黄"。

听书的好处是每个字都逃不过耳朵。换成阅读，一般时候，哪会细心去看那些"有诗赞曰"或"有诗为证"。在《水浒传》的不同版本中，人民文学出版社出版的一百回本有此"贤良方正"四字。其他版本中，但凡保留"有诗为证"和"有诗赞曰"，都将"贤良方正"改为"贤良德政"。爷爷不屑于"贤良德政"而死心塌地记着"贤良方正"，推想起来，无非"方正"二字与乡村男儿心性更加契合。一如自己对此四字的体验与体会，非"方正"无以评说此生。

在我写过的《凤凰琴》《分享艰难》《圣天门口》《蟠虺》等小说中，时常有些不被人理解的男女世事之观察思量，究其根源，似乎与乳养自己的黄冈大地弥漫着比别处多一些的"方正"相关。文学对"贤良"吃得很透了。若论"方正"，在考究上需要做的事情还有很多很多。特别是"贤良方正"同时成了人们行为的价值追求时，那种错综复杂，但又浑然一体的模样，不是一般地考验人。用至简至易的方式来解释，"方正"是每个人在人间的行为品相。还可以说"贤良""方正"是互为表里。

听完《水浒传》，再听《隋唐演义》，第七十七回开头一句就叹息："从来宫闱之乱，多见于春秋时。"接着说了秦汉晋一些遗羞宫闱，传之后世，则有污史册的事情。可这些前朝人事，未有如本朝，本来一个武后便登峰造极，却又有韦后继之，且加上太平、安乐等公主，与上官婉儿诸宫嫔，凑齐了寡廉鲜耻的一窝子。之后重点写唐中宗恬然不以为羞耻，还动起了废太子而立太女的政治创意。韦后一心想学武后也当女皇，竟然将一种极诡异的毒药掺杂到三酥饼中，亲手将好这一口的中宗鸩杀了。好在平王李隆基力挽狂澜。在这一回里，有两句诗形容李隆基出手之前的朝政："不求方正贤良士，但炫风云月露篇。"

从《水浒传》到《隋唐演义》，"贤良方正"变得一发不可收，接下来在《三言二拍》《东周列国志》《金瓶梅》《镜花缘》中，都有听到。《镜花缘》里的"贤良方正"是作为淑士国的国政用金字题匾挂在都城之上的。最有意味的是《金瓶梅》，武松在阳谷县犯下杀人大罪，幸亏管着阳谷县的东平府尹陈文昭是一位"贤良方正"的好官，手下留情免他一死。以《金瓶梅》敢将恶俗写得天花乱坠的品相，一边让打不死的西门庆花费大笔银钱买通朝廷要害武松性命，弄得东平府尹陈文昭对奸相恩师旨意不敢全违亦不能全听，一边还保留着《水浒传》对知府陈文昭"贤良方正"的评价。

这种化繁为简，平常易懂的流传，让文化精华以简单明白的方式，从文本到民间，又通过民间重新回到文本，循环往复，生生不息。正如水面上漂来一只船，不是载物，就是载人，没有人和物时，那一船波光浪影，也能使人迷恋。任谁都能看得清楚明白，多一个字的解释都不需要。

深究起来，"贤良方正"一说，最早出自《史记》，原本指汉文帝时推行的一种举荐官吏后备人员的制度。当年生活在乡村黄冈的爷爷，断断没有读《史记》的能力，唯独天下流传的《水浒传》才有可能惹动于艰难困苦之时血性男儿的兴趣。最后一句中的"贤良方正"四字能被爷爷记牢了，并时常念叨给他人听，足见这四个字对乡村中人的刻骨铭心。

《黄冈秘卷》后记中写过一段话："贤良方正"四个字，或者说"贤良方正"这个词，是爷爷说出来的。爷爷那时候不是有意与我说，我也不是有意去听，爷爷在与别人挖古说闲话时，不经意冒出来，我也是不经意听了进去。多年以后，因故想起爷爷提及"贤良方正"的前前后后，方才明白，爷爷说老家黄冈如此如此，只是陈述一种文化，指引一条能让人活得更好的正脉！从来就有一种说法：若知朝中事，去问乡里人。用爷爷他们的"贤良方正"，来释解《史记》所言及的"贤良方正"，自然会更解人意，更得人心。刚刚出版的长篇纪实散文《如果来日方长》，其中有写二〇二〇年家乡黄冈在湖北战疫中率先胜出，根本原因是有着文化精神上的"贤良方正"。二〇二〇年中国在世界战疫中率先胜出，根本原因也在于有一条"贤良"辅助"方正"，又用"方正"

力挺"贤良"的正脉贯通天地人间。

　　说起来，爷爷当年口口声声褒扬不已的"贤良方正"，也就是爷爷自己在说，除此之外，无论大别山深处的乡野，江汉朝宗的白云黄鹤所在，还是文脉搏动强劲的京津沪宁，再也不曾有谁说过。好比自己听古典小说，以"贤良方正"的文化品相，为何不曾按道理应当出现在《红楼梦》和《三国演义》里？《黄冈秘卷》开篇写了一句话："凡事太巧，必有蹊跷，不是天赐，就是阴谋。"爷爷在世就爱读"老传"，也爱在茶余饭后闲云野鹤一样与人讲"老传"，这样的传承显得更加亲密可靠一些，也无限接近于真实的民风、民心与民间。对于文学，这应当也是打通历史与当下的关键资源之一。

　　一棵大树，枝头有事无事都会喧嚣，扎在地底下的深根，从来悄无声息。一条大河，岸边的水花有风无风都要溅出千姿百态的花样，浩荡的中流总是默默潜行。一座大山，山峰处无不引人入胜，拔地而起的山体从来不会有任何动静。是真经典，不仅铭记在经典本身，还会用不经意间使人恍然大悟的方式，活在活色生香的生活之中。

二〇二一年五月十日于斯泰苑

钢构的故乡

一个从襁褓时期就远离故乡的人，正如最白的那朵云与天空离散了。

小时候漂泊在外地，时常为没有故乡而伤心。成年之后，终于回到故乡，忽然发现故乡比自己更漂泊。

因此，漂泊是我的生活中，最纠结的神经，最生涩的血液，最无解的思绪，最沉静的呼唤。说到底，就是任凭长风吹旷野，短雨洗芭蕉，空有万分想念，千般记惦，百倍牵肠挂肚，依然无根可寻和无情可系。

在母亲怀里长大的孩子，总是记得母乳的温暖。

在母亲怀里长大的孩子，又总是记不得母乳的模样。

因为故乡的孕育，记忆中就有一个忽隐忽现的名为团风的地方。

书上说，团风是一九四九年春天那场渡江战役的最上游的出击地。书上又说，团风是抗日战争时期，国内两支本该同仇敌忾的军队，却同室操戈时常火并的必争之地。书上更说，团风是改变中华民族命运的赤色政党中两位创党元老的深情故土、痴情故地。

著书卷，立学说，想来至少不使后来者多费猜度。就像宋时苏轼，诗意地说一句，人道是三国周郎赤壁，竟然变成多少年后惹是生非的源头。苏轼当然不知后来世上会有团风之地，却断断不会不知乌林之所在。苏轼时期的乌林，在后苏轼时期，改名换姓称为团风。作为赤壁大战关键所在，如果此乌林一直称为乌林，上溯长江几百公里，那个也叫乌林的去处，就没有机会将自己想象成孔明先生借来东风，助周公瑾大战曹孟德的英雄际会场所了。

书上那些文字，在我心里是惶惑的。

童年的我，无法认识童年的自己。认识的只有从承载这些文字的土地上，走向他乡的长辈。比如父亲，那个在一个叫郑仓的小地方，学会操纵最原始的织布机的男人；比如爷爷，那位在一个叫林家大垸的小地方，替一户后来声名显赫的林姓人家织了八年土布和洋布的男人。从他们身上，我看得到一些小命运和小小命运，无论如何，都不能将这位早早为了生计而少能认字的壮年男人，和另一位对生计艰难有着更深体会而累得脊背畸形的老年男人，同那些辉煌于历史的大事伟人，做某种关联。

比文字更让人难以置信的是亲人的故事。

首先是母亲。在母亲第九十九次讲述她的故事时，我曾经有机会在她所说的团风街上徘徊很久，也问过不少人，既没有找到，也没有听到，在那条街的某个地方，有过某座酒厂。虽然旧的痕迹消失了，我还是能够感受到生命初期的孤独凄苦。当年那些风雨飘摇的夜晚，别的人都下班回家了，母亲搂着她的两个加起来不到三岁的孩子，加上那些仿佛有十个酒鬼晃在身边的弥漫在空气中的大量酒分子,以及各种粮食发酵后散发出来的难闻气味,还有那些成群结队的千真万确的硕鼠。一盏彻夜不灭的油灯,成了并非英雄母亲的虎胆,夜复一夜地盼到天亮,将害怕潜伏者抢劫的阴森车间与仓库,苏醒成为翻身农民供应美酒的酒厂。

其次是父亲。父亲的故事,父亲本人只说过一次。后来就不再说了。他的那个一九四八年在汉口街上贴一张革命传单,要躲好几条街的故事,更是从一九六七年的大字报上读到的。那一年,第一次跟在父亲身后,走在幻梦中出现过的小路上,听那些过分陌生的人冲着父亲表达过分的热情,这才相信那个早已成了历史的故事。相信父亲为躲避"文革"斗争,只身逃回故乡,那些追逐而来的狂热青年,如何被父亲童年时的伙伴,一声大吼,喝退几百里。

还有一个故事,她是属于我的。那一年,父亲在芭茅草丛生的田野上,找到一处荒芜土丘,惊天动地地跪下去,冲着深深的土地大声呼唤自己的母亲。我晓得,这便是在我出生前很多年就已经离开我们的奶奶。接下来,我的一跪,让内心有了重新诞生的感觉。所以,再往后,当父亲和母亲,一回回地要求,替他们在故乡找块安度往生的地!我亦能够伤情地理解,故乡是使有限人生重新诞生为永生的最可靠的地方。

成熟了,成年了,愈加喜欢故乡。

哪怕只在匆匆路过中,远远地看上一眼!

哪怕只是在无声无息中,悄悄地深呼吸一下!

这座从黄冈改名为团风的故乡，作为县域，她年轻得只有十五岁，骨子里却改不了其沧桑。与一千五百年的黄冈县相比，这十五年的沧桑成分之重，同样令人难以置信。最早站在开满荆棘之花的故乡面前，对面的乡亲友好亲热，日常谈吐却显木讷。不待桑田变幻，才几年时间，那位走在长满芭茅草的小路上的远亲，就已经能够满口新艳恣意汪洋地谈论这种抑或那种项目。

爷爷奶奶，父亲母亲，是故乡叙事中永久的主题。太多的茶余饭后，太多以婚嫁寿丧为主旨的聚会，从来都是敝帚自珍的远亲们，若是不以故乡人文出品为亘古话题，那就不是故乡了。有太多军事将领和政治领袖的故乡故事，终于也沧桑了，过去难得听到的熊十力等学者的名字，如今成了最喜欢提及的。而对近在咫尺的那座名叫当阳村的移民村落的灿烂描绘，更像是说着明后天或者大后天的黎明。

一个人无论走多远，故乡的魅力无不如影相随。

虽然母亲不是名满天下的慈母，她的慈爱足以温暖我一生。

虽然父亲不是桀骜尘世的严父，他的刚强足以锻造我一生。

故乡的山，看似漫不经心的丘陵，任何高峰伟岳也不能超越。

故乡的河，浅陋得无地自容，任何大江大河都不能淹没。

故乡是人的文化，人也是故乡的文化。那一天，面朝铺天盖地的油菜花野，我在故乡新近崛起的亚洲最大的钢构件生产基地旁徘徊。故乡暂时不隐隐约约了,隐隐约约的反而是一种联想:越是现代化的建筑物,对钢构件的要求越高。历史渊源越是深厚的故乡,对人文品格的需要越是迫切。故乡的品格正如故乡的钢构。没有哪座故乡不是有品格的。一个人走到哪里都有收获思想与智慧的可能。唯有故乡才会给人以灵魂和血肉。钢构的团风一定是我们钢构的坚韧顽强的故乡。

二〇一一年四月于团风

长角的都不是食肉动物

六月二十一日，武汉大学外语学院举办毕业典礼，邀请我作为博士生家长代表，并做了《开花的成不了栋梁之材》的发言，其实，这话是我自撰的挂在家里的一副俗语对联。前面还有一句："长角的都不是食肉动物。"这两句大实话也是儿女长成了，自己也活了一把年纪，见得多，收获得多了，发自内心的感慨。两千五百年前的孔子孔圣人，饥肠辘辘之际，也曾判断错误，怀疑弟子颜回背着他偷吃白米饭。眼睁睁看着的，不一定就是真相。只有伸出手来，拨去表面装饰，得到真真切切的收获，才能发现，花开的样子当不得真材实料，头上长满狰狞的硬角，并不是吃人的猛兽。

二〇一四年出版的长篇小说《蟠虺》，是以湖北省博物馆珍藏的国宝级青铜重器曾侯乙尊盘为背景创作的。在小说的第二十九章中写有一段闲笔：春秋战国后期，公元前五〇六年，在报仇心切的伍子胥的策动下，吴国出兵三万讨伐楚国，将拥有六十万大军的楚国打得落花流水、山河破碎。楚国的残兵败将逃到弱小的随国后，吴王阖闾率大军将随国国都团团围住，威逼随王交出前来避难的楚昭王。这兵临城下的一幕产生了中华文化的伟大经典。《左传·吴入郢》有如此记载：昭王逃随。吴兵临城下，以"汉阳之田，君实有之"为条件，挟随交出昭王。危难之际，楚昭王的兄长子期，穿上弟弟的衣冠，冒充楚昭王，请随王将自己交给吴王。谁知随王坚决不肯这么做。大军压境之际，缺兵少将的随王毫不畏惧，坦坦荡荡地修书一封，派使臣转告吴王：随国虽然弱小，但与楚国有世代盟约，任何时候，双方都要同舟共济，共度时艰。如果一有危难就互相抛弃，就算你吴国将来与我随国结盟，这样的盟约谁会相信呢？所以，眼下就算吴国兵马再强大，我也断断不能将楚王出卖给你吴王。否则，不仅随国将无法取信天下，就是吴王你也会因为威逼随王，让品行高贵的随王，变成背信弃义、卖身求荣的小人，而受到天下耻笑。随王这番大义凛然的话，让吴王满面羞愧，引兵而退。《左传》用"吴人乃退"四个字，恰到好处地表现出曾经广为传诵，后来却少有提及的中华传统文化的春秋大义。

成语"二桃杀三士"和"不可半渡击之"，同样出自春秋战国时期。今天我们所见到的词典注解，还有现实生活中，每每提及"二桃杀三士"，所欣赏的是谋臣晏婴用计帮助齐景公除掉三位功高盖主的勇士。用中国传统文化的春秋大义来看，"二桃杀三士"能够流传的价值取向，恰恰不是阴谋诡计，而是三位勇士所秉持的有福同享、有难同当的凛然正气。如果换成那种见利忘义之徒，齐景公的谋臣再有百倍狡诈也不会有人中他们的诡计，上他们的圈套。说到底，不是坏人有多么坏，而是善良的人有多少善良。"不可半渡击之"所体现的本是"仁义之师，不能乘人之危"的情操，是契约社会的信用准则，是言必信、行必果的人生信条。大的方面有两国交兵，不宰来使。小的方面有菜市场的良心秤，不可以短斤少两。后来所做的解读，将投机取巧，损人利己，过度追求事半功倍效应，当成司空见惯的潜规则和"大染缸"。如果全世界的外交活动都像最近美国总统特朗普做的那样，只要自己的利益不能最大化，就要退出这个组织，废除那个条约，这个世界肯定弄得战火纷纷、天怒人怨。再有我们出门乘高铁，如果人人都变成老赖，二等座的人占一等座的座位，买的是 C 座的票，非要霸着别人的 A 座不让，这个社会肯定会变得乱七八糟，哪怕腰缠万贯，也毫无幸福感可言。

楚汉争霸时，项羽的鸿门宴也可以是春秋大义中的一种。后来有千千万万种文字来描写项羽为何没有在鸿门宴上杀了明知是自己一生之敌的刘邦，那些写天机的，写传奇的，写权谋的，写私欲的，全都不对，事情的真相在于项羽还记得"春秋大义"这条底线，宁肯未来在战场上拼个你死我活，也不能做一个让千秋万代百般耻笑、在背后捅刀子的卑鄙小人。也就是我们经常说自己，也说别人，做任何事情，最重要的是留下一个口碑。

从事关国运的春秋大义，到家长里短的口碑，才是一直以来中国的主流传统。对春秋大义的传承是时代的灵魂所在。一种文化的诠释，总是见证一种规律：一个日渐衰落的民族，其文化必然会一天天地萎靡不振。时至今日，如果我们对真正的传统视而不见，不是痴迷于欣赏蝇营狗苟的宫廷野史与官场秘籍的所谓历史，就是将一天到晚在那里钩心斗角、彼此算计，不是铜臭熏天，就是情色泛滥的文字当成艺术美学，不仅无法担起民族复兴的历史重任，就连个人的心理健康也很难得到保证。

八月二十七日，我去鄂西秭归县的乐平里，拜访当地的骚坛诗社。藏在大山深处的乐平里是屈原的出生地，有六百年历史的骚坛诗社，像是历史特意珍藏的一条文学正脉，生生不息，从未间断。骚坛诗社成员，全部是当地的农民，他们一代接一代地写了上万首诗词，农闲时候，聚在一起，用古老的音韵在屈原庙前相互唱和。屈原庙里有一位八十三岁的看守老人，老人是一位乡村教师，从退休的第一天起，就义务看守屈原庙。人不一定非要成为圣贤，但一定要认知圣贤的心路。这些连自己都不认为自己是诗人的普通人，用写在房前屋后的诗词，以及田间地头的吟唱，表达了普通人的努力和坚持，造就了潜藏在人民中间的中国精神。正是这种平静的坚守，让五千年文化正脉绵绵不断地延续下来！

小时候，常听家中老人将"贤良方正"四个字当成形容词。说黄冈老家的人，个个是贤良方正的，从没有出过大坏蛋，也从来没有人当奸臣。自己虽然记住了这个词，却没有真的往心里去。过了很多年，自己去到甘肃武威附近的祁连山中，那时候的祁连山被一些脑残的当地官员弄得乌烟瘴气，但在被环境污染糟蹋得不成样子的大山深处，只要有村庄，就能看到那些毫不起眼的人家，门匾上写着极富文采的斋号。进到屋里看，并没有多少书，甚至说不上是藏书。能有上百本书的人家，就称得上是学富五车了。就是这样的人家，偏偏要弄个在外人看来有些不伦不类的斋号。有两个人拉着我，一定要我给他们家也写一个斋号。按照平时的所见所闻，即便是"晴耕雨读"这类普通文字，挂在这两户人家的门上也有些滑天下之大稽。巧的是，其中一个人要我给他家写的四个字，正好将我家老人过去常说的"贤良方正"四个字颠倒过来，叫"方正贤良"。

正是这个看上去风马牛不相及的斋号，提醒了我，让我重新回忆自家老人提及"贤良方正"的前前后后。这才明白，老人们说老家黄冈历史上从没有过大坏蛋，也从未出过奸臣，是在陈述一种文化，是在指引一条能让人活得更好的正脉！中华文化看上去很大，对每个人来说，中华文化就是以故乡为代表的源远流长，不是猎奇，不是狂欢，是那些与毫不起眼的平静的生活融为一体，不用心思索就有可能忽略的日常品质。

古训有言：文死谏，武死战。换成当下的话，文死谏的意思是，写文章的人要坚持独立的学术品格，也就是说，要将春秋大义作为写文章的最高境界。

在事物面前，伟大的传统并非事事都会立竿见影。在功利之心作用下，一些本来很好、很优秀的传统，被歪嘴和尚念歪了经。对传统的追求，不可能一口吃成胖子。在别人想着撒豆成兵、立竿见影时，还要另辟蹊径，探索如何才能做到立竿而不见影！天下熙熙，皆为利来；天下攘攘，皆为利往。在别人只想着敢作敢为，将利益最大化时，还要从根本上思考，如何让自己敢不做和敢不为！

凡是立国兴邦的伟大传统，用不着早上读一遍，晚上再背诵一遍，而是深潜在真相背后，自身不说话，只用那些经典的事实发声。在日常用话中，我们常常脱口而出，说大道无形、大辩不言、大智若愚，这些话里也包含有春秋大义的雏形，是春秋大义的初级阶段和基本表现。说大实话，做大实事，当大好人，看上去很蠢，很吃力，正是这种溶化在日常生活中贤良方正的笨脑筋，蠢办法，就像弱不禁风的随王只是修书一封，便让横扫千军如卷席的吴王满面羞愧，引兵而退，才是我们这些后来者的千秋学问。

二〇一八年十月二十一日于武汉大学珞珈智库论坛

开花的成不了栋梁之材

儿子在武汉大学外语学院本届博士毕业，作为父亲，有机会来到校园看着孩子完成学业，自然会像别的家长一样高兴。前两天见到儿子穿博士生红袍时，情不自禁地自斟自饮了两杯。在此我就不说高兴了，而说说感怀。在我家，最疼爱儿子的不是我，而是我的父亲，儿子的爷爷。儿子考上大学时老人家喜出望外。读硕士时老人家去世。又升为博士生后，儿子专程到老人家的墓前说给老人家知道。他爷爷酒量奇好，但生前极少沾酒，得知孙子也像书香人家的孩子读书读成了博士，老人家一定会在天国邀上三五老友，喝成不醉不归。在大学说这类话有点不合适。我的意思是孩子们每一点成长，天上地下，不知有多少人在关注。那些看上去无法再关心的先祖，实际上，还在以量子纠缠的方式起作用。不会因为看不到，也摸不着就不存在。我在乱用奇特的量子物理现象以表达一位家长此刻的心情。人和人之间的血脉传承，可否与量子一样，不曾与祖先见过面，还能涌动千年不断的心潮？从历史和现实的意义上讲，毕业一方面是现实的要求，另一方面本身就是这股前不见源头，后不见尽头的血脉纠缠。

作为孩子的父亲，向手把手培养他的导师和其他师长当面致谢，是我多时的念想。过去三十年，儿子一天天从少年而青年。在珞珈山下求学，春秋三度，身上才有了读书人气质。我家是老黄冈人，刚出版的长篇小说《黄冈秘卷》，写黄冈人不只是铁血，更有人所忽视的贤良方正。二十世纪初，如果也有精准扶贫，我家肯定排名在前。我的爷爷只上过一年半私塾，儿子的爷爷只上过一年私塾，我自己也只是"文革"后的高中生，用老人们的话说，只相当于读三年私塾。我们这一辈智力都不差，却只有儿子的小姑姑考上过长沙铁道学院。我自己当工人用业余时间写小说，一路走下来，比一般上过大学的同行辛苦十倍不止。儿子的爷爷生前最大愿望是让绽开在我家的书香传承下去。儿子考上博士生，入导师门下，我都来不及开心，便开始担心，学业如何立，学问如何做，如何才能不辱师门？有时候很想与导师私下交流一下，看看儿子到底学成什么样子，又怕自己的轻率打扰导师教导。前些时，儿子报喜说答辩通过了，我心里还留有余地。直到导师邀请我参加毕业典礼，才相信孩子并非报喜不报忧。俄语我一句没学会，俄罗斯文学还略知一二。儿子最初的译作我不甚满意，三年光景下来，再看他的译作，不由得暗暗称道。在心里猜度，能用三年岁月将青涩学子学养成学术模样，指点迷津的导师功力该是何等了得！寻蜂收取野蜜，随鹭可采嘉莲。面对引路人，说声谢谢难以表达全部心情，又只有谢谢二字才符合家长的心情，也不涉嫌时下的纪律规矩。在此，我向外语学院的全体老师和莅临典礼的嘉宾鞠躬致意。

作为父亲，哪怕孩子已博士学成，还要叮嘱几句。去年此时，我正在可可西里。那天，一位随行记者忽然说，刘老师，你应当是将万里长江从头走到尾的第一位作家。同行的人一琢磨，还真的如此，从屈原到李杜到当代同行，文学史之前的确无人走完长江全程。话是这么说，心里总觉得哪里不对。行走到索南达杰保护站，手机信号还是满格，才明白过来。人在当前，只要有愿望和资金，行走长江写写才华文章，已不是难题。而在唐宋明清却是与登天一样不可能的事。不说中下游，就是让人闻之色变的可可西里，黑色公路比校园外的八一路还好，让人在天堑面前也有如履平地的气概。沿途但凡见到牧民房子与毡房，必定会有太阳能电池板环绕在四周。人口稍多一些的城市就会有过去只有成都才有的高压氧舱。没有国家的巨大进步，仅仅是可可西里一地，就是无法克服的。仅仅这一处的险阻，就会使我不可能走完长江全程。人需要才华，人的成功看上去是仰仗才华，如果脱离身处的家国，才华就会沦为人生空谈。儿子能顺利做到博士生毕业，背后支撑的妻子和女儿，还有其他家人，也是不可或缺的关键因素。人可以恃才，切不可傲物。才是自己的，物是外部的给予。轻看或者无视，失去有力支撑的才华，只是天上云霞，中看不中用。一个取得通常意义上成功的人，在家一定要是好儿女、好夫妻、好父母，在国一定要是守护者和建设者。爱我们的家国，是有志者的不二选择。一个在通常意义上的普通人，也只有身为好儿女、好夫妻、好父母，才可以成为与天下相通的普通人。

长角的都不是食肉动物，开花的成不了栋梁之材。在家里我常与儿子说这两句话。希望儿子和各位同学，不管将来做何事业，一定要有格局，做不到事业伟大，也要情怀阔大。在我小的时候，我的爷爷曾不厌其烦地在我面前提及，说老家黄冈一带，历史上从没有出过奸臣。老人的话，看上去对小孩子不起作用。其实，这话早已像种子一样，在心里留下来。季节一到，就会生根发芽开花结果。爷爷对我说的这话，重要的不是结果，而是这话所要表达的东西背后的过程。是黄冈一带为什么不会出奸臣。是我们在面对纷杂世事时如何才能不受奸佞的影响。与奸臣对应的词叫作忠良。有好些年了，人们越来越少用这个词语。人们不用它并非表明它没有用了，过时了。任何时候，有没有忠良之心，是做人的重要指标。在技术高度发达的时期，忠良二字的用处，比高端技术本身更应当受到每个人的重视。忠良二字所体现的价值，也不会因为哪些字词不常用了而彻底贬失。我们这代人，最远到达天涯海角，同学们的理想比火星还远。去的地方越远，越要记住东湖边，珞珈山下，开满樱花桂花，铺满枫叶的武汉大学校园，是你们忠良人生的再造之地。

祝福各位师长！祝福各位同学！

二〇一八年六月二十一日

为哈尔滨寻找北极熊

我站在马迭尔宾馆外面等车时,手机响了。"爸爸!"准备上幼儿园的女儿刚刚起床,她习惯地靠着妈妈的枕头,在千山万水之外细声细气地要求:"哈尔滨有北极熊吗?给我买一只北极熊!"我想也没想就答应了,丝毫没有料到这会是一件导致自己在整个旅程中一直忙碌不已,并且险些无法完成的事情。

有四年了,我很少外出,一边写长篇,一边照看女儿和上高中的儿子,同时也在弥补曾经缺席多年的家庭生活。这一次上哈尔滨,虽然是临时得到通知匆匆忙忙地搭上末班车,到头来却是最早赶到犹太人在一九〇六年修建的马迭尔宾馆报到的。隔天早上五点半钟,在火车站的贵宾休息室里等候迎接采风团大队人马的那段时间里,一队身着礼服手捧鲜花的哈尔滨姑娘在门口不停地走来走去。我不知道其中已经包含着"马迭尔"的原意,逮住一位东道主问,他却不好意思地回答,从小就这么叫,从没想过这名称后面还有别的意思。后来,我查过资料才晓得,百年前流连在哈尔滨的犹太人之所以要将自己的饭店称为"马迭尔",实则是为了"摩登"。在哈尔滨的那些天,以及回到南方后,语言中的"马迭尔"

与"摩登"仍让我觉得非常意味深长:"摩登"是"马迭尔"无法改变的历史,"马迭尔"则是对"摩登"没心没肺的忘记。这样的事例在人人的经历中并不少见。

离家之前,太太将她去年深秋在哈尔滨的见闻重复了好几天。这些年,从北方到南方,我们的城市发展得异乎寻常地迅速,快则快矣,到头来所见到的无非是对香榭丽舍的抄袭,对莱茵河两岸的复制,再不就是临摹曼哈顿,翻印拉斯维加斯。大城市们如此,中小城市或者再小一些的乡镇,更是明目张胆地东施效颦,盯着上海和深圳无休无止地参观学习,致使一方水土中的家园气氛丧失殆尽。经过四个小时的旅行,飞机落地后出现在眼前的北方名城让我心里生出一种可以略感庆幸的陌生。在找到摩登一说之前,陪同者所有的介绍全都无法进入可以铭记的境界。正在涨水的松花江上仍旧可以游泳;正在举办的啤酒节上只要花五元人民币买上一只酒杯就可以仰起脖子尽情地享受中国最好的啤酒;太阳岛上正在进行有史以来最为彻底的清理与整顿;索菲亚教堂周边的房屋即将被拆除……想象中这座离冻土带很近、离极地极光很近、被萧红的呼兰河所烘托和环绕的城市,是与铺天盖地的大雪联系在一起的,冰清玉洁的!没有雪的哈尔滨,无论怎样地百态千姿,也只能出乎我意料。毕竟雪的姿态最令人神往,因为雪的本质是高贵!

在久负盛名的中央大街上,听人说,脚下那一块块露出来的只有砖头大小的方块石,在当时每块价值一美元。这可是没有经过第一次世界大战后的经济大萧条、第二次世界大战后的全球通货膨胀，还有后来的半个世纪中世界经济不断出现的周期性衰退与危机的一美元。在那种年代，就算是最富有的纽约华尔街也不曾像哈尔滨这样，几乎是用黄金来铺就一条淌雨积雪烟云过眼的马路。为了了解中央大街在当时的摩登程度，我专门向一位在大学里教授经济学的朋友求证。他在电话里回答，第二次世界大战刚结束时，一盎司（约二十八点三五克）黄金的价格是三十六美元，到了一九九九年，其价格已变成了三百六十。仓促之中，他没有查阅资料，只能凭着记忆提醒我，到二十世纪末，美元已经贬值到只有世纪初的二十分之一。以黄金作为不变价格计算，中央大街建造之时，一盎司黄金大概相当于十八美元。我曾试验过，在中央大街上，不管是左脚还是右脚，都会踩着一又三分之一块石头。这就是说，百年之后的我，每走十二步就会将一盎司左右的黄金踩得闪闪发光。在整个东亚，不管是同时期的上海，稍后一点的香港，还是更晚一些的东京与汉城（注：写这篇文章时，汉城还不叫首尔），都不曾有过这种将千万黄金掷于泥土的事情发生，除了富有，除了摩登，除了奢华，在当时，还应该有一种只差一点点就会变成妄想的集群性的浪漫因素。那年那月，也只有满街都是嬷嬷和教士、街角上的卖花女曾是俄罗斯贵妇、玛达姆茶炉前拉手风琴的男人不久前还是只说法语的莫斯科绅士的哈尔滨，才能使喝完半瓶伏特加、两杯不加糖咖啡的激情构想变成现实。如今，当地人还敢说，不用出中央大街，就可以见识世界上所有的名牌。

一个三岁女孩所钟情的北极熊，显然不是她心里的一种名牌。

我在中央大街上不停地寻觅，不断地询问，我没有得到回答。或者说，我得到的并不是回答，那些芭比娃娃和迪士尼狗熊的代理商，回应给我的表情全是带着矜持的否定。不只是她们，哪怕是卖水货手机配件的小店女人，笑容中也隐现着一种同整条街道相呼应的冷傲。那位敢在东亚的沼泽地上将一块石头埋入地下仅仅露出二十分之一真容的俄国人，别出心裁地设计出一座与东方各民族气韵迥然不同的城中之城，假如这种后来的变化是其当初就料定了的，那他实在是太有远见了。在南方，眼际里能见到的尽是妩媚：虞美人，声声慢，鹊踏枝，念奴娇，一剪梅，浣溪沙，水调歌头，蝶恋花。好不容易出现一个冷美人，多半还有若要俏，需戴孝的悲伤和忧郁背景。坦率地说，男人对女人的瞩目从来没太多的审美与赏析的因素。行走在中央大街上的那些形体与修养上不曾熟悉的女人，让我情不自禁地想起了中原大地上那些来自北方的铁马金戈。我相信：一座建筑的冷傲，表达的是一个时代的信仰；一个女人的冷傲，表达的则是一方族人的力量。

女儿一如既往地在电话里追问买到北极熊没有，其余的事一概没有兴趣。一条中央大街被我找遍了，当地的朋友和来自外地的朋友都说，随便买只熊吧，能哄孩子就行。我不想也不能这样做，明明是一只狗熊，做父亲的能对女儿说，这就是北极熊吗？类似这样做法的大有人在，也从没有被认为是指鹿为马、黑白混淆。这有点像一个身在异乡的人告诉当地人，他们的城市是世上最美丽的所在。这种结论在事实上通常是错误的，然而这种错误的本身却是美丽的。正因为有了这种美丽的错误，才有可能在环境日益恶化的时代，冒出比以往任何时候都多的"最适合人类居住的地方"。

我又想到心中的那个悖论，难道没有雪的哈尔滨就不是哈尔滨吗？习惯上将北方当成大雪纷飞极目苍茫的场所，我的足迹所至之处只是离北极熊出没的地方更近一些，因为女儿的愿望，又不仅仅是女儿的愿望，在南方向往北方，到了北方所向往的当然就比北方更北了。

经由青岛前往哈尔滨的飞机落地之前，舷窗外早早地铺开北方浑厚的原野，还有那条看上去有些小却格外无羁的松花江。机舱内还在循环着的来自武汉的空气。这就使人有了在一瞬间脱离旧气息，融入新气息的体验。那一刻站在从未到过的土地上，只觉得扑面而来的清新中有一股心醉的稠酽。这种稠酽让我产生一次次回忆，它使我觉得北方的天地原野草木河流皆有气味，甚至使我从到处生长着绿得发黑的植物那里闻到阵阵浓墨的芬芳。几年前在西藏，曾经仰望蓝天，幻想可以从庄严的白云中聆听出某些声音。与西藏所见的不尽相同，白云在哈尔滨上空缓缓地流动，宛如那些走过太多苦难，在金婚或银婚纪念日才披上婚纱的沧桑女人徐徐而过，身后那片蓝得很深的天空更像许多神往的眼睛。我有理由来让自己相信这就是生活中本就稀少，而今更加匮乏的高贵。就像我在中央大街上不时见到的，如果这一方曾经彻底欧洲化的天地，还不接纳这种人性当中的最特质，我们就只能彻底放逐自己的寻找，将国民性中的高贵情结扭成一只死结。庄严常在，高贵难修。得失之间，悲喜之际，经常是最微小的失当就使人前功尽弃。

女儿在北极熊前面加上"我的"二字，她在电话那边开口就问："我的北极熊买到了吗？"其实她不这样说，我也明白我必须为她做成这件事。这也是以我对哈尔滨的信任作为基础。我相信偌大的、在中国最接近北极熊的哈尔滨，一定能够满足一个刚刚开始认识世界、见到雪就欢天喜地的南方小女孩的愿望。

早来的那天晚上，女儿还没说出她的愿望。市委宣传部的几位将我带进一家名为露西亚的酒吧。酒吧里摆着许多旧时俄罗斯人在哈尔滨的生活用品，墙上挂着的也是那些主导中央大街修造的俄罗斯人的各种生活照片，酒吧主人的远亲当年在马迭尔宾馆举行婚礼的照片也赫然入目。酒吧主人的奶奶是俄罗斯人，女主人则是见到是朋友和顾客都礼貌哈腰的日本人。这样的介绍顿时让人深入到哈尔滨的近代史之中。酒吧里最醒目的是一架钢琴，尽管擦得非常亮，那根突兀地伸在外面的蜡烛架轻易就将其经久的岁月说得清清楚楚。邻桌一个气质不错的女孩子问，那钢琴还能弹吗？男主人肯定作答时，女主人轻轻地笑了笑。天下没有不能弹奏的钢琴，问题是弹出来的是什么：响声，还是音乐？在听者心里，任何一种声音都不会只有一种回响。一架旧钢琴，曾有多少优雅如天鹅的手指在上面抒情过舞蹈过，当年的旋律不用弹奏就应该在我们的情怀中回荡。

朋友们丢开我,悄然谈起一位我当然不会知道的女人。每个星期,总有一天下午,那个在我听来免不了有几分神秘的女人,独自待在那架旧钢琴前的座位上,有时候甚至是趴在桌面上睡觉,直到天黑了,外面的路灯纷纷亮起来才离开。酒吧主人大约也听到了这些内容,似是不经意地走近了说,有那么十来个人,看不出有别的值得深究的原因,隔上一段时间就要来独自占一个台位,一杯咖啡,一杯红茶,此外绝不再要任何别的东西。还有两个更怪的老人,他们的习惯完全相同,晚上七点钟来,九点钟离去,每次来只要一杯冰水、几片柠檬。如果一个老人是星期六来,另一个一定会在星期天来,反之亦相同,两个人从没有在酒吧里相遇过。我以为这座酒吧与中央大街的年头差不多,问起来才明白它存于历史的时间,与听着窗外的林涛声早早入睡的女儿的年纪相差无几。一样东西经年累月之后变得旧了,就会有其了不起的地方。需要点蜡烛的钢琴,不用提醒便显出尊贵。不用动手弹奏,就这样静静地与她相对,想象夹在岁月风尘中的一只音符,一个音节,一段乐句,一篇乐章,在安宁中感受华彩,从短暂里体验悠长,将激越变成坦荡。老人也好,神秘的女人也好,只要他们愿意与不再点蜡烛的旧钢琴为邻,就不需要任何其他理由。

一沓酒吧主人自撰自编的《露西亚小报》随意地放在门后。虽是小报,那上面载有一些让我们心颤心悸的东西。在哈尔滨,有一位名叫弗洛夏的俄罗斯侨民,今年九十二岁了,是当年带着小提琴和钢琴，带着油画和鲜花，带着艺术家和小说家来此的二十几万俄罗斯侨民在当地的仅存。二十世纪六十年代，一个除了俄语外，还会讲英语和法语，却不会说汉语的俄罗斯老人不管受到何等的羞辱，她只是竖起食指在与胸前第二粒扣子等高的位置来回摆动着，劝告那些人不要如此。在酒吧之外听到的故事，让我立即联想到小报上的俄罗斯女人。小报上还有一个老人写给在天国的父母的信："我饿极了，夜里睡不着，我想你们，我想听见爸爸的咳嗽声，想在你们身边。我做了一件事，也许会让你非常难过，但我的确做了。我用餐刀切开了手腕。我很害怕血，非常怕血，很快我把血止住了。我又用自己的手帕缠在那刀的刀刃上，我觉得那把刀太不了解我，它太简便了。今天是我六十三岁生日，我会好好地活下去。下午，米亚托夫兄弟来了，坐了两个小时，他们劝我到医院去检查一下健康，我害怕，不敢出门。他们带了很多吃的，还有一瓶红葡萄酒和肉、牛奶。我们一起喝了一点酒，祝贺我的生日。他说：'现在"文化大革命"，苏联和中国的关系很不好，可是这和我们没有关系，也有很好的中国人。'米亚托夫不害怕，他知道怎么走路，他穿着中国人的衣服，把帽子压得很低。请保佑这些好人吧！我不会再做那种事了。我很后悔，请你们原谅我，我是饿坏了，头脑太乱了。我在那餐刀里面裹了一张纸条，写了这样一句话：'你不要帮着我让别人难过。'"信的落款是一九七三年十二月八日，如果这个叫尼娜的女人还活着正好与唯一留在哈尔滨的弗洛夏同岁。那时候的哈尔滨早就下雪了。

回家之后，我写了如下这些文字："我怀着从未见过隆冬时节松花江模样的南方心情，希望那雪能厚到再多的人践踏过也露不出底层的污垢。那是一个卑贱者最聪明，高贵者最愚蠢的时代。也正是那个时代，让卑贱升华为荣耀，高贵贬低为耻辱。到头来我们又不得不将历史早有定论的基本真理，重新用实践检验一番。"

写出这些文字的时刻，正是我从露西亚酒吧出来的时候。那边大街小巷早已安宁下来，哈尔滨的夜晚，十点钟一过就难以见到当地人，那些仍在街上晃荡的大部分是外来者，少数当地人也是因为陪同的缘故。然而，在南方，我们的城市反而掀起阵阵别样的喧哗。熟睡中的女儿轻轻咳了几声。女儿是过敏体质，稍不经心便会如此。回家后陪女儿去芭蕾舞学校练舞，只顾看着她乐，忘了及时换下那身天鹅般的小舞裙，秋风一来女儿就感不适。调整了几天，既做雾化，又喷鼻子，才控制下来。

熟睡的女儿用一只小手搂抱着我从哈尔滨带回来的那只北极熊。

我站在小床边，轻轻地用手去拿，才发现北极熊已被她身上的汗浸湿了。

我很庆幸，自己到底寻找到了北极熊，三岁的女孩对此不会分得清楚。可我分得清楚。也许是心情所致，同女儿先前拥有的各类小熊相比，北极熊的模样怎么看都有一份与众不同的尊贵。

返家的那天早上，我离开马迭尔宾馆，离开著名的中央大街，沿着陌生的街道独自走了近半个小时，走马观花般越过三处穿着红衣绿裤挥舞着过于夸张的大扇子，忘情地跳着大秧歌的女性群落，进到一处街道被挖得千疮百孔，在拆旧楼和待建新楼相互映衬，虽不是百废待兴，却貌似百废待兴的地方。临街的一些小店门口仿佛还有昨夜的杀猪菜在飘香。这些房子没有任何值得夸夸其谈的历史，包括建筑时间，其模样却比将中央大街铺垫得如此著名的那些石头还陈旧。据说，依照各种自然和非自然磨损的规律，那些有幸铺在中央大街上的石头还有二百余年的时光供其炫耀。以我将要进入的那座名为玩具城的楼房为中心的这一大片街区，哪怕它承传着这个城市的真正日常，因为平常得近乎平庸，从竣工的那一天起就注定会早早地重归尘土。

　　按照行业分类，女儿所期盼的北极熊应该在玩具城的二楼或三楼。从二楼到三楼，再到二楼，再到三楼，记不得有几个卖主对我说过相同的话，北极熊有啥好看的？好在我终于找着北极熊了，那是在第三次来到二楼的一个角落里，一个中年女人从一大堆绒毛玩具中拎出一只北极熊扔到我面前，特地说了一句："你要是昨天来我也没货，这是昨天晚上送来的。"回到宾馆，送行的东道主已经等在房间里。都以为我没找到北极熊，有人带来一只可爱的小白熊，另一位更是送给我一只打开来可以放进一卷卫生纸的绒毛狗。勉强说过谢谢后，我打开手里的包裹，取出那只北极熊。在一阵不大的惊呼声中，夹着一句疑问：北极熊怎么是棕色的？我一下子愣住了。是啊，从来北极熊都是白色的。卖主的货物中本有一只白色的北极熊，但在一念之间，我觉得棕色的更耐脏——说到底，在潜意识里自己还是有着同许多人一样的念头：这不过是件玩具！一如平时我们所想：这不过是一些房子！这不过是一座城市！任何时候，高贵与平庸就是这样只有一念之差，所以当年的中央大街才能成为哈尔滨后来的形象，才能用当下叫得最响的一种观点来形容我所理解的哈尔滨：百年来的历史已经证明，中央大街的建设走的是一条可持续性发展之路。换言之或者说是推而广之：可持续性发展的根本要素不是时髦和时尚，而是一种弥漫在灵魂中的高贵。

我又想到了"马迭尔"。在一切"摩登"面前，我们无非处在两种角度之下。在部分人那里，它不过是生活游戏中一种新颖玩法，可以一只脚伸进去，也可以两只脚全伸进去，无论哪种姿态，都是为了后来的抽身打转。在另一部分人那里，摩登的意义重大了许多，既是态度，也是目的。对于高贵来说，"摩登"是因故掉在地上的一只纽扣。我有些明白那些曾经挖掘河流，将白山黑水引过黄河、流向长江的贵族们没落下去的原因了。那天晚上，我们去一个地方观摩赫赫有名的东北二人转，坚持到最后的只有少数几个人，别的人都走了。走得最早的是徐坤她们。老家在沈阳的女作家徐坤后来用她那惯有的将锋芒藏于无形的语气说了一句话，别处演出的二人转，更俗！更野！徐坤的话让我想起有人暧昧地说过的，要看真正的二人转就必须到县里去。我们见到的二人转已经有所节制干净了许多。当年的白山黑水，当年的林海雪原，当年的帝国王朝，当年的梦幻城市，在岁月的潮汐中一浪一浪地沉沦下去，留下如此末日狂欢般的且歌且舞。城市里的二人转，女人穿上了洁白的长裙，男人更是没有不是西装革履的，眉眼之间飞流的尽是时下的摩登。同所有末代帝王一样，主宰金上京的最后君王，也免不了日复一日地将摩登当成了高贵。这种精神日益下流的时代，又岂能让天下万物花开流水东逝的真理所容忍！流传在民间的文化是历史进程的活化石。

现在我才可以说，我到了一趟哈尔滨。

二〇〇三年九月十四日于东湖梨园

抱着父亲回故乡

抱着父亲。

我走在回故乡的路上。

一只模模糊糊的小身影,在小路上方自由地飘荡。

田野上自由延伸的小路,左边散落着一层薄薄的稻草。相同的稻草薄薄地遮盖着道路右边,都是为了纪念刚刚过去的收获季节。茂密的芭茅草,从高及屋檐的顶端开始,枯黄了所有的叶子,只在茎干上偶尔留一点苍翠,用来记忆狭长的叶片,如何从那个位置上生长出来。就像人们时常惶惑地盯着一棵大树,猜度自己的家族,如何在树下的老旧村落里繁衍生息。

我很清楚,自己抱过父亲的次数。哪怕自己是天下最弱智的儿子,哪怕自己存心想弄错,也不会有出现差错的可能。因为,这是我平生第一次抱起父亲,也是我最后一次抱起父亲。

父亲像一朵朝云,逍遥地飘荡在我的怀里。童年时代,父亲总在外面忙忙碌碌,一年当中见不上几次,刚刚迈进家门,转过身来就会消失在租住的农舍外面的梧桐树下。长大之后,遇到人生中的某个关隘苦苦难渡时,父亲一改总是用学名叫我的习惯，忽然一声声呼唤着乳名，让我的胸膛感觉到一种从未有过的温厚。那时的父亲，则像是穿堂而过的阵阵晚风。

父亲像一只圆润的家乡鱼丸，而且是在远离江畔湖乡的大山深处，在滚滚的沸水中，既不浮起，也不沉底，在水体中段舒缓徘徊的那一种。父亲曾抱怨我的刀功不力，满锅小丸子，能达到如此境界的少之又少。抱着父亲，我才明白，能在沸水中保持平静是何等的性情之美。父亲像是一只丰厚的家乡包面，并且绝对是不离乌林古道两旁的敦厚人家所制。父亲用最后一个夏天，来表达对包面的怀念。那种怀念不只是如痴如醉，更近乎偏执与狂想。好不容易弄了一碗，父亲又将所谓包面拨拉到一边，对着空荡荡的筷子生气。抱着父亲，我才想到，山里手法，山里原料，如何配制大江大湖的气韵？只有聚集各类面食之所长的家乡包面，才能抚慰父亲五十年离乡之愁。

怀抱中的父亲，更像一枚五分硬币。那是小时候我们的压岁钱。父亲亲手递上的，是坚硬，是柔软，是渴望，是满足，如此种种，百般亲情，尽在其中。

怀抱中的父亲，更像一颗坨坨糖。那是小时候我们从父亲的手提包里掏出来的，有甜蜜，有芬芳，更有过后长久留存的种种回甘。

父亲抱过我多少次？我当然不记得。

我出生时，父亲在大别山中一个叫黄栗树的地方，担任帮助工作的工作队长。得到消息，他借了一辆自行车，用一天时间，骑行三百里山路赶回家，抱起我时，随口为我取了一个名字。这是唯一一次由父亲亲口证实的往日怀抱。父亲甚至说，除此以外，他再也没有抱过我。我不相信这种说法。与天下的父亲一样，男人的本性使得父亲尽一切可能，不使自己柔软的另一面，显露在儿子面前。所谓有泪不轻弹，所谓有伤不常叹，所谓膝下有黄金，所谓不受嗟来之食，说的就是父亲一类的男人。所以，父亲不记得抱过我多少次，是因为父亲不想将女孩子才会看重的情感元素太当回事。

头顶上方的小身影还在飘荡。

我很想将她当作是一颗来自天籁的种子，如蒲公英和狗尾巴草，但她更像父亲在山路上骑着自行车的样子。

在父亲心里，有比怀抱更重要的东西值得记起。对于一个男人来说，一辈子都在承受父亲的责骂，能让其更有效地锤炼出一副更能够担当的肩膀。不必有太多别的想法，凭着正常的思维，就能回忆起，一名男婴，作为这个家庭的长子，谁会怀疑那些聚于一身的万千宠爱？

抱着父亲，我们一起走向回龙山下那个名叫郑仓的小地方。

抱着父亲，我还要送父亲走上那座没有名字的小山。

郑仓正南方向这座没有名字的小山，向来没有名字。

乡亲们说起来，对我是用"你爷爷睡的那山上"一语作为所指，意思是爷爷的归宿之所。对我堂弟，则是用"你父亲小时候睡通宵的那山上"，意思是说我那叔父尚小时夜里乘凉的地方。家乡之风情，无论是历史还是现世，无论是家事还是国事，无论是山水还是草木，无论是男女还是老幼，常常用一种固定的默契，取代那些似无必要的烦琐。譬如，父亲会问，你去那山上看过没有？莽莽山岳，叠叠峰峦，大大小小数不胜数，我们绝对不会弄错，父亲所说的山是哪一座！譬如父亲会问，你最近回去过没有？人生繁复，去来曲折，有情怀而日夜思念的小住之所，有愁绪而挥之不去的长留之地，只比牛毛略少一二，我们也断断不会让情感流落到别处。

小山太小，不仅不能称为峰，甚至连称其为山也觉得太过分。那山之微不足道，甚至只能叫作小小山。因为要带父亲去那里，因为离开太久而缺少对家乡的默契，那地方就不能没有名字。像父亲给我取名那样，我在心里给这座小山取名为小秦岭。我将这山想象成季节中的春与秋。父亲的人生将在这座山上分成两个部分，一部分称为春，一部分叫秋。称为春的这一部分有八十八年之久，叫着秋的这一部分，则是无边无际。就像故乡小路前头的田野，近处新苗茁壮，早前称作谷雨，稍后又有芒种，实实在在有利于打理田间。又如，数日之前的立冬，还有几天之后的小雪，明明白白地提醒要注意正在到来的隆冬。相较远方天地苍茫，再用纪年表述，已经毫无意义！

我不敢直接用春秋称呼这小山。

春秋意义太深远！

春秋场面太宏阔！

春秋用心太伟大！

春秋用于父亲，是一种奢华，是一种冒犯。

父亲太普通，也太平凡，在我抱起父亲前几天，父亲还在牵挂一件衣服，还在操心一点养老金，还在希望新婚的孙媳何时为这个家族添上男性血脉，甚至还在埋怨距离手边超过半尺的拐杖！父亲也不是没有丁点志向，在我抱起父亲的前几天，父亲还要一位老友过几天再来，一起聊一聊"党的十八大"，还要关心偶尔也会被某些人称为老人的长子，下一步还有什么目标。

于是我想，这小山，这小小山，一半是春，一半是秋，正好合为一个秦字，为什么不可能叫作小秦岭呢？父亲和先于父亲回到这山上的亲友与乡亲，人人都是半部春秋！

那小小身影还在盘旋，不离不弃地跟随着风，或者是我们。

小路弯弯，穿过芭茅草，又是芭茅草。

小路长长，这头是芭茅草，另一头还是芭茅草。

轻轻地走在芭茅草丛中，身边如同弥漫着父亲童年的炊烟，清清淡淡，芬芬芳芳。炊烟是饥饿的天敌，炊烟是温情的伙伴。而这些只会成为炊烟的芭茅草，同样既是父亲的天敌，又是父亲的伙伴。在父亲童年的一百种害怕中，毒蛇与马蜂排在很后的位置，传说中最令人毛骨悚然的鬼魂，亲身遇见过的莹莹鬼火都不是榜上所列的头名。被父亲视为恐怖之最的正是郑仓塝前塝后，山上山下疯长的芭茅草。这家乡田野上最常见的植物，超越乔木，超越灌木，成为人们在倾心种植的庄稼之外，最大宗物产。八十年前的这个季节，八岁的父亲正拿着镰刀，光手光脚地在小秦岭下功夫收割芭茅草。这些植物曾经割破少年鲁班的手。父亲的手与脚也被割破了无数次。少年鲁班因此发明了锯子。父亲没机会发明锯子了。父亲唯一的疑惑是，这些作为家中唯一柴火的植物，为什么非要生长着锯齿一样的叶片？

芭茅草很长很透迤，叶片上的锯齿锋利依然。怀抱中的父亲很安静，亦步亦趋地由着我，没有丁点犹豫和畏葸。暖风中的芭茅草，见到久违的故人，免不了也来几样曼妙身姿，瑟瑟如塞上秋词。此时此刻，我不晓得芭茅草与父亲再次相逢的感觉。我只清楚，芭茅草用罕有的温顺，轻轻地抚过我的头发，我的脸颊，我的手臂、胸脯、腰肢和双腿，还有正在让我行走的小路。分明是母亲八十大寿那天，父亲拉着我的手，感觉上有些苍茫，有些温厚，更多的是不舍与留恋。

冬日初临，太阳正暖。

这时候，父亲本该在远离家乡的那颗太阳下面，眯着双眼小声地响着呼噜，晒晒自己。身边任何事情看上去与之毫无关系，然而，只要有熟悉的声音出现，父亲就会清醒过来，用第一反应拉着家人，毫无障碍地聊起台湾、钓鱼岛和航空母舰。是我双膝跪拜，双手高举，从铺天盖地的阳光里抱起父亲，让父亲回到更加熟悉的太阳之下。我能感觉到家乡太阳对父亲格外温馨，已经苍凉的父亲，在我的怀抱里慢慢地温暖起来。

小路还在我和父亲的脚下。

小路正在穿过父亲一直在念叨的郑仓。

有与父亲一道割过芭茅草的人，在塆边叫着父亲的乳名。鞭炮声声中，我感到父亲在怀里轻轻颤动了一下。父亲一定是回答了。像那呼唤者一样，也在说，回来好，回到郑仓一切就好了！像小路旁的芭茅草记得故人，二十二户人家的郑仓，只认亲人，而不认其他。恰逢"文革"，时值中年的父亲逃回家乡，芭茅草掩蔽下的郑仓，像芭茅草一样掩蔽起父亲。没有人为难父亲，也没有人敢来为难父亲。那时的父亲，一定也听别人说，同时自己也说，回到郑仓，一切就好了。

随心所欲的小路，随心所欲地穿过那些新居与旧宅。

我还在抱着父亲。正如那小小身影，还在空中飞扬。

不用抬头，我也记得，前面是一片竹林。无论是多年前，还是多年之后，这竹林总是同一副模样。竹子不多也不少，不大也不小，不茂密也不稀疏。竹林是郑仓一带少有的没有生长芭茅草的地方，然而那些竹子却长得像芭茅草一样。

没有芭茅草的小路，再次落满因为收获而遗下的稻草。

父亲喜欢这样的小路。父亲还是一年四季都是赤脚的少年时，则更加喜欢，不是因为宛如铺上柔软的地毯，是因为这稻草的温软，或多或少地阻隔了地面上的冰雪寒霜。那时候的父亲，深得姑妈体恤，不管婆家有没有不满，年年冬季，她都要给侄儿侄女各做一双布鞋。除此之外，父亲他们再无穿鞋的可能。一九九一年中秋节次日，父亲让我陪着走遍黄州城内的主要商店，寻找价格最贵的皮鞋。父亲亲手拎着因为价格最贵而被认作是最好的皮鞋，去了父亲的表兄家，亲手将皮鞋敬上，以感谢父亲姑妈，我的姑奶奶，当年之恩情。

接连几场秋雨,将小路洗出冬季风骨。太阳晒一晒,小路上又有了些许别的季节风情。如果是当年,这样的季节,这样的天气,再有这样的稻草铺着,赤脚的父亲一定会冲着这小路欢天喜地。这样的时候,我一定要走得轻一些,走得慢一些。这样的时候,我一定要走得更轻一些,更慢一些。然而,竹林是天下最普通的竹林,也是天下最漫不经心的竹林,生得随便,长得随便,小路穿过竹林也没法不随便。

北风微微一吹,竹林就散去,将一座小山散淡地放在小路前面。

用不着问小路,也用不着问父亲,这便是那小秦岭了。

有一阵,我看不见那小小身影了,还以为她不认识小秦岭,或者不肯去往小秦岭。不待我再多想些什么,那小小身影又出现了,那样子只可能是落在后面,与那些熟悉的竹梢小有缠绵。

父亲的小秦岭,乘过父亲童年的凉,晒过父亲童年的太阳,饿过父亲童年的饥饿,冷过父亲童年的寒冷,更盼过父亲童年对外出做工的爷爷的渴盼。小秦岭是父亲的小小高地。童年之男踮着脚或者拼命蹦跳,即便是爬上那棵少有人愿意爬着玩的松树,除了父亲的父亲,我的爷爷,父亲还能盼望什么呢?远处的回龙山,更远处的大崎山,这些都不属于父亲期盼范围。

父亲更没有望见,在比大崎山更远的大别山深处那个名叫老鹳冲的村落。蜿蜒在老鹳冲村的小路我走过不多的几次。那时候的父亲身强力壮,父亲立下军令状,不让老鹳冲因全村人年年外出讨米要饭而继续著名。那里的小路更坚硬，也更复杂。父亲在远离郑仓，却与郑仓有几分相似的地方，同样留下一次著名的伫立。是那山洪暴发的时节，村边沙河再次溃口。就在所有人只顾慌张逃命时，有人发现父亲没有逃走。父亲不是英雄，没有跳入洪水中，用身体堵塞溃口。父亲不是榜样，没有振臂高呼，让谁谁谁跟着自己冲上去。父亲打着伞，纹丝不动地站在沙堤溃口，任凭沙堤在脚下一块块地崩塌。逃走的人纷纷返回时，父亲还是那样站着，什么话也没说，直到溃口被堵住，父亲才说，今年不用讨米要饭了。果然，这一年，丰收的水稻，将习惯外出讨米要饭的人，尽数留了下来。

我的站在沙河边的父亲！

我的站在小秦岭上的父亲！

一个在怀抱细微的梦想！

一个在怀抱质朴的理想！

春与秋累积的小秦岭！短暂与永恒相加的小秦岭！离我们只剩下几步之遥了，怀抱中的父亲似乎贴紧了些。我不得不将步履迈得比慢还要慢。我很清楚，只要走完剩下几步，父亲就会离开我的怀抱。成为一种梦幻，重新独自伫立在小秦岭上。

小路尽头的稻草很香，是那种浓得令人内心颤抖的馨香。如果它们堆在一起燃烧成一股青烟，就不仅仅为父亲所喜欢，同样会被我所喜欢。那样的青烟绕绕，野火燎燎，正是头一次与父亲一同行走在这条小路上的情景。

同样的父亲，同样的我，那一次，父亲在这小路上，用那双大脚流星赶月一样畅快地行走，快乐得可以与任何一棵小树握握手，可以与任何一只小兽打招呼，更别说突然出现在小路拐弯处久违的发小。那一次，我完完全全是个多余的人。家乡对我的反应，几乎全是一个啊字。还分不清在这唯一的啊字后面，是画上句号？还是惊叹号？或许是省略号？那一次，是我唯一见过极具少年风采的父亲。

小秦岭！郑仓！张家寨！标云岗！上巴河！

在那稍纵即逝的少年回眸里，目光触及所在，全属于父亲！父亲是那样贪婪！父亲是那样霸道！即使是整座田野上最难容下行人脚步的田埂，也要试着走上一走，并且总有父亲渴望发现的发现，渴望获得的获得。

如果家乡是慈母，我当然相信，那一次的父亲，正是一个成年男子为内心柔软所在寻找寄托。如果大地有怀抱，我更愿相信，那一次的父亲，正是对能使自身投入的怀抱的寻找。

小路，只有小路，才是用来寻找的。

小路，只有小路，才是用来深爱的。

小路，只有小路，才是用来回家的。

八十八年的行走，再坚硬的山坡也被踩成一条与后代同享的坦途。

一个坚强的男人，何时才会接受另一个坚强男人的拥抱？

一个父亲，何时才会没有任何主观意识地任凭另一个父亲将其抱在怀里？

无论如何，那一次，我都不可能有抱起父亲的念头。无论父亲做什么和不做什么，也无论父亲说什么和不说什么，更遑论父亲想什么和不想什么。现在，无论如何，我也同样不可能有放弃父亲的念头。无论父亲有多重和有多轻，也无论父亲有多冷和有多热，更别说父亲有多少恩和多少情。

在我的词汇里，曾经多么喜欢大路朝天这个词。

在我的话语中，也曾如此欣赏小路总有尽头的说法。

此时此刻，我才发现大路朝天也好，小路总有尽头也罢，都在自己的真情实感范围之外。

一条青蛇钻进夏天的草丛，一只狐狸藏身秋天的谷堆，一片枯叶卷进冬天的寒风，一团冰雪化入春天的泥土。无须提醒，父亲肯定明白，小路像青蛇、狐狸、枯叶和冰雪那样，在我的脚下消失了。父亲对小秦岭太熟悉，即便是在千山万壑之外做噩梦时，也不会混淆，金银花在两地芳菲的差异，也不会分不出，此地花喜鹊与彼处花喜鹊鸣叫的不同。

小路起于平淡无奇，又归于平淡无奇。

没有路的小秦岭，本来就不需要路。父亲一定是这样想的，春天里采过鲜花，夏天里数过星星，秋天里摘过野果，冬天里烧过野火，这样的去处，无论什么路，都是画蛇添足的多余败笔。

山坡上，一堆新土正散发着千万年深蕴而生发的大地芬芳。父亲没有挣扎，也没有不挣扎。不知何处迸发出来的力量，将父亲从我的怀抱里带走。或许根本与力学无关。无人推波助澜的水,也会在小溪中流淌;无人呼风唤雨的云,也会在天边散漫。父亲的离散是逻辑中的逻辑,也是自然中的自然。说道理没有用,不说道理也没有用。

龙归大海,凤凰还巢,叶落归根,宝剑入鞘。

父亲不是云,却像流云一样飘然而去。

父亲不是风,却像东风一样独赴天涯。

我的怀抱里空了,却很宽阔。因为这是父亲第一次躺过的怀抱。

我的怀抱里轻了,却很沉重。因为这是父亲最后一次躺过的怀抱。

趁着尚且能够寻觅的痕迹,我匍匐在那堆新土之上,一膝一膝,一肘一肘,从黄土丘一端跪行到另一端。一只倒插的镐把从地下慢慢地拔起来,三尺长的镐把下面,留着一道通达蓝天大地的洞径,有小股青烟缓缓升起。我拿一些吃食,轻轻地放入其中。我终于有机会亲手给父亲喂食了。我也终于有机会最后一次亲手给父亲喂食。是父亲最想念的包面?还是父亲最不肯马虎的鱼丸?我不想记住,也不愿记住。有黄土涌过来,将那嘴巴一样,眼睛一样,鼻孔一样,耳廓一样,肚脐一样,心窝一样的洞径填满了。填得与漫不经心地铺陈在周边的黄土们一模一样。如果这也是路,那她就是联系父亲与他的子孙们最后的一程。

这路程一断,父亲再也回不到我们身边。

这路程一断,小秦岭就化成了我们的父亲。

天地有无声响,我不在乎,因为父亲已不在乎。

人间有无伤悲，我不在乎，因为父亲已不在乎。

我只在乎，父亲轻轻离去的那一刻，自己有没有放肆，有没有轻浮，有没有无情，有没有乱了方寸。

这是我第一次描写父亲。

请多包涵。就像小时候，

我总是原谅小路中间的那堆牛粪。

这是我第一次描写家乡。

请多包涵。就像小时候，

我总是原谅小路中间的那堆牛粪。

此时此刻，我再次看见那小小身影了。她离我那么近，用眼角都能看得清清楚楚。她是从眼前那棵大松树上飘下来的，在与松果分离的一瞬间，她变成一粒小小的种子，凭着风飘洒而下，像我的情思那样，轻轻化入黄土之中。她要去寻找什么只有她自己清楚。我只晓得，当她再次出现，一定是苍苍翠翠的茂盛新生！

二〇一二年十一月于秀峰山庄、郑仓、东湖梨园、斯泰园